TRI

tri

SONIA EDWARDS

Tri
SONIA EDWARDS

ISBN : 978-1-917006-22-4

© Sonia Edwards
© Gwasg y Bwthyn, 2025

Mae Sonia Edwards wedi datgan ei hawl dan Ddeddf Hawlfreintiau,
Dyluniadau a Phatentau 1988 i gael ei chydnabod yn awdur y llyfr hwn.

Cedwir pob hawl.
Ni chaniateir atgynhyrchu unrhyw ran o'r cyhoeddiad hwn
na'i gadw mewn system adferadwy, na'i drosglwyddo
mewn unrhyw ddull, na thrwy unrhyw gyfrwng, electronig,
electrostatig, tâp magnetig, mecanyddol, ffotogopïo, recordio,
nac fel arall, heb ganiatâd ymlaen llaw gan y cyhoeddwyr.

Cyhoeddwyd gyda chymorth ariannol Cyngor Llyfrau Cymru.

Dylunio mewnol a'r clawr : Almon
Llun yr awdur : Dylan Lewis Jones

Cyhoeddwyd gan:
Gwasg y Bwthyn, 36 Y Maes, Caernarfon, Gwynedd LL55 2NN
post@gwasgybwthyn.co.uk
www.gwasgybwthyn.cymru

DIOLCH

Diolch enfawr unwaith eto i bawb
yng Ngwasg y Bwthyn am eu gwaith diflino,
ac yn arbennig i Gerwyn Wiliams am ei ofal
a'i frwdfrydedd fel arfer.

Diolch o galon hefyd i Bethan Mair
am y dyfyniad caredig iawn ar flaen y clawr!

I Gareth

SBARCS

Welodd o erioed gymaint o wreichion yn dod o rywbeth mor oer. Daliai'r gemydd y diemwnt i'r golau. Creu'r sbarcs. A'r un golau wedyn yn dawnsio oddi ar ei ddannedd llygad gwynion.

'Mae pobol yn lladd am gerrig fatha'r rhain, 'sti.'

Anodd dallt bod perchennog siop yn dweud peth mor beryglus am ei nwyddau'i hun. Ond mi ddalltodd wedyn, pan oedd hi'n rhy hwyr. Nid y dyn hefo'r dannedd blaidd, a gododd o farw'n fyw er mwyn dod i edrych amdano fo, oedd y gemydd go iawn. Roedd o'n rhan o'r set-ỳp. Hwnnw, a'i wên anifeilaidd, a'i gontacts ar y tu mewn, a drefnodd ei barsel o jiwing-gym a sigaréts: gwobrau cysur i gymryd arno fod ganddo gydwybod. I'w gael o drwyddi.

Ddaru nhw ddim.

Mi fasa isio uffar o lot o smôcs i bara deunaw mlynedd yn y slamar.

Mae o'n dal i gofio, hyd yn oed yn ei gwsg – o, yn enwedig yn ei gwsg – lyfnder y cas gwydr hwnnw'n oerach na gwn dan flaenau'i fysedd. Ac yn llygad pob hunllef, mae o'n gweld y rhesi modrwyau'n wincio arno, yn cwffio am eu gwynt fatha gweision neidar wedi'u caethiwo ar gam.

LLGADA BROWN, HOGYN IAWN; LLGADA GLAS, HOGYN CAS ...

Mae Mona Lisa'n dilyn cwrs coleg mewn Ffasiwn a Thecstiliau. Mae ganddi lygad am liw. Am y manylion. Mae hi'n artistig. Mi fasa gofyn iddi fod, basa, hefo enw fel sydd ganddi hi? Enw'i nain ydi Mona. A Lisa? Wel, ar ôl yr enwog Lisa Marie, merch Elvis, y bu hi'n ffodus o gael hwnnw. Mae'i rhieni hi'n siwpyr-ffans, a'i thad hyd yn oed wedi dynwared Elvis unwaith mewn cyngerdd i godi arian at yr Ambiwlans Awyr. O leia roedd yr achos da ynddo'i hun yn cynnig rhyw gymaint o gyfiawnhad dros y fflêrs embarasing, a defnydd tenau'r siwt ddeimonds wen honno oedd yn tynnu ar draws ei frest o fatha tasa 'na gini-pig blewyn hir yn trio dingyd rhwng dannedd y sip.

A dyna hyd a lled diwylliant ei thad a'i mam. Maen nhw'n bobol iawn, yn gariadus a ffeind ac yn meddwl y byd o'u hunig ferch. Ond wedi dweud hynny, feddylion nhw erioed ryw lawer tu allan i'r bocs. Yn enwedig wrth ei bedyddio hi. Diolcha hithau mai Lisa maen nhw wedi'i galw hi erioed, ac nad ydi'r Mona-i-blesio-hen-wraig yn ddim ond blip ar dystysgrif geni na welith fawr neb mohoni byth.

Lisa, felly, sydd ar ei bathodyn heno. Dydi hi ddim yn gweld pwynt hynny, chwaith. Pam fod rhaid cyhoeddi enwau pawb sy'n gweithio yma i bob dieithryn, beth bynnag? Does ganddi hi ddim syniad beth ydi enw hwn sy'n ista wrth y bwrdd 'ma heno, a does ganddi hi ddim hawl i ofyn. Mae hi'n rhoi cipolwg ar y cloc mawr plastig ar y wal gyferbyn. Wyth. Mae'i shifft hi'n gorffen mewn awr, ac mae Denise wedi cau'r ffrïwr tships i lawr. Dim ond eu hogla nhw sy'n aros, yn barod i ddod adra hefo hi wedyn yng ngwead ei blows ac yng nghudynnau'i gwallt pinc. Mae hi'n falch mai dim ond joban gyda'r nos ydi hon, pres pocad nes bydd hi'n gorffen ei chwrs coleg. Rhyw ddiwrnod, mi fydd hi'n cynllunio dillad i gwmni mawr, ac ogla Miss Dior fydd arni, nid ogla Mazola Corn Oil ...

'Te bildar. Mỳg.'

Mae o wedi bod yn ista yno yn ei gwman ers cyhyd fel bod ei glywed o'n siarad o gwbwl yn syndod bron, yn darfiad, fel car yn bacffeirio yn y stryd tu allan, neu daran annisgwyl: pell, ond yn dal yn fygythiad. Hyd yn oed rŵan, dydi o ddim yn codi'i ben o'i bapur newydd, dim ond yn cribinio drwyddo eto ac eto, drosodd a throsodd, fel petai o'n disgwyl canfod atebion i gyfrinachau'r bydysawd rhwng ei blygion anwastad.

Mae hi wedi bod yn ei wylio ers sbel, ers iddo gymryd arno'i fod o'n astudio'r esgus o fwydlen rhag gorfod gofyn am ei banad yn gynt. Dyna un ddawn sydd gan y ddwy Fona Lisa'n gyffredin – y gallu i gadw rhywun yn eu golygon heb orfod symud eu llgada.

Mae'r boi 'ma'n bownd o fod yn dynn ar ei hanner cant, ond mae'i ddillad o'n rong: yn hen, ac eto'n rhy ifanc iddo, y jîns llydan llac, y trênyrs, y gôt camo, y mwclis diarth o gregyn bychain bach sy'n edrych yn anghyfforddus am ei wddw. Ffasiynau roedd dynion ifanc ar ddechra'r mileniwm yn eu dilyn ydyn nhw, steiliau 'fintej' sy'n dechra gwneud cỳm-bac. Ond nid ar foi fatha hwn. Mi fasa trênyrs 'retro' newydd yn lân ac yn ffresh. Mae'r rhain sydd am ei draed o mor dreuliedig mae hi'n anodd gwybod pa liw oedden nhw'n wreiddiol, ac mae hi wedi cymryd oes pys i'r rhimyn du tu mewn i goler ei siaced armi fagu cymaint o sglein.

Mae o'n talu i'r geiniog am ei fygiad o de, yn taro'r newid mân ar y bwrdd yn syth fatha cowboi mewn salŵn, yn lle'i yfed yn gynta a mynd at y cownter wedyn i ofyn am y bil fel pawb arall. A dyna pryd mae hi'n sylwi nad ydi o ddim fel pawb arall. Ddim cweit. Ac nid oherwydd ei fod o'n ymddangos mor ddi-glem, fel ymwelydd o gyfnod arall sydd newydd gamu allan o beiriant amser. Nid dyna'n unig ydi o. Ond oherwydd iddo godi'i ben am y tro cynta, a syllu arni.

Un yn frown, a'r llall yn las.

Dydi'i llgada fo ddim 'run lliw.

MONO

Dim ond un peth sydd ei angen i droi popeth ben ucha'n isa. Un digwyddiad. Mi fedar hwnnw newid cwrs dy fywyd di'n llwyr. Dwi'n gwbod hynny cystal â neb. Fatha rhywun yn dwyn dy gar di er mwyn mynd i gael gwared o gorff. Ia, ti'n iawn. Dwi'n siarad o brofiad. Mi fuo bron i mi landio ar fy mhen yn jêl oherwydd peth felly. Ond y ffordd dwi'n sbio arni rŵan, roedd y shit hwnnw i gyd i fod i ddigwydd, neu faswn i ddim wedi gorfod cael twrna ar gefn bwystfil o foto-beic yn bomio ar hyd yr A55 fatha rwbath mewn ffilm i achub fy nhin i. Ti wedi clywed am y *Lincoln Lawyer*? Ffilm ydi honno hefyd, lle mae'r cyfreithiwr 'ma'n cael ei lysenwi ar ôl ei gar. Wel, os felly, y Ninja Lawyer fasa'r enw i Aled O'Shea.

Wyddwn i ddim am fodolaeth Osh tan y diwrnod hwnnw, a taswn i'n gwbwl onest, roeddwn i'n meddwl cyn hynny mai rwbath roeddat ti'n cwcio coesa cywion ieir ar frys ynddo fo oedd Ninja. Anji Kiely gafodd afael ar Osh fel twrna i mi, gan ddod i'r adwy fel erioed. Hi oedd y riportar ddaru 'nghymryd i o dan ei haden pan es i ar gyfnod profiad gwaith hefo'r *Herald*, a hi gafodd joban go iawn i mi hefo'r papur wedyn. Anghofia i byth mo'r *buzz* ges i o weld fy enw mewn print o dan y darn cynta hwnnw sgwennish i, rwbath am goeden hynafol yn dod i lawr mewn storm. '"Dadwreiddio Darn o Hanes – gwyntoedd cryfion yn dinoethi'r tirwedd" gan Iwan Môn.' Ia, impresif, 'de? Dim ond nad oes neb wedi fy ngalw fi'n Iwan Môn ers dyddiau'r ysgol feithrin, felly chydig iawn o bobol a oedd yn gwbod bryd hynny mai fi oedd y jîniys oedd yn gyfrifol am bennawd mor ysgubol.

'Panad, Mono?'

Nid cynnig un mae o, go iawn, ond gorchymyn i mi'i gneud hi. Dwi wedi hen arfer. Mae'r garej motobeics 'ma fel ail gartra i mi erbyn hyn, a'r banad foreol wedi mynd yn gymaint o ddefod ag ydi gorfod moesymgrymu i bioden; fasa'r diwrnod ddim yn cychwyn yn iawn heb ei bendith hi. Na heb fendith Rich T ar betha, chwaith, am wn i. Mae o'n offeiriad annhebygol yn ei wasgod ledar a'i fandana, y dyn mawr 'ma hefo enw sgedan a dwylo fel rhawia, ond fo ydi'r ffrind gorau gafodd Osh erioed, byth oddi ar iddyn nhw sefydlu'r busnes beics hefo'i gilydd. Mi fedar Rich dynnu Harley'n dipia a'i roi'n ôl at ei gilydd fel bod o'n well nag y bu'n newydd, ond does gynno fo mo'r syniad lleia sut i drin y peiriant coffi.

'Chwith gweld y Ninja,' medda fi, yn amneidio i gyfeiriad beic Osh yn sefyll yng nghornel bella'r gweithdy, yn ddistaw o dan ei orchudd du fatha Cadair Birkenhead.

'Sôr-point,' medda Rich. 'Dydi o'm yn fodlon rhoi'i law yn ei boced am egsôst newydd i hwnna rŵan bod y ffôr-bei-ffôr 'ma gynno fo. Ac mae hi'n haws bod yn dad cyfrifol mewn car dibynadwy nag ar gefn anghenfil fatha hwnna, debyg.'

Dwi'n darganfod yr un hiraeth yn esboniad fflat Rich â sgin inna am weld – a chlywed – y beic pwerus 'ma'n tynnu sylw o gwmpas y lle. Yn fy meddwl i, yr 'anghenfil' hwn oedd y creadur mytholegol a gariodd Osh ar ei gefn i fy rhyddhau i bryd hynny. Mae'r Defender newydd yn cŵl, dim dwywaith amdani – mi fasa sawl un dwi'n ei nabod yn gwerthu'i nain er mwyn gallu fforddio un – ond dydi o ddim cweit yn Osh, rywsut. Mi allet ti ddadlau nad ydi Osh ei hun 'ddim cweit yn Osh' chwaith y dyddiau hyn.

'Dio'm yn fo'i hun,' medda Rich, yn cystadlu'n annisgwyl hefo chwydiadau'r peiriant coffi.

'Asu, Rich. Ti'n darllen meddyliau rŵan, 'ta be?' medda finna.

'Titha wedi sylwi, felly?'

Dwi'n gneud rhyw dwrw tebyg i'r peiriant sy'n rhygnu tu ôl i ni, ebychiad a allai olygu 'ydw' neu 'nac'dw', neu 'ffyc-nôs'. Yn difaru agor y drws ar drafodaeth am ymddygiad diweddar fy mòs rhag i mi swnio'n fradwrus. Dwi'n tagu i glirio'r chwyrniad sydyn sy'n cyrlio arno'i hun yn barod yng nghefn fy ngwddw i o achos nad ydw i isio bod yr un sy'n rhoi'i droed ynddi. Ond mae ar Rich isio bwrw'i fol, p'run bynnag. Mae o'n ista yng nghanol llanast y swyddfa fechan lle mae olion-bodiau-oel ar bopeth, ac yn sbio'n ddisgwylgar i gyfeiriad ogla Blend y Barics sy'n rhoi cynnig gwrol ar gnesu'n ffroenau ni.

'Dwi'n poeni amdano fo, Mono.'

Dwi'n cau 'ngheg yn dynn i roi cyfle i'r coffi roi cic i mi, ac yn gadael i Rich lenwi'r distawrwydd, tric dwi wedi'i ddysgu – yn eironig iawn – gan Osh ei hun ers i mi ddechra gweithio iddo fo. Mae Anji'n giamstar ar hynny, hefyd – cael pobol i siarad. Dyna pam y basa hi wedi bod yn bartner ardderchog i Osh yn ei fenter newydd: Kiely ac O'Shea – Ymchwilwyr Preifat. Dyna oedd hi i fod. Roedd Anji wedi cytuno, mewn egwyddor, ond mi ddaru'r shait i gyd daro'r ffan cyn i'r un ohonon ni gael tsians i ddeud PI, yn do? A rŵan, dim ond O'Shea ydi o. Wel, a bod yn fanwl gywir, YMCHWILIADAU O'SHEA sydd wedi'i argraffu ar wydr drws y swyddfa sydd gefn yn gefn â'r garej 'ma. A fi ydi'r gwas cyflog, yn fwy siomedig a bôrd yn fy swydd newydd na faswn i erioed wedi'i ddychmygu.

Mae yna rwbath mawr ar goll.

A dydi hi ddim yn cymryd ditectif preifat i weithio allan pwy ydi honno.

KEATING

Wyth tan wyth. Os ydi'r cloc-bysedd-mawr 'na'n weddol agos i'w le, golyga'i fod yntau wedi bod allan ers deuddeg awr. Mae o'n nacyrd. Yr adeg yma neithiwr, fel pob neithiwr arall ers deunaw mlynedd, roedd o'n gorwedd ar ei wely. Mae'r hogan sy'n llnau'r byrddau'n gwneud ei gorau i gymryd arni nad ydi hi'n sbio arno, ond gŵyr ei bod hi'n astudio pob manylyn rhwng cudynnau'r ffrinj hir sy'n llen dros ei llgada. Mae hi'n meddwl ei fod o'n od, a dydi o ddim yn gweld bai arni. Dydi o ddim yn cofio sut i fod hefo pobol. Merched yn enwedig. Felly mae o'n trio peidio sbio arnyn nhw o gwbwl, hyd yn oed pan fyddan nhw'n siarad hefo fo.

'Dan ni'n cau am naw, del.'

Nid y ferch ifanc sy'n ei gyfarch rŵan, ond y ddynes tu ôl i'r cownter. Llais John Player Special a llgada i fatsio. Tybia Keating na fedar hi fod fawr hŷn nag o'i hun, ond mae bywyd o weithio oria hir wrth ben ei thraed mewn llefydd fel hyn wedi tynnu'r sglein oddi arni. Mae hithau hefyd yn siarad â'i phen i lawr, yn cyfarch y ffrïwr tships mud yn hytrach nag edrych yn syth i'w gyfeiriad. Enaid hoff cytûn. Fyddai hi ddim callach tasa ganddo fo gyrn ar dop ei ben, a fyddai dim ots ganddi chwaith, o achos bod wyneb y cloc yn llawer pwysicach iddi erbyn hyn na'i wyneb o.

Mi chwaraeith o'r gêm: mynd am y bi-an-bi maen nhw wedi'i fwcio iddo fo ar gyfer heno i ddangos pa mor werthfawrogol ydi o, a'i fod o'n bwriadu bihafio. Un cam gwag, ac mi fasa yn ei ôl dan glo mewn cachiad nico. Yn ystod y tywyllwch oedd wedi'i feddiannu droeon heddiw – weithiau am funudau ar y tro – fe'i cafodd ei hun yn ystyried na fyddai hynny, ella, yn beth mor uffernol wedi'r cwbwl. Onid oedd ei ffrindiau agosaf, erbyn hyn, i gyd ar y tu mewn? Wedyn, o nunlla, deuai chwa o wynt i frathu'i wefus a chwythu dail o dan ei draed; pwysai ogleuon tships a choffi a synau'r stryd arno i ddeffro synhwyrau a fu mewn trwmgwsg ers cyhyd, a'i atgoffa'i fod o'n ddyn rhydd. Roedd angen hynny arno. Y gic honno yn ei din i'w argyhoeddi fod ganddo hawl i fod yno, ac nad wedi glanio o blaned arall oedd o.

Mi ddaru Aron Bocsar ei rybuddio fo. *Dwad allan yn wîyrd i ddechra, ia.* Ac mi ddylai Bocs wybod. Yn ôl i mewn am y trydydd tro. Mae o'n un o'r rheiny sy'n well person yn y carchar nag ydi o ar y tu allan. Er ei fod o'n handi hefo'i ddyrnau – un da i'w gael yn dy gongol mewn lle felly – dydi o mo'r callaf tuag ato'i hun dan ddylanwad rhywun, neu rywbeth, sy'n medru chwarae hefo'i ben o. Yn achos Bocs, cyffuriau, a'r bobol tu ôl iddyn nhw, sydd wastad wedi'i arwain i drybini. Ar ei ben yn y jêl o'u hachos nhw, ac yn dychwelyd wedyn, at rywbeth gwaeth, ar ôl cael ei ryddhau am nad oedd ganddo neb na dim arall yn disgwyl amdano fo. Ddaw o ddim allan y tro yma. Mwrdro'r boi rong am gysgu hefo'r hogan roedd o'n ei chanlyn ar y pryd, tra bod yr un cywir – deliwr côc hefo BMW a sgidia Gucci – yn chwerthin i fyny 'i lawes yn braf, ac yn dal i shagio'i lefran o. Cofia'r eildro i Bucs ddod yn ei ôl i mewn, nid yn unig i'r un bloc â fo ond i rannu'r un gell, y bwlch yn ei ddannedd blaen yn peri iddo wenu fatha giât â thwll ynddi:

'Iawn, Keats! Sud wti'r basdad? Its-iôr-lyci-de, mêt!' Hyn gan esgus lobio'i doilet-rôl i'w gyfeiriad fel tasa fo'n pasio'r bêl ar gae rygbi.

Roedd Keating eisoes wedi derbyn ei lysenw (oherwydd ei llgada glas a bod ei fam wedi gweld yn dda i'w fedyddio'n Ronan ymhell cyn i neb glywed sôn am Boyzone) yn gymharol raslon, oherwydd byddai cymryd ato ar gownt peth felly reit ar ddechra'i stint wedi medru gwneud pethau'n waeth iddo. Ond doedd y ffaith ei fod o wedi rhoi peltan sydyn i un carcharor a fynnai fynd â'r tynnu coes gam ymhellach ddim wedi gwneud mymryn o ddrwg iddo chwaith, a daeth pawb yno i'w adnabod fel Keating wedyn heb falio'r un ffeuen sut cafodd o'r enw yn y lle cynta. Ac roedd hynny'n ocê. Petai o'n onest, roedd yn well ganddo gael ei alw'n Keating na chael ei alw'n Ron. A thalfyriad o hynny, gan y rhai agosaf ato, oedd Keats. Doedd dim arwyddocâd i hynny chwaith, o achos nad oedd 'Ode to a Nightingale' yn golygu dim i neb yno, dim mwy na fasa tudalen o'r *Sun* mewn Mandarin.

Ond rhywsut y pnawn hwnnw – efallai oherwydd ei ryddhad mai Bocs gyrhaeddodd fel ei sel-mêt newydd – penderfynodd Keating roi ateb smala i'r 'Iawn, Keats!' hefo:

'O, ti wedi clywed 'mod i'n fardd hefyd rŵan, wyt?'

Safodd Bocs yn stond, a chraffu ar ei ên o.

'Ti bach yn hen i gael bỳm-fflỳff ŵan, mêt. Odd gin nain fi well bîyrd na hwnna, ia.'

'Ffwc ti'n ...?'

'Bardd chdi. Neu lac o bardd chdi. Lwcus na fi maen nhw wedi'i roi i mewn efo chdi. Sa 'na neb arall yn dacht y geiria Welsh Nash 'na!'

Doedd Bocs ddim wedi lladd neb bryd hynny. Roedd gobaith iddo o hyd. Ar ôl cael ei ollwng allan am yr eildro'r aeth hi'n flêr. Nid yr un Aron Bocsar a fu'n gweithio hefo fo yn y gegin ddaeth yn ei ôl am y trydydd tro i Floc B.

'Maen nhw'n cau rhoi hen job fi'n ôl i fi ŵan, na? 'Cofn i fi afael mewn cyllath, ia.'

Chafodd o ddim dod yn ôl i rannu'r gell chwaith, i rannu cell neb.

'Dwi ar ben fy hun am ŵan, ia, achos bod fi'n cael angyr-manejment.'

O'r eironi, meddyliodd Keating bryd hynny. Dwi wedi gorfod disgwyl blynyddoedd am y fraint honno, a dydw i ddim ond yn cael cell i mi fy hun o'r diwedd oherwydd bod fy iechyd i'n ffỳcd.

Canlyniad ei sgan ddiweddaraf ydi'r rheswm pam y cafodd ei ryddhau ddiwrnod yn gynnar. Fatha tasa un diwrnod yn mynd i wneud gwahaniaeth. Ac eto, pan wyt ti'n mesur dy fywyd mewn wythnosau, mae pob awr yn cyfri. Yn enwedig pan fo rhai o dy flynyddoedd gorau di eisoes wedi cael eu fflysho i lawr y pan.

Mae ogla cyfarwydd stwff golchi llawr mewn bwced mop yn ei atgoffa'i fod o wedi gorymestyn ei groeso yn y caffi 'ma ers meitin. Edrycha i wyneb y ferch ifanc am y tro cynta wrth gyfri dwybunt o newid mân mewn anghrediniaeth lwyr. Dwybunt am banad? Mae hi'n sbio'n wirion arno fo, a sylweddola Keating yn sydyn ei fod o'n edrych yn union fel yr hyn oedd o – ecs-con di-glem, fatha jymbl-sêl ar gerdded, yn dal i wisgo'r dillad y cafodd ei arestio ynddyn nhw ddeunaw mlynedd yn ôl. Y boi dieuog a gafodd garchar. Na choeliodd neb erioed mo'i stori. Gwnaeth y camgymeriad, yn fuan wedi iddo fynd i mewn, o ddweud wrth un o'r swyddogion nad oedd o ddim i fod yno, a chael yr ateb:

'Nac wyt, siŵr Dduw. Dyna mae pawb ohonoch chi'n ei ddeud. Ma' fama'n llawn o bileri cymdeithas wedi cael eu cyhuddo ar gam.'

Doedd hyd yn oed clep y drws trwm yn cau tu ôl iddo a chlindarddach y goriadau'n rhegi'r clo ddim yn ddigon i fygu sŵn chwerthin y swyddog hwnnw.

Deng munud o waith cerdded sydd ganddo fo nes bydd o yn ei ôl yn y tŷ lojin cyn naw. Mae gorfod aros yn y shit-hôl yma heno'n jôc, meddylia, a thŷ'i fam yn ddim ond chwarter awr i'r cyfeiriad arall. Wel, ei dŷ *o* ydi o erbyn hyn. Gadawodd ei fam bopeth iddo yn ei hewyllys. Fo fasa wedi cael y cyfan, p'run bynnag, fel ei hunig fab, 'ond ma' isio gneud yn saff, Ron, nenwedig â chditha'n stỳc yn yr hen le 'na.' Ddaru hi erioed ei ama fo, hyd yn oed â ffrindiau oes yn dechra troi'u cefnau arni. Bu farw gwta flwyddyn yn ôl, a chafodd yntau ganiatâd i fynd i'w hangladd ar y funud ola, â swyddog carchar wrth ei ochor fatha'r llofrudd y credai pobol iddo fod. Roedd yn rhyddhad iddo, er mwyn ei fam, na fu'n rhaid iddo fod mewn cyffion. Pe bai ots go iawn am hynny hefyd, gan mai dim ond dyrnaid o bobol ddaeth yno, yn cynnwys rhyw fath o gyfreithiwr. Derbyniodd lythyr ganddo eisoes yn egluro bod ei fam wedi rhoi Pŵer Twrna iddo i edrych ar ôl y tŷ pe bai hi'n marw cyn byddai'i mab yn cael ei ryddhau o'r carchar. Gwybod faint o amser oedd ganddi ar ôl, mae'n rhaid. Caniataodd i ias ei gerdded pan ddarllenodd o hynny. Mae o'n dallt cystal â hithau bellach sut deimlad ydi sbio yn llygad dy farwoldeb dy hun.

'Dymuniad eich mam oedd i chi gasglu goriadau'r tŷ gan (Mr Rwbath-neu'i-gilydd – mi fydd yn rhaid iddo tsiecio'r llythyr i'w atgoffa'i hun o enw'r boi). Ond fydd o ddim ar gael tan drannoeth, 'dach chi'n gweld. Cael eich rhyddhau ddiwrnod yn gynnar wedi drysu petha. Felly'n lle ni ydi cael hyd i lety i chi ar gyfer y noson gynta 'ma.'

Be oedd hon isio? Medal? Ond chwarae teg i Helen, ei weithwraig gymdeithasol. Hi oedd yr unig un i'w alw'n 'chi' mewn deunaw mlynedd, ar wahân i'r consyltant roddodd y ddedfryd ychwanegol iddo. Rêl ei fam hefyd yn chwilio am dwrna, ac isio'i amddiffyn fel tasa fo'n dal yn ddeg oed. Roedd hi fel petai hi wedi gwrthod cydnabod y ffaith ei fod o wedi treulio rhan helaetha'i oes erbyn hyn yng nghwmni nytars a fyddai'n barod i blannu cyllell rhwng dy senna di cyn y basan nhw'n sbio arnat ti.

Felly 'diolch, Helen' a 'beth bynnag 'dachi'n ddeud, Helen' oedd hi, tra'i fod yn gwybod yn ddistaw bach mai bolocs oedd y cwbwl. Hwn ydi'r tŷ y cafodd ei fagu ynddo. Mae goriad sbâr yn rhydu'n dawel ar fachyn yn yr hen gwt ci tu allan ers pan oedd o'n ddim o beth. A hyd yn oed pe na bai hwnnw yno, mae yna ffordd o agor ffenast yr iwtiliti o'r tu allan a bod drwyddi cyn i ti fedru dweud 'nain nain nain'. Mi bicith draw bore fory i gael trefn arno'i hun cyn cwarfod y twrna 'na, neu bwy bynnag ydi o, i gogio nôl y blydi goriad. Rhaid iddo gael ei weld yn ei chwarae hi bai-ddy-bwc. Mae o wedi gorfod aros yn rhy hir.

Beth bynnag ydi'r bi-an-bi 'ma, mae o'n falch o gyrraedd yn ei ôl, er gwaetha'r ogleuon cwcio stêl sy'n gymysg ag ogla'r po-pwrî diawledig mewn rhywbeth tebyg i ddesgil cath ar fwrdd yn yr hôl. Er nad ydi'r grisia cul yn mynd i fyny'n uchel, mae o'n teimlo'n rhy fawr iddyn nhw, fel tasa fo mewn tŷ dol, ac mae'i glun o'n dechra bynafyd, yn mynnu eto'i fod o'n cerdded hefo mymryn o herc. Dydi hi ddim mor hawdd cuddio hwnnw pan fydd o'n blino. Ond mi fedar guddio'i llgada gleision rŵan pan ddymunith o.

Syniad Bocs oedd y contact lensys lliw. Mae llgada

gleision Keating yn rhy hardd ar gyfer y gwynab sydd ganddo bellach, yn tynnu sylw. A dydi o ddim isio gormod o hwnnw. Ddim rŵan.

'Fydd gin chdi chgada brown hefo'r rhain, ia. Chgada Labrador yn che rhai fatha hedlamps BMW.'

'Mi fasat ti'n gwbod am rheiny, basat?'

'Hei. Mêt. Lô-blô, ia? Dwi wedi swopio fêps fi i dalu am y ffycars yma i chdi.'

Mae'r lensys yn pigo erbyn hyn, beth bynnag, yn tynnu dagrau ffug fatha'r holl nionod mae o wedi'u plicio. Wrth fentro at y drych smotiog yn yr esgus o *en suite*, sylwa Keating ar ei gamgymeriad. Bu'n rhwbio'i llgada ers ben bore, heb sylwi fod un o'i lensys lliw wedi disgyn allan. Mae ganddo un llygad frown bellach, ac un drawiadol o las. Shit. Dyna pam fod y wêtres fach honno wedi methu celu'i syndod pan edrychodd o arni.

Tyn yr aden chwilen o lens sydd ar ôl a'i gadael ar ymyl y sinc i sychu'n grimp. Feddyliodd o ddim y byddai cael ei ryddhau o'r carchar yn brofiad mor flinedig, nac y byddai paneidiau o de a grisiau wedi'u carpedu, a gwlâu hefo matresi meddal wedi mynd yn bethau mor ddiarth iddo. Rŵan, cyn mentro meddalwch y gwely, mae o'n tasgu dŵr oer dros yr un llygad sy'n dal i edliw iddo, ac yn meddwl am yr hyn sydd o'i flaen.

Am yr un peth sydd wedi'i gynnal cyhyd.

A fydd yn ei gynnal am chydig bach eto.

Ac yn estyn llythyr y twrna hwnnw o boced ei gôt

er mwyn tsiecio lle mae o'n gorfod mynd i'w gyfarfod o fory. Enw Gwyddelig sydd ganddo fo. O'Rwbath. Mae o'n cofio cymaint â hynny oherwydd ei wreiddiau Gwyddelig ei hun ar ochor ei fam, y rheswm iddi roi Ronan yn enw ar ei phlentyn. Efallai mai dyna pam y dewisodd hi ymddiried yn y boi yma. Ysgwyda'r ddalen o'i phlygion a chraffu ag un llygad ar yr enw a dorrwyd o dan y llythyr. Ia, dyna fo. Doedd o ddim yn bell ohoni hefo'i O'Rwbath. Cymro â chyfenw Gwyddel ydi hwn. O'Shea.

Aled O'Shea.

DCI LIAM O'SHEA

Weithia, mae cerdded cnebrynau'n rhan o'r job. Yn enwedig rhai fel un Johnny Hart. Bu enw hwnnw'n gysylltiedig â sawl achos amheus ar hyd y blynyddoedd, ond roedd o'n ddigon o lwynog erioed i wasgu trwy bob bwlch yn y gyfraith cyn i neb fedru'i gyhuddo o ddim byd. Hynny'n mynd hefo'r diriogaeth, meddylia Liam, gan godi coler ei gôt yn erbyn brath yr eirlaw sydyn ar ei wegil. Roedd Johnny'n bell o fod yn Peter Stringfellow, ond fel perchennog cadwyn o glybiau nos ar hyd arfordir y gogledd roedd ei ddylanwad – a'i gysylltiadau – yn ddigon i'w gadw rhag cael ei lusgo o flaen ei well, er mawr rwystredigaeth i'r heddlu ers amser maith.

A rŵan mae'r uffar cyfrwys yn ei arch. Meddylia Liam am record Hogia'r Wyddfa'n rhygnu arni gan ei fam ar ôl iddyn nhw gladdu'i dad. Rwbath am arch yn crafu'r pridd. Y geiriau mwya dipresing yn hanes y ddynoliaeth. Ac eto, fedar o ddim peidio'u cofio nhw.

'T. Rowland Hughes,' medda hi, a'i llgada hi'n boddi.

Hyd heddiw, mae gweld eira Ebrill yn gap ar yr Wyddfa'n gyrru iasau drwyddo. Rhyfedd fel mae rhai petha'n mynnu aros hefo chdi. Pharodd ei fam ddim yn hir wedyn chwaith. 'Mae hi'n anodd mendio dim fel hyn / A phen yr Wyddfa i gyd yn ...'

'Bòs? 'Dach chi'n iawn?'

'Iesu! Be ti'n da'n stelcian tu ôl i mi fel'na, Eds? 'Y nychryn i i ffycin ffitia!'

Gwyn Edwards ydi'r DI newydd ar y tîm, olynydd Sioned Preis, wedi i honno ofyn am dransffyr. Isio llechan lân. 'Problemau personol' oedd ei hunig esboniad ar y pryd, er bod si ar led nad oedd hi a'i dyweddi, Cêt, wedi bod yn cyd-dynnu ers sbel oherwydd fod Sioned yn 'briod â'i job'. Join-ddy-clyb, meddyliodd, wrth ei gwylio'n gwagio drorau'i desg. Doedd yr inc ddim eto wedi sychu ar ei ddecrî-absoliwt yntau. Ailymgolli yn ei waith ddaru'i gynnal trwy'i ddifôrs y llynedd, a dyna fydd achubiaeth Sioned hefyd – troi at yr union beth a roddodd gusan angau i'w pherthynas hithau. Cofia iddo feddwl bryd hynny pe bai eironi'n berson o gig a gwaed, fo fyddai'r boi fyddai'n landio ar stepan dy ddrws di hefo potel o Benderyn ar ôl clywed fod dy iau di'n ffỳcd.

'Poeni amdanach chi, Bòs. Gweld rhyw olwg-be-'na-i arnach chi. O, a bai-ddy-we, 'dach chi ddim i fod i regi mewn cnebrwn.'

'Dibynnu pwy sy'n cael ei gladdu, Eds.'

Mae'r ffaith fod Gwyn Edwards wedi'i ddal o ar eiliad go ddwys wedi bwrw Liam oddi ar ei echel. Ond er gwaetha dawn anffodus Eds i droi i fyny'n annisgwyl ar yr adegau mwya anghyfleus, mae o wedi cymryd at ei DI newydd yn syth. Dydi o ddim yn ei gymryd ei hun ormod o ddifri. Nid fel Sioned Preis gynt. Roedd ei sgiliau ditectif yn ganmoladwy iawn, ond blydi hel – sôn am inténs, 'de. Mae yna fantar i'w gael hefo hwn. Sylweddola'n sydyn, wrth weld y fflach o ddireidi yn llgada DI Edwards, fod y boi'n ei atgoffa o'i frawd. Dim ond bod Eds hefo rhyw lun o barchedig ofn, ac yn gwybod lle i dynnu'r lein. Yn achos Osh a fo, fel yn achos brodyr sy'n arfer tynnu'i gilydd yn gareiau, ond sydd hefyd yn fodlon marw dros y naill a'r llall tasa raid, does yna ddim lein.

Mae o wedi anwybyddu dirgryniadau'r ffôn yn ei boced ers pum munud go dda. Dim blydi llonydd i'w gael, meddylia. Mae o'n dallt pam fod cymaint o'r hogia'n mynd i sgota ar ddiwrnod rhydd. Lle gaet ti'n well na glan llyn yng nghanol nunlla i osod dy stondin am dipyn, o olwg pawb? Ond lle mae o'n mynd i drio cael eiliad o heddwch? Cnebrwn y gangstar lleol. Mae o'n taflu cipolwg sydyn i gyfeiriad y boi sy'n cysgodi yn y coed ar gyrion y fynwent. Neu'n hytrach, yn cadw o'r golwg. Dyna faswn inna'n ei wneud hefyd taswn i yn ei sgidia fo, meddylia Liam. Ac eto, taswn i'n Ron Evans ar fy ail ddiwrnod yn rhydd o'r jêl, faswn i ddim yn twllu angladd Johnny Hart, o bawb.

Copar cymharol ddibrofiad o hyd oedd Liam O'Shea, newydd basio'i arholiad i fynd yn sarjiant, pan ddedfrydwyd Ronan Evans i ddeunaw mlynedd o garchar am saethu'r gemydd, Ilar Gresham, yn stafell gefn ei siop ei hun. Chredodd o ddim bryd hynny fod Ron wedi medru saethu neb, ond cafodd ei ddal yn y fan a'r lle, llond ei bocedi o fodrwya ac olion ei fodia fo ar hyd y blydi gwn. Nid Liam oedd yr unig un i feddwl bod Ron wedi cael ei fframio; onid oedd y cyfan yn rhy uffernol o gyfleus? Roedd popeth ynglŷn â'r achos yn drewi. Electrisian oedd Ron Evans, er mwyn Duw: sbarci, nid hitman. Ond doedd ganddo fo, Liam, mo'r dylanwad na'r awdurdod i fusnesu'r adeg honno, yn enwedig hefo cês rhywun fel Archie: byddai mynd yn groes i'r DCI Arthur Cunningham yn ddigon i roi'r farwol i unrhyw obaith am ddyrchafiad. Doedd yna ddim ffordd ganol hefo Cunningham; roedd o'n dy lecio di neu'n dy gasáu di. Du neu wyn. Fatha'i gesys o i gyd. Pawb ofn y basdad trwy'u tina. Ac er ei fod o wedi riteirio ers blynyddoedd a thros ei bedwar ugain erbyn hyn, mae gan Archie fys mewn llawer i friwas o hyd, a'r gallu rhyfeddaf – fel sawl hen fwli-croen-reino – i gadw pobol o dan ei fawd.

Bu sawl si ar led erstalwm fod gan Archie gysylltiadau gyda rhai o gymeriadau'r isfyd brith hwnnw na ŵyr neb i sicrwydd pwy sy'n perthyn iddo. Ond eto, gŵyr Liam ei hun yn well na neb pa mor ddefnyddiol y gall ambell un o'r rheiny fod i gopar sy'n fodlon talu am wybodaeth sy'n greiddiol i ddatrys cês. Gŵyr yn ogystal pa mor fradwrus y gall pob infformar fod. Mi fedar tsiansio dy law mewn byd o gysgodion fod yn gêm beryg: mae'n rhaid i ti ddallt dy bobol. Ac mae hynny'n gambl ar y gorau os wyt ti'n dablo hefo rhywun nad ydi'i grys o'i hun ddim yn ei nabod o'n iawn.

Ond mae o'n nabod Ron. A Ron yn ei nabod yntau, er ei fod o'n cadw digon o bellter oddi wrth bawb. Mae'n amlwg i Liam fod Ron wedi sylwi arno o gornel ei lygad, ac yn fwy amlwg fyth nad oes ganddo fwriad ei gydnabod. Wela i ddim bai arno fo, meddylia Liam. Faswn inna ddim isio dal pen rheswm hefo copar yn syth ar ôl i mi ddod allan o'r carchar chwaith. Be ddiawl mae o'n da yma? Ac yna, wrth droi'i olygon yn ôl i gyfeiriad y galarwyr ar lan y bedd, teimla binnau mân rhyw ragrybudd diawledig yn brathu'i wegil pan sylwa ar Archie Cunningham yn eu mysg. Shit. A theimla fel ochorgamu at yr ecs-con yn ei siwt newydd a'i hercan dwt a phoeri i'w glust: ffor-ffyc-sêc, Ron, paid â bod yn dwat.

Mae Archie ar bwys ei ffon y dyddiau hyn, hen gragen o'r hyn a fu a'i iechyd o'n gachu. Ond fedar Liam ddim teimlo'r un iot o gydymdeimlad tuag ato. Ni waeth pa mor fregus o gorff ydi o rŵan, yr un sglyfath caled fydd o byth. Cofia'r siarad a fu yng nghefn Archie wedi i hwnnw riteirio, yn enwedig y bantar pan gafodd ei oparêsion:

'Be gafodd o, 'ta?'

'Falf newydd yn ei galon.'

'Ei galon? Ffycin hel, wyddwn i ddim fod gynno fo un.'

Chwerthin.

'Falf mochyn maen nhw'n ei roi yn ei le fo, fel arfar.'

'Iesu, pyrffect-ffycin-matsh!'

Piso chwerthin.

Ond ar i lawr aeth Archie Cunningham wedyn, a fedrai'r polisi Biwpa drutaf un na'i aelodaeth o'r Mêsyns helpu dim arno unwaith aeth ei iechyd o i lawr y pan. Ddim mwy na ddaru talu trwy'i drwyn am ddoctoriaid a rowlio'i drowsus yn y Loj helpu Johnny Hart erbyn heddiw.

'Bòs?'

Mae Gwyn Eds yn ei ôl wrth ei ochor ar ôl diflannu i lawr at giât y fynwent gynnau i gymryd galwad. Mi ddysgith sut i anwybyddu ffoncols pan fydd o wedi bod yn y job cyn hired ag ydw i, meddyliodd Liam funudau'n ôl, ond rŵan, wrth weld y braw yn llgada'r DI ifanc, teimla'r ail ias yn ei gerdded y bore hwnnw.

'Be sy, Eds? 'Di un o'r ysbrydion o fama wedi …?'

'Bòs, jyst tshieciwch ych ffôn, ia?'

Mae'i wynt o'n fyr a'i wynab o'n wyn, ac wrth ufuddhau i orchymyn y detectif sy'n arfer cymryd ordors yn hytrach na'u rhoi, teimla Liam mai ynddo fo, ac nid yn Gwyn, mae'r ysbryd anniddig wedi cydio, a gwasgu ar ei beipen wynt nes bod yr anadl yn gwlwm yn ei lwnc.

OSH

Pan gerddodd Fiona Langley i'r garej ar y diwrnod o haf hwyr hwnnw fisoedd yn ôl, mi roddodd hefo un llaw, a dwyn oddi arno hefo'r llall. Mae o'n dal i gofio chwithdod yr eiliadau hynny, y cwlwm ddaru ffurfio yn ei stumog sy'n dal i dynhau hyd heddiw. Dianc oddi wrth ei deimladau fu *default setting* Osh erioed: roedd hi fel petai o wedi'i raglennu i gau i lawr yn emosiynol mewn argyfwng, a chymryd y goes i rywle, unrhyw le, ond roedd y shit i gyd yn dal i lynu o dan ei sgidia fo'n ddidrugaredd, yn doedd? Heddiw, mae o'n tynnu ar holl rym ei ewyllys fel dyn yn tynnu ar raff wrth geisio dewis y lôn i Ogledd Cymru'n hytrach na hitio'r draffordd a gadael i honno benderfynu.

Pe na bai'i fywyd o i gyd yn gyfan ar ei blydi ffôn, fyddai o ddim wedi troi'n ôl i wynebu Fiona am yr eildro, nid a hithau wedi'i lorio hefo'r ergyd greulonaf bosib. I fod yn deg â hi, roedd hi'n amlwg nad oedd hi'n cael dim pleser o ddweud wrtho, ond wedyn, roedd hi wedi cuddio'i hamheuon oddi wrtho o'r dechra, yn doedd? Oedd, roedd Fiona wedi gwneud llawer mwy nag agor y drws iddo'r noson honno, dro byd yn ôl, pan landiodd ar ei rhiniog â'i ben o'n chwalfa. Ond onid dyna roedd o wedi'i obeithio amdano, beth bynnag, ar ei berwyl-chwilio-am-gysur gan rywun arall? Rhywun diarth, pell-i-ffwrdd a dim cỳm-bacs. Ar ôl ei stint yn gweithio i gwmni LangleyTec, gwyddai Osh sut fyw oedd rhwng Desmond Langley a'i wraig: yn ystod yr wythnos, roedd Des yn y fflat yng nghanol dinas Manceinion, tra oedd Fiona yn y tŷ mawr crand hwnnw yn swbwrbia Swydd Gaer. Gwyddai y byddai hi adra ar ei phen ei hun, y *Cheshire housewife* ar ei gorau yn ei phyjamas sidan, â gwydraid o Brosecco yn ei llaw.

Mae hynny dros flwyddyn a hanner yn ôl, y noson y gadawodd o wely Angharad Kiely a'i gluo hi'n syth i freichiau gwraig ei gyn-fòs. Ei affêr hefo Fiona pan fu'n gweithio i gwmni LangleyTec ym Manceinion erstalwm oedd ei gyffro mwya, a'i gamgymeriad mwya. Torrodd Fiona'i galon yn dipia, a dychwelyd i Gymru i anghofio amdani oedd un o'r petha callaf a wnaeth Osh erioed. Heblaw am hynny, fyddai o ddim wedi taro ar Anji.

Roedd Angharad Kiely mor wahanol i Fiona Langley mewn cymaint o ffyrdd, nid yn unig o ran pryd a gwedd – Fiona'n wrachaidd o bryd tywyll tra bod Angharad yn benfelen – ond o ran y canol-bregus-llestri-gorau'n nythu o dan y gwreichion ar yr wyneb. Cyffyrddai Angharad o'r newydd o hyd yn rhywbeth yng ngwaelodion ei fod na wyddai o'i hun ei fod o yno. Cofia i Rich T gymharu'i helyntion i grwydriadau Dafydd ap Gwilym unwaith, a synnu Osh ar y pryd fod cymaint o ddiwylliant yn perthyn i gyn-Hells

Angel mewn gwasgod ledar a bandana. Ond i fod yn deg, roedd hyn cyn iddo ddallt fod gan Rich datŵ o faner Owain Glyndŵr o dan ei benglin chwith. Rhwng Fiona 'fel y frân' ac Anji 'fel yr haul', wyddai Rich ddim pa mor agos at y gwir oedd o chwaith, mae'n debyg, ac er mai'r ferch bryd tywyll yw'r un briod yn hanes Aled O'Shea, erys un peth yn gyffredin rhwng y beicar o dwrna a'r crwydryn o fardd: y benfelen sy'n berchen ar galonnau'r ddau.

Mae o'n dal i chwarae'r noson honno o hydref ar lŵp yn ei ben: Angharad mewn sioc ar ôl clywed fod ei chyn-gariad wedi'i ladd mewn damwain, a fynta'n cymryd ato fel hogyn ysgol. Doedd y ffaith fod Dylan yn ŵr i rywun arall ddim yma nac acw. Teimladau ydi teimladau. Waeth i ti drio rhoi menig bocsio am dy ddwylo cyn newid egsôst beic ddim. Fedri di mo'u dadgysylltu heb ollwng rhywbeth. Ac er iddo fo'i hun roi cynnig go lew ar hynny wrth gamu allan i goflaid G'lan Gaea a'i goctel o fwg, mae o wedi dysgu o'r diwedd na chei di ddim byd gwerth ei gael heb aros i gwffio.

Ond wneith o ddim cwffio heddiw. Nid am rywbeth na phia fo mohono.

Mohoni.

Mae'i llgada fo'n niwlio wrth feddwl am Rhiannon. Wrth i'r geiriau lefarodd Fiona bryd hynny sgytio'i go' fatha miwsig diarth yn llifo trwy ffenestri rhywun arall – 'this is Riannon. Al's daughter' – daw pwl o rywbeth arall drosto'n sydyn: y sylweddoliad chwerw-ddoeth hwnnw ei bod yn haws gweld yn gliriach drannoeth wedi'r digwydd. Roedd enwau'r ddau ohonyn nhw'n rong ganddi, yn chwithig. Mi ddylai o fod wedi gweld hynny fel arwydd angau – Rhiannon heb yr 'h', a fynta'n swnio fatha stand-ỳp-comîdian oedd yn chesu'r crowdiau yn un o glybiau nos Benidorm. Ar wahân i'r ddynes honno o'r Alban y llynedd oedd â chysylltiad â chês yr actor coll, does 'na fawr o neb yn ei alw'n Aled bellach, hyd yn oed, heb sôn am ei dalfyrru i Al.

Mae Osh yn gadael i ddicter ei feddiannu. Gwell hwnnw na blydi dagrau. Er bod ganddo fwy na digon o hawl ar y rheiny hefyd. Try'n ôl yn y rowndabowt nesa, â chyfaddefiad Fiona'n dal i forthwylio'i frên. Beryg mai dyna pam nad ydi o'n rhoi fawr o sylw i'r ffôr-bei-ffôr hefo'r ffenestri duon sydd wedi bod yn gynffon iddo ers bron i ddeng munud. Er ei waetha, pwysa *play* unwaith eto ar y sgwrs ola honno sy'n dal i heijacio'i feddyliau:

'On Riannon's life, Al. I really believed she was yours. Why else would I have given her a Welsh name ...?'

Ond be am Des, gofynnodd yntau, wedi'i rewi yn ei unfan yn gwylio'r fechan yn syllu arno o'i chadair. Desmond Langley, y copi rhad o George Clooney a'i Fanceinioneg-stryd-gefn yn ei fradychu'r munud yr agorai'i geg. Be feddyliodd hwnnw amdano fo, cyn-dwrna LangleyTec, yn galw yn ei gartref yn rheolaidd i ymweld â'i blentyn?

'How would he have known, Al? He was never here, was he? And he's never likely to be, now.'

Doedd Osh ddim yn dallt. Eglura, medda fo wrthi, ei dafod yn teimlo'n dew. Eglura, o achos mae'n rhaid fy mod i'n uffernol o ddwl yn fama. Oedd Des yn meddwl mai fo oedd pia Rhiannon felly? 'Ta oedd o'n meddwl dy fod ti wedi cael hyd iddi mewn basgiad wiail ar un o lannau'r afon Merswy ar dy ffor' adra o sbri siopa? Honno'n rhedeg drwy Fanceinion yn rhywle, dydi? Doedd dim angen iddo fo fod yn fasdad sarcastig, medda hi. Be arall oedd hi'n ei ddisgwyl ganddo? brathodd yntau. Roedd y ffordd roedd Rhiannon fach yn estyn ei breichiau tuag ato'n rhwygo'i galon, a throdd ei ben ymaith. Gwelodd yr un peth roedd o wedi dyheu amdano ers amser maith, y cyfle i fod yn dad, yn chwalu'n llwch o flaen ei llgada. Sôn am wylio rhywun yn rhoi matsian mewn ticad loteri: bu ganddo ffortiwn ar gledr ei law, a rŵan, mewn amrantiad, doedd ganddo affliw o ddim. Mopiodd ei ben ar rith. Fu ganddo erioed ferch. Roedd Fiona wedi ei chwarae, ei dwyllo. Ac i be? Fedra fo ddim meddwl am George Clooney Manceinion yn gwirioni'r un fath ar fod yn dad chwaith; roedd meddwl am hynny'n brifo mwy arno bron na'r ffaith fod Fiona – am ba bynnag reswm – wedi palu clwydda wrtho.

'Oh, Des knows she isn't his. We hadn't been "together" in a long while. He had his flings, and I had mine. In fact, we'd started divorce proceedings long before you turned up again.'

A'r 'again' hwnnw'n hongian ar ddiwedd ei brawddeg, yn atgoffa Osh yn ofalus o ddidaro mai un o'r fflings hynny oedd yntau.

'That's why I left it too long,' medda Fiona wedyn. 'I thought it was the stress. Otherwise I'd have done something about it ...'

Trodd Fiona at Rhiannon fel petai hi newydd gofio fod y fechan yn y stafell hefo nhw. Roedd y plentyn yn anniddigo rŵan, yn grwgnach ac yn estyn ei breichiau isio cael ei chodi o'i chadair. Caledodd Osh ei galon a sefyll yno a'i ddwylo yn ei bocedi, ei hawliau'n yfflon fel dyn wedi'i ddedfrydu. Pam, Fiona? Pam hoelio'r cyfan arna i os mai rhywun arall ydi tad dy blentyn di? Hefo pwy arall oeddet ti'n rhannu dy wely? Am y tro cynta, mae'i chydwybod hi'n mynnu'i bod hi'n dangos mymryn o gywilydd.

'Me and Louie ... we had a thing ...'

Luigi Santos, cyfrifydd Des ers blynyddoedd. Un o'i ffrindiau agosa. I fod. Ffyc. Luigi, a edrychai'n debycach i wêtar nag i rywun oedd hefo calciwletor yn lle brên. Y dyn priod hefo nythaid o blant. Dim ond fod y rheiny, mae'n debyg, wedi troi allan i'r byd bellach, a'r fenga, yn ôl syms Osh, yn ddeunaw oed, o leia, erbyn hyn. Luigi ydi tad Rhiannon. Roedd Osh wedi priodoli'i gwallt tywyll i enynnau Eidalaidd Fiona heb feddwl dim o'r peth.

'He broke it off to try and save his marriage. Family values and all that ...'

O, dyna oedd o'n eu galw nhw, ia? Fedar o ddim

dal yn ôl rŵan, ac mae Fiona'n culhau'i llgada duon yn amddiffynnol, y gwyleidd-dra wedi diflannu. A theimla Osh y mwrllwch yn clirio o'i ymennydd. Wyddai Luigi ddim byd am y babi tan wedyn. Tan ymhell ar ôl iddi gael ei geni. Aeth yn ei ôl adra ar ôl ei weledigaeth fawr, i drio sticio plastar dros y crac yn ei briodas. Mae'n debyg fod ofni y byddai'i yrfa hir hefo LangleyTec yn troi'n gachfa ddibensiwn wedi bod yn eitha cymhelliad hefyd. Digon hawdd i Fiona honni fod ganddi hi a Des briodas 'agored'. Ond mae gan bawb ei falchder. Yn enwedig boi fatha Desmond Langley, a rhywun fel Luigi Santos, ei fraich dde ers blynyddoedd, yn piso ar ei batsh o.

Yr hyn a frifodd Osh yn fwy na dim – yn fwy hyd yn oed na soniodd hi ddim am yr ysgariad, am ei pherthynas â Luigi – oedd y sylweddoliad sydyn mai mistêc blêr oedd Rhiannon fach. Ac er nad oedd Fiona'n sylweddoli'i bod hi eisoes yn feichiog pan landiodd o ar stepan ei drws hi'r noson honno, fo oedd y ploncar ar ei geffyl gwyn a gyrhaeddodd ar yr adeg berffeithiaf un pan ddaeth hi'n amser iddi chwilio am rywun i ysgwyddo'i gyfrifoldebau. Mae'n debyg na fedrai hi ddim credu'i lwc fod 'Al' O'Shea wedi rocio i fyny o nunlla'r noson honno a'i osod ei hun yn ddel yn y ffrâm.

Be ddigwyddodd, 'ta, Fiona? Luigi'n cyrraedd adra i ddarganfod nad oedd ei wraig ddi-siâp, druenus (a fu unwaith, gyda llaw, yr un mor dinboeth â chditha nes iddi roi genedigaeth i bump o blant) ddim cweit mor druenus wedi'r cwbwl pan gafodd hi hyd i'r secst anghofiedig hwnnw anfonaist ti i'w ffôn o, ia? Dŵad y gwir. Hi roddodd gic yn ei din o, 'de, yn ôl atat ti?

'Turns out he couldn't stay away, especially when he found out about Ria.'

A dyna hi. Yr hoelen ola. Y dad-Gymreigio a oedd yn llawer mwy anfaddeuol na dim ond gollwng yr 'h'. Freuddwydiodd o ddim y byddai'n teimlo mor amddifad ar ôl torri cysylltiad nad oedd o'n ddim ond rhith a chelwydd wedi'r cyfan. Doedd yna ddim byd ar ôl i'w ddweud. Cipiodd ei gôt oddi ar gefn y gadair lle gadawodd hi, a mynd heb sbio'n ôl.

Dyna pryd y disgynnodd ei ffôn o boced ei siaced, mae'n debyg. Mae gorfod troi'n ôl i wynebu Fiona eto'n ei gnoi. Pan ddaw hi at y drws hefo'i ffôn o yn ei llaw, mae golwg mwy swat arni, fel ast ddefaid wedi cael cerydd. Heb ei cholur, mae hi'n edrych bron yn gyffredin. Bron. Heblaw am y dannedd gwynnach na gwyn a'r Bôtocs sydd i fod i'w chodi uwchlaw merched meidrol – y rhai a chanddyn nhw gydwybod.

Cwffia Osh yr hen ysfa honno i ddianc – nid yn unig oddi wrth dwyll Fiona, ond oddi wrth bopeth: pobol, bywyd – a'r holl shit a ddaw hefo fo. Mae ganddo hiraeth am y beic, y sbîd, yr adrenalin, y teimlad o fod yn un â rhywbeth pwerus, digyfaddawd, mwy na fo'i hun. Cafodd hynny i gyd unwaith. Rhyddid.

A gŵyr fod yna rywle, nid nepell o'r fan hyn, lle medar o gael hyd i hwnnw eto.

MONO

O dan ei farf Llychlynwr, mae gwynab Rich 'run lliw ag uwd, lliw salwch – sy'n dychryn mwy arna i na phetai o jyst yn fwy gwelw nag arfer, fatha rhywun normal. A dyna'r union beth, am wn i. Dydi Rich T ddim yn be fasat ti'n ei alw'n 'normal', nac'di? A welais i erioed mo'i wynab o'n gwelwi chwaith. Welais i mo'i 'normal' o tan heddiw.

Tan rŵan.

Ei wynab o'n gwagio, fatha potal blastig hefo twll yn ei thin hi.

'Stedda,' medda fo. 'Ma' O'Shea ar ei ffor'.'

'Osh ti'n feddwl?' Achos na chyfeiriodd o erioed, mwy na ddaru'r un ohonan ni, at Osh ei hun fel O'Shea.

'Naci, Liam, 'de?' Mae o'n rhyw whislo siarad, fatha tasa rhywun yn gillwn y gwynt o ffwtbol.

Be mae DCI Liam O'Shea isio hefo ni yn fama, 'ta? Fuo fo erioed yn un i daro i mewn i'r garej 'ma ar hap, ddim hyd yn oed i weld ei frawd. A dydi Osh ddim yma'r bore 'ma, beth bynnag. Mae Liam yn bownd o fod yn gwbod hynny, yn cofio bod heddiw'n un o 'ddyddiau Rhiannon', y dyddiau y bydd Osh yn eu nodi'n ddeddfol ar y calendar Harley Davidson sydd ar gefn drws yr offis. Dyna'r unig ddyddiadau sydd wedi eu cylchu arno, heblaw am ben blwydd Dwynwen, ci Rich.

'Be sy wedi digwydd, Rich?'

'Wneith o ddim deud dros y ffôn. Ma' na ... ma' na ddamwain 'di bod.'

Fedar o ddim bod yn sôn am neb arall heblaw Osh. Yn reddfol, dwi'n tsiecio fy watsh. Mae gin Osh apwyntiad yn gynnar y pnawn 'ma hefo rhyw foi sydd newydd ddod o'r jêl. Creadur diawl, pwy bynnag ydi o. Ond beth bynnag ydi'i boen o rŵan, cheith o neb gwell nag Osh yn ei gongol ...

Ma' cysgod Liam O'Shea'n twllu'r drws. Ac wrth oedi yn ei unfan yn fanno yn llewys ei grys fel tasa gynno fo ofn camu dros y trothwy'n ddiwahoddiad, mae o'n edrach yn llawer tebycach i un ohonan ni nag i un ohonyn 'nhw'. Dwi'n cofio'r tro cynta i mi'i weld o erioed pan ddaeth o i mewn i'r intyrfiw-rŵm lle buon nhw'n fy nghroesholi fi am oria am betha na wyddwn i ffyc-ôl amdanyn nhw. Y DCI mawr 'ma efo sgwydda wêtlifftar. Roedd hynny eiliadau cyn i Osh gyrraedd, a sychu'r llawr hefo nhw i gyd gan gynnwys ei frawd – er na wyddwn i ddim bryd hynny eu bod nhw'n unrhyw fath o berthyn i'w gilydd. Wedyn ddaeth y sioc honno. A dyna un peth y medri di'i ddeud am Osh: nefar-e-dỳl-moment. A dwi'n cymryd munud i anadlu, i studio'r olwg-sud-duda-i-bod-rhywun-'di-marw ar wynab Liam. O, na. Ffycffycffycffyc na ...

'Mi ddoth y Defender oddi ar y lôn ...'

Ma' gwylio boi mawr, cry – boi sydd i fod in-tjiârj o

bawb a phob dim – yn cwffio'i ddagra'n waeth weithia na gwylio plentyn yn trio peidio crio. O achos, yn un peth, dyna ma' plant yn arfer ei neud pan ma'r shit yn taro, 'de? Sgrechian cnadu dros bob man nes daw rhywun fatha Liam i ddeud fod pob dim yn ocê.

Heblaw am godi'i aeliau, ma' gwynab Rich fatha carrag:

'Yn lle?'

'Ar y Cat and Fiddle.'

'Ffyc-sêc! Mae o 'di gneud honno sawl gwaith hefo beic, fatha finna. Nabod y lôn fatha cefn ei law ...'

Dw inna'n agor fy ngheg, a theimlo na ddoth na ddim sŵn allan, ond mae'n rhaid 'mod i wedi gofyn be oedd y Cat and Fiddle achos ma' llais Liam yn egluro, fel petai o'n dod o bellafoedd rhyw ogof yn rwla:

'Yr A537 rhwng Macclesfield a Buxton. Lôn sy'n enwog oherwydd y dafarn sydd reit ar y top. Ac oherwydd ei bod hi'n un o ffyrdd perycla Prydain. Yn enwedig i foto-beics. Troeada, uchder. Fatha'r ffycin *Italian Job.*'

'Dim ond os wyt ti'n reidio fatha twat,' medda Rich.

'Ia, ond dim ar y beic oedd o, naci?' medda finna, fel tasa pawb wedi anghofio fod y Ninja yma yn y garej hefo ni, fel tasa mwydro am y blydi lôn yn rhoi esgus iddyn nhw osgoi deud be oedd angan ei ddeud. A dwi'n ychwanegu'n bwdlyd, yn flin, yn wnim-be-uffardwi, am fod meddwl am ein bywydau ni i gyd heb Osh ynddyn nhw'n swreal, yn jôc ddu bitsh mewn neuadd wag lle nad oes 'na neb i chwerthin: 'Be oedd o'n da'n mynd ffor'no, eniwe?'

Mi ydw i, hyd yn oed, yn fy anwybodaeth ddybryd o lonydd Lloegar, yn gwbod bod o wedi teithio i'r cyfeiriad anghywir os mai gadael tŷ Fiona yn Alderley Edge oedd o er mwyn ei gneud hi am adra.

''Mond troi i'r chwith yn Monks Heath fasa raid iddo fo. Ugain munud go lew ma' hi'n gymryd o fanno i'r McDonald's tu allan i Macclesfield,' medda Liam, fel tasa fo'n dynwared *satnav*, ac mewn llais yr un mor robotaidd. 'Llai na thri chwartar awr, ac mi fasa wedi cael McDonald's Caer. Nes at adra wedyn ...'

'Dydi o'm hyd yn oed yn lecio ffycin Maccy D's!'

Brathu dwi wedyn. Torri ar draws. Ia, gwylltio wnes i, 'de, heb aros i sylweddoli fy mod i newydd siarad hefo'r DCI Liam O'Shea fatha taswn i'n tantro hefo Arthur Twm, y gwiriona o fy mêts di-glem erstalwm. Heb aros i feddwl be sy'n gywir: *dydi* o'm yn lecio? *Doedd* o'm yn lecio? Ma' rhyw deimlad angeuol, hyll, rhyw wayw'n saethu o 'nghorn gwddw fi i lawr drwy 'mrest i; er bod fy llgada fi'n sychion, ma' 'ngwynab i'n dynn fatha masg, fel tasa rhywun wedi torri'r conecsion rhwng hwnnw a'r gweddill ohona i. Dwi fatha statiw Lloyd George ar y Maes: mi fedra cloman fatha tyrci Dolig gachu am y 'mhen i rŵan a faswn i ddim yn ei deimlo fo. Ac wedyn, o nunlla, fatha llais Duw mewn stori Beibil, ma' 'mrên i'n meddwl fod Rich newydd ddeud:

'Mi adawodd o *voicemail* i mi bora 'ma.'

'Dan ni'n dau'n sbio'n fud arno fo. Tybad ydi Liam yn meddwl 'run peth â fi? Ydi yntau isio gweiddi: rŵan ti'n deud wrthan ni'r basdad gwirion?

Nac'di'n amlwg.

'Chwara fo, Rich,' medda fo. 'Rho fo ar sbîcar, a chwara fo.'

Wn i ddim fedra i wrando. Ma' Rich yn estyn ei ffôn o'i bocad tin ac yn ei osod yn fflat ar sêt Harley sydd ar ei gic-stand yng nghanol y llawr rhyngon ni, sglein newydd ei blatiau Cymru fel gwahoddiad i'r gad. Fedra geiriau ola Osh ddim cael rheitiach llwyfan:

Wna i mono fo eto, Rich. Hel 'y mhac a d'adael di. Gneud 'Dafydd ap Gwilym' ohoni, chadal chditha'r tro dwytha hwnnw. Ond ma' raid i mi fynd i rwla i glirio 'mhen, tasa hi 'mond am awran ne' ddwy. Wn i'm be rown i rŵan, cofia, tasa'r beic gin i, yn lle'r blydi horwth yma. Ti'n cofio'r pnawn hwnnw gafon ni, ar hêrpins y Cat and Fiddle? Gwell rỳsh nag unrhyw bowdwr madarch, mêt, a dim downar ar ei hôl hi. A dydw i 'mond cam a naid o'no o fama. A sôn am ddownar ... shit, ma'r sbês-gadal-negas yn darfod ... ffonia i di'n ôl, mêt ...

Ac mi wnaeth. *Next new message ...* (ac ma' raid fod y weiren rhwng fy stumog i a 'mrên i wedi'i chysylltu'n ôl, ond dwi'n dal ar miwt, yn gadael i'r dagra a'r sych drwyn redag yn dawel i'w gilydd heb falio rhech):

Ma' fi eto. Yli, stori fer yn fyrrach – nid y fi ydi tad

Rhiannon. Ond rhwng chdi a fi am rŵan, ocê? Ia, gytud, mêt. Runig beth positif yn y llanast 'ma i gyd ydi 'mod i'n cael torri pob cysylltiad hefo'r hwch 'na o fam sgynni. 'Mhen i bach yn ffycd ar y funud, ddo. 'Mond isio dipyn o sbês cyn dŵad adra. O, ac os landith Ronnie Biggs (ein llysenw tafod-yn-y-boch ar gyfer Ronan Evans), *gofyn i Mono ddeutho fo am ddŵad yn ei ôl ddiwadd pnawn, ia ...?*

Ond ches i mo'r brîff, naddo? Ma' raid bod Rich wedi dewis camgymryd y negas honno hefyd fel rhan o'r gyfrinach ffrwydrol, a'i gwthio i gefn ei feddwl. Pwysicach gosod platiau ar yr Harley 'ma cyn i'r cwsmer ddod yn ei ôl, doedd? Ma'i llgada fo'n osgoi fy rhai i, ond y peth dwytha ar fy meddwl i ydi Ronan Evans yn sefyll tu allan i ddrws y swyddfa'n cyfri bodia'i draed.

Peth od ydi o, bod yn rhywle hefo pobol ti'n eu nabod yn iawn, ond teimlo dy fod ar dy ben dy hun ar blaned arall. Nes bod rwbath bach – tagiad, anadliad, cyffyrddiad, coes cadair yn crafu llawr noeth – yn dy sgytio yn d'ôl i'r presennol. Cliciad drws ydi fy sgytwad i. Ma' Rich wedi'i gau'i hun yn yr offis hefo'r bilia a'r peiriant coffi a'r calendar moto-beics. Taswn i'n fo, mi faswn yn fy arteithio fy hun rŵan am beidio ffonio Osh yn ôl yn syth wedi gwrando ar ei negas. Yn credu taswn i wedi gneud rwbath yn wahanol y baswn i wedi newid cyfeiriad ffawd. Y baswn i'n mynd am beint hefo Osh heno yn lle gwbod yn fy nghalon mai fi fydd yr un sy'n mynd i orfod sgwennu teyrnged iddo fo.

Dydi pwysa llaw Liam yn drom ar fy ysgwydd yn cynnig dim cysur. Caredigrwydd bach ydi o, rwbath greddfol, dynol, rwbath ma' pobol yn ei neud ar adegau fel hyn. Ond ar oto-peilot mae yntau; fo a Rich wedi eu cloi yn eu bydoedd bach eu hunain o sioc a galar, yn methu'n glir â meddwl be maen nhw'n mynd i'w neud nesa. A does gin inna mo'r nerth, mo'r awydd, mo'r gallu chwaith i deimlo bechod dros neb heblaw fi fy hun.

Achos mi fasa sgwennu dwsinau o deyrngedau a mynd i gnebrynau pawb yn y dre 'ma'n haws na be *dwi'n* mynd i orfod ei neud nesa.

Torri'r newydd i Anji Kiely.

ELENID WYN

Y rheswm dwi a Gwyn yn gweithio cystal ydi'i fod o'n dallt bod y job yn dod gynta. Dyna ydi'i flaenoriaeth yntau, wedi'r cwbwl. Mi feddylish i i ddechra byddai cychwyn rwbath hefo copar yn gusan angau i unrhyw berthynas cyn iddi gael tsians. Paramedic a phlisman? C'mon, ia? Y cwbwl fasan ni'n ei neud, rhwng y côl-owts, yr oria nỳts a'r blinder, fasa pasio'n gilydd yn y drws, 'de? Un yn cnesu'r gwely ar gyfer y llall ar ddiwedd ei shifft. Mi fasa'r Giant Panda'n cael mwy o secs na ni. Yn enwedig a finna'n gweithio i wasanaeth ambiwlans y Gogledd-Orllewin, sy'n cyfro Swydd Gaer a Glannau Merswy.

Rôn i'n rong.

Ydi, ma' hi'n tỳff, ond mi all'sa fod yn waeth arnon ni. Ma' gweithio am bedwar diwrnod, ac wedyn bod off am bedwar diwrnod fel arfer, yn rhoi cyfle i mi hel fy mhac a'i hedio hi at Gwyn i'r Felinheli am bwcs. Gwell na dim. Ma' gin rywun le i ddiolch, does? Wedi'r cwbwl, mi fedrwn i fod yn astronot, tra bod fy nghariad i'n stỳc yn gweithio ar rig oddi ar arfordir y Shetlands.

Fo ddudodd hynny, gyda llaw. 'Dan ni'n rhannu'r un hiwmor, yn chwerthin am ben yr un petha – petha na fasa'r rhan fwya o bobol yn eu gweld yn ddoniol. Dyna wnes i'i lecio amdano'n syth. Ei synnwyr digrifwch o. Honno ydi'r gyfrinach, yn ôl Mam. Ffendia ddyn sy'n medru gneud i ti chwerthin, ac mi ddisgynnith bob dim arall i'w le. Mi weithiodd hynny iddi hi, beth bynnag, do? Ma' Dad yn hilêr, a hynny heb drio bod weithia, bendith arno fo. Catsh-ffrês Mam o hyd ydi: mi ddyla dy dad fod ar stêj. A'i gŷm-bac arferol yntau, mor gyfarwydd fel ein bod ni'n ateb drosto fo, fydd: yn gneud be? Ei sgubo hi?

Ma' tyfu i fyny yng nghanol llond tŷ o chwerthin yn rwbath amheuthun. Yn rhoi arf i ti ddelio hefo'r shit sy'n disgwyl amdanat ti'n hwyr neu'n hwyrach yn y byd mawr tu allan. Beryg mai'r cefndir hwnnw sy'n fy helpu rŵan i gôpio hefo'r petha diawledig dwi'n eu gweld bob dydd.

Pan fydda i'n cael brêc, mi fydda i'n lecio gneud rwbath. Unrhyw beth. Ma' jyst ista'n tŷ yn gneud i ti hel meddylia, ac i rywun yn fy job i, dydi hynny ddim bob amser yn adeiladol. Dwi'n lecio gwisgo'n wahanol weithia hefyd. Dyna pam brynish i sodlau uchel, ffrog dynn a ffàsinetor, a mynd i rasys Caer i yfed Pimm's hefo'r genod. Y peth ola ar fy meddwl i'r diwrnod hwnnw oedd chwilio am gariad. Felly y gweli di betha'n digwydd weithia, 'de? Ma' na lot i'w ddeud dros beidio cynllunio gormod.

Y tro cynta i mi sylwi ar Gwyn, roedd yna hogan hefo fo, ac i fod yn onest, hi dynnodd fy llygad i'n gynta oherwydd ei bod hi'n edrych yn ffantastig mewn siwt drowsus wen fel tasa hi newydd gamu oddi ar un o dudalennau *Vogue*. Roedd hi'n dal fatha model hefyd, ei gwallt melyn hir yn llyfn ac yn disgyn fel llen. Gwisgai sbectol haul fatha dwy soser, ac roedd y tameidiach plu oedd ganddi yn ei phen yn gwneud i mi feddwl am dylwythen. Trodd i 'nghyfeiriad i'n sydyn a gwenu. Ond wrth iddi godi'i llaw'n frwd, sylweddolais mai Caron, un o'r lleill yn fy nghriw i, roedd hi'n ei chyfarch. Dyna ddaeth â Gwyn a fi at ein gilydd.

Roedd golwg allan o'i le arno, yn enwedig pan ddaeth Ms Vogue i'n plith ni, a'i adael o wedyn ar gyrion petha â'i ddwylo yn ei bocedi. Rhyw drugarhau wrtho wnes i, a deud y gwir, wrth ei weld yn sefyll yno fel faciwî'n disgwyl trên.

'Hei,' medda fi. 'Elenid dwi,' gan tsiansio'i gyfarch yn Gymraeg, gan mai dyna a siaradai'i gariad hefo Caron, yr unig Gymraes arall yn y giang.

'Gwyn,' medda fynta, y direidi yn ei llgada fo'n fy nhynnu ato'n syth, er gwaetha'r ffaith nad oedd o'n sengl, a thybiais mai dipyn o dderyn oedd hwn hefyd.

'Bechod, ma' hi wedi anghofio amdanat ti,' medda fi'n smala.

'Tipical,' medda fo. 'Fel'na roedd hi pan oeddan ni'n blant 'fyd. Y chwaer fawr oedd i fod i edrach ar f'ôl i pan ôn i'n disgyn oddi ar swings ac i bylla dŵr erstalwm. Ôn i mewn mwy o beryg yn ei gofal hi na phetawn i allan ar fy mhen fy hun.'

A dawnsiodd y llgada direidus fwyfwy wrth iddo fwynhau fy syndod amlwg nad ei gariad o oedd y dylwythen fain, ffasiynol. Dwi'n credu 'mod i wedi gwrido bryd hynny, a gneud mwy o ffŵl fyth ohonof fi fy hun drwy rwdlian pa mor boeth oedd hi yn llygad yr haul. Ond roedd o'n hen law, 'de, ar weld ei gyfle:

"Sa well i ni symud i'r cysgod felly 'ta, basa? Welith y rhain mo'n colli ni am dipyn,' medda fo'n amneidio i gyfeiriad ei chwaer a Caron, a oedd erbyn hyn wedi'u llyncu i fôr o chwerthin a lliw fatha dwy wenynen mewn coeden rosys.

Mi glicion ni'n syth. Doedd yna ddim o'r mân siarad boring sydd fel arfer yn rhan o'r ddefod pan wyt ti'n cyfarfod rhywun newydd. Mi lifodd yr 'o le ti'n dŵad a be ti'n neud?' yn naturiol i'r sgwrs heb i'r un o'r ddau ohonan ni orfod gofyn. Y si'n lledu ar y pryd oedd fod damwain wedi digwydd, ceffyl wedi disgyn ar joci, a dyna pam fod ambiwlans newydd gyrraedd y cae.

'Lwcus 'mod i ar ddê-off heddiw,' medda fi, 'neu fanna baswn i. Ond fedri di ddim peidio meddwl am y boi sydd wedi brifo, chwaith, hyd yn oed os nad wyt ti dy hun ar-côl.'

'Paramedic wyt ti felly? Blydi hel.'

'Be? Dwi'm yn edrach fatha paramedic, nac'dw?'

'Nid mewn het blu a sodla chwe modfadd, nac wyt!'

'Nid het ydi hi. Ffàsinetor.'

'Wel, ma' dy sgwrs di'n "ffàsineting", beth bynnag!'

'O, pliiis! A finna'n meddwl nad oeddat ti'n un am jat-ỳp leins cawslyd.'

'Ti'm yn fy nabod i eto, nac wyt? Ond deud wrtha i, 'ta: gest ti gôl-owt erioed i le fel hyn?'

A symudodd y sgwrs yn gelfydd yn ei blaen, ac yntau wedi fy ngoglais y mymryn lleiaf hefo'i 'Ti'm yn fy nabod i *eto*.' Gwyddai'n union be oedd o'n ei neud, ac roedd hynny'n secsi uffernol. Teimlais ryw reidrwydd cyntefig – ond eitha pathetig – i greu argraff arno:

'Nid i le fel hyn yn union, 'de. Ond dwi'n cofio cael galwad at ffarmwr gafodd anafiadau erchyll ar ôl cael ei sathru gan fuwch saith gan cilo. Uffar o olwg arno fo.'

'Oedd, debyg.'

Mi sylwais ar yr edmygedd yn cnesu'i wyneb o, a theimlo pang o euogrwydd hefyd am ddefnyddio damwain rhywun er mwyn gneud i mi fy hun edrach yn arwrol. Ond medda Gwyn wedyn, â'i llgada ar fy rhai i:

'Tỳff-going.'

'Ond gwerth chweil,' medda finna, yn trio unioni'r cam a wnes â 'nghydwybod. 'Pob dydd yn wahanol.'

'Dim ond bod gweithio shifftia'n medru chwara'r diawl hefo dy gwsg di. Heb sôn am y penwythnosa. Ond fel dudist ti, gwerth chweil.'

Roedd yntau'n weithiwr shifftia hefyd, felly? Bachais ar fy nghyfle i gellwair, a chael siom o'r ochor orau:

'Be wyt ti, 'ta? Dreifar bỳs?'

Mae'r chwerthiniad sydyn yn agor ei wyneb fatha llyfr.

'Copar. Newydd neud DI.'

'Ti'm yn edrach fatha copar.'

'Nac'dw, gobeithio. Dyna'r holl bwynt o fod yn dy ddillad dy hun, 'de?'

Ac o'r winc ola honno y cychwynnodd petha.

O dipyn i beth, cawsom ein tynnu fesul dipyn i fydoedd ein gilydd. Mi ddoish i nabod Glesni, chwaer Gwyn, a dallt mai yn y rasys yn gwmni iddi oedd o'r diwrnod hwnnw; roedd ei dyweddi wedi'i dympio hi'r wythnos cyn eu priodas.

Mi ddalltish hefyd nad ydi bod yn un o bobol hardda'r blaned yn garantî yn erbyn tor-calon.

Doedd hi ddim yn hir nes i mi gael cyfle i gyfarfod bòs Gwyn, ac un o'i arwyr amlwg, yr enwog DCI Liam O'Shea. Digwyddodd hynny'n fuan wedi i mi ddechra mynd i aros at Gwyn i'r Felinheli. Roedd mynd am beint i'r Dre, fel y cyfeirion nhw i gyd at Gaernarfon, i dafarn y Black Swan, yn rhan o'r ddefod orfodol o ddod i nabod pawb a oedd o unrhyw bwys. Yn gynnar yn ystod y noson, a ninnau newydd ista o gwmpas y bwrdd bach crwn y gwnaeth Liam iddo edrach fatha dodrefnyn tŷ dol, ymunodd Osh – 'paid â'i alw fo'n Aled' – brawd y DCI, hefo ni am ychydig. Ac am yr eiliad fyrra erioed, teimlais ffluwch-bach-glöynbyw yng ngwaelod fy mol. Roedd llgada'r Osh 'ma'n dawnsio yn ei ben o hefyd, ond roedd yna ddyfnder cymhleth ynddyn nhw; teimlwn fy mod i'n syllu i ryw angst diwaelod, fatha sbio i ddyfroedd llyn du. O dan y siaced ledar a'r hyder carismataidd, roedd yna rwbath deniadol o fregus y gallwn yn hawdd fod wedi cael fy nhynnu i mewn iddo. Closiais at Gwyn er mwyn teimlo gwres ei fraich yn erbyn fy ysgwydd, a hoelio fy llgada ar fy mheint. Shit. Chydig iawn fasa hi'n ei gymryd i mi syrthio i freichiau hwn. Wrth drugaredd, trodd y sgwrs at foto-beics, a'r Land Rover Defender newydd roedd Osh ar hwyl ei brynu, ac roeddwn i'n ddigon bôrd erbyn diwedd y noson i ddyheu am fynd adra a chael Gwyn i mi fy hun.

Doeddwn i ddim yn rhy awyddus i weld rhyw lawer ar Liam O'Shea wedyn, nid oherwydd nad oeddwn i'n lecio'i gwmni o, ond rhag ofn i'w frawd fod yno hefyd. Fedrwn i mo 'nhrystio fy hun i fihafio'n ddidaro o'i gwmpas, ac roedd gin i ormod o feddwl o Gwyn i adael iddo bigo i fyny ar y feib – ac mi fasa; blydi ditectif ydi o, wedi'r cwbwl! – fy mod i'n ffansïo brawd ei fòs mor uffernol nes fy mod i'n meddwl amdano fo pan oedden ni'n caru. Ia, wn i. Dwi'n fy synnu fi fy hun weithia fod rhywun fatha fi, sy'n treulio'i hoes yn helpu pobol eraill, yn gallu bod yn berson mor uffernol. Mae o jyst yn dangos, mae'n debyg, fod y gallu i dwyllo'n rwbath sy'n ddwfn yng ngwead pawb ohonan ni, dim ond fod ambell un yn medru'i guddio fo'n well. Ond wedi deud hynny, fedrwn i ddim twyllo Gwyn. Neu'n hytrach, dwi'n dewis peidio'i dwyllo fo. Fatha dwi'n dewis peidio byta siocled. Ac ma' hynny'n lot haws pan dwi'n gneud yn siŵr nad ydi hwnnw o fewn cyrraedd i mi chwaith.

Wrth gwrs, dydi osgoi Osh yn gorfforol ddim yn golygu y medra i osgoi clywed ei enw fo. Fatha heddiw.

Ond roedd hynny yn y ffordd fwya annioddefol bosib. Pan ges i 'ngalw allan yn ystod y bore 'ma i fynd hefo hogia'r HART (ia, ocê, sori, dwi'n gwbod fod y talfyriad-droping yn anoio pobol – ond ma' deud Hazard Area Response Team o hyd yn fy anoio finna 'fyd!), wnes i ddim cysylltu'r Defender a fu mewn damwain angeuol ar lôn y Cat and Fiddle hefo'r un roedd brawd Liam O'Shea'n *ystyried* ei brynu dro byd yn ôl, naddo? Dwi ddim cweit mor obsésd â hynny hefo'r boi chwaith.

Pan ddaeth yr alwad gin Gwyn, roedden ni eisoes yn ein holau'n llenwi ffurflenni a chlirio i fyny, a dydw i byth wedi cael fy hit angenrheidiol o goffi du ers i mi gyrraedd yn ôl yma. Hyd yn oed trwy fy nillad, dwi'n medru arogli surni fy chwys i fy hun, ac yn dyheu am foethusrwydd y gawod boeth y gwn na cha' i mohoni am sbel go lew eto. Dwi'n mynd dros y sgwrs fer ges i hefo Gwyn gynnau fach. Roedd o'n siarad yn gyflymach nag arfer, rhyw banig yn ei lais o na chlywais i erioed mohono o'r blaen. Roedd o wrthi am ei fòs, am Ai-Dîo cyrff a bodi-bags a'r shit afiach 'ma i gyd, felly'r cwbwl wnes i oedd torri ar ei draws o. Torri'r artaith yn fyr cyn gynted ag y medrwn i gael gair i mewn.

'Gwyn, nid fo oedd o.'

Eiliad o ddistawrwydd llethol oedd yn teimlo fel awr.

'Be?'

'Doedd Osh ddim yn y car.'

'Ond ... ti'n siŵr? Nid dyna ...'

'Gwyn, gwranda arna i. Ôn i hefo'r tîm dynnodd y casiwalti o'r car. Hogyn ifanc. Ia, ti'n iawn. Roedd y Defender wedi'i gofrestru i Aled O'Shea. Ond nid fo oedd y dreifar. Doedd o ddim hyd yn oed yn basinjyr. Dim ond y creadur yma oedd yn y car. Lle bynnag mae Osh, doedd o ddim ar gyfyl y ddamwain 'ma.'

Yn rhyfedd iawn, dydi hi ddim yn teimlo fel taswn i wedi rhoi newyddion da. Ac mi fydd 'na fam, neu chwaer, neu gariad yn rwla'n cael ei llorio'n o fuan gan y gwir. Pwy bynnag oedd gyrrwr car Osh – lleidar, adict, joi-reidar – roedd o'n perthyn i rywun. Ond o leia, faint bynnag o sioc a phoen meddwl mae Liam O'Shea wedi'i gael heddiw, mi geith sicrwydd rŵan na chafodd ei frawd mo'i ladd. Ond wedi deud hynny, lle mae o?

Be ddiawl ddigwyddodd i Osh, 'ta?

ANJI

Dydi petha ddim wedi bod cweit yr un fath yn swyddfa'r *Herald* ers ymddeoliad sydyn ac annisgwyl Eic y llynedd. Fo oedd y golygydd ers pan gychwynnodd hi yno, ac yn fwy na hynny, roedd o'n fentor. Yn ffrind. Ac er bod Angharad wedi bod yn fwy nag atebol i gamu i'w sgidia, fedrai hi ddim peidio ofni y basen nhw'n rhy fawr i'w llenwi. Erbyn hyn, dydi'i chalon hi ddim yn y job. A rŵan mae Mono wedi mynd yn ogystal, i weithio at Osh fel ymchwilydd preifat. Fan'no roedd hithau i fod, yn bartnar i Osh yn y busnes, nes daeth yr ast Fiona Langley honno hefo babi mewn bygi, a difetha popeth. Ynteu ai hi, Angharad, ddaru ddifetha petha, mewn gwirionedd? Wedi'r cwbwl, roedd hi ac Osh yn bartneriaid mewn mwy na dim ond darpar fusnes. Hi oedd y drwg. Hi a'i chenfigen hyll. Bu ond y dim i Osh fynd ar ei liniau i drio'i darbwyllo nad oedd Fiona'n golygu dim iddo. Ond fedra fo ddim dweud yr un peth am ei blentyn. A bu hynny'n ormod iddi'i dderbyn.

Does yna ddim diwrnod yn mynd heibio nad ydi hi'n meddwl am Osh. Am Osh a hithau. Ond trodd ei chefn arno bryd hynny, ar goll mewn niwl o styfnigrwydd a dicter na allai yn ei byw gael hyd i'w ffordd allan ohono. Fatha'i mam, meddylia, pan adawodd ei thad. Methu maddau am sefyllfa roedd hi'i hun wedi bod yn rhannol gyfrifol am ei chreu. Ydi hi'n tynnu ar ôl honno, wedi'r cyfan? Yn chwerw ac yn gwrthod ildio? Mae'r ofn hwnnw'n ei hoeri drwyddi.

Fu Angharad a'i mam erioed yn agos. Mae mynd i edrych amdani'n ddyletswydd yn hytrach na phleser, a chred Angharad fod hynny'n wir yn achos y ddwy ohonyn nhw. Dydi Meirwen Kiely byth yn falch o weld ei merch, neu os ydi hi, mae hi'n ei guddio fo'n dda. Gwyddai gynnau wrth brynu'r blodau na châi air o ddiolch, dim ond y grwgnach arferol:

'Fydd isio rhoi'r rhain mewn dŵr rŵan eto, a sgin i'm fâs yn nunlla ...'

Er bod Angharad wedi hen arfer â'i ffordd swta, anniolchgar o dderbyn pob anrheg, mae diffyg graslonrwydd ei mam bob tro'n llwyddo i'w synnu. Ond wn i ddim be arall dwi'n ei ddisgwyl chwaith, meddylia. Rhyw droëdigaeth sydyn, transblant personoliaeth dros nos? A tasa hi'i hun yn ddigon ffodus i gael bwnsiad lyfli o flodau Tesco Finest – rhywbeth nad ydi o wedi digwydd rhyw lawer yn ei hanes hi – mi fasa hi'n eu rhoi'n ddiolchgar mewn bwcad mop hyd yn oed, cyn cwyno nad oedd ganddi fâs ar eu cyfer. Mae popeth brynodd hi i'w mam erioed wedi cael ei basio ymlaen i rywun arall yn hwyr neu'n hwyrach:

'Mi roish i'r hen flancad drydan 'na i Jim (yr hen foi sy'n torri'r ardd iddi). Mi geith fwy o iws o'r peth na fi.'

Neu:

'Dwi'm yn un am joclets, fel ti'n gwbod, felly mi roish i'r petha digri siapia-cregyn 'na ddoist ti i Gwyneth drws nesa. Mi fytith honno bob dim, er – yn ôl ei siâp hi – ella basa hi'n well taswn i 'di rhoi'r rheiny i Jim hefyd ...'

Ac felly y mae hi, dro ar ôl tro, y ddefod ddiddiolch 'ma o Angharad yn cario a Meirwen yn pasio ymlaen. Mi landiodd yn nhŷ ei mam yn waglaw unwaith, a chael gwynab tin o groeso o'r herwydd. A dyna pryd y sylweddolodd hi fod mwy o arwyddocâd i'w rhoddion nag a dybiodd; roedd yr ailanrhegu'n sicrhau safle'i mam fel y gymdoges hael, feddylgar a wobrwyai garedigrwydd y bobol o'i chwmpas. O ganlyniad, roedd tŷ Gwyneth drws nesa'n llawn o'r nialwch roedd Angharad wedi'i brynu i'w mam dros y blynyddoedd. Ella dylwn i jyst rhoi pob dim yn syth i Gwyneth, meddyliodd. Cỳt-owt-ddy-midl-man.

Nid fod dim byd yn bod ar Gwyneth. I'r gwrthwyneb, a dweud y gwir. Mae hi'n od o ffeind hefo Meirwen, yn picio yno o hyd hefo cêcs hôm-mêd a phrydau bach o fwyd, yn nôl ambell i dorth, danfon ambell i bresgripsiwn. Ac mae'r ffaith ei bod hi'n cadw golwg gymdogol ar bethau'n golygu, diolch byth, nad oes yn rhaid i Angharad alw yn nhŷ ei mam hanner mor aml.

Gwyneth ddaru ei ffonio hi heddiw, fel mae'n digwydd.

'Eich mam wedi cael rhyw godwm bach ben bora.

Mi alwodd y nyrs. Dim byd mawr, ei phreshar hi dipyn yn isel, medda honno. Ma' hynny'n eu gneud nhw'n benysgafn,' medda Gwyneth, yn ymfalchïo yn ei harbenigedd newydd, a'r 'nhw' fel tasa hi'n cyfeirio at hen bobol fel rhywogaeth ar wahân, er nad ydi hi fawr o sbring-tshicin ei hun. 'A dydyn nhw ddim yn yfed hanner digon o ddŵr chwaith ar ôl mynd i oed. Dyna ma' diheidrêsion yn ei neud i chi, ylwch.'

Ydi, mae Angharad yn lecio Gwyneth. O bell. Mae hi hefyd yn gwybod fod honno'n gweld bai arni'n ddistaw bach am beidio mynd i weld ei mam yn ddigon aml. Y ffaith amdani ydi na ŵyr Gwyneth mo'i hanner hi. A dydi hi ddim, er iddi fyw drws nesa am dros ddeng mlynedd bellach, yn adnabod Meirwen Kiely cystal ag y mae hi'n lecio meddwl ei bod hi.

Ma' raid i ti fyw hefo pawb cyn medru eu nabod nhw. Un o ymadroddion ei thad, a brofodd wirionedd ei eiriau'i hun pan deimlodd nad oedd ganddo ddewis heblaw codi'i bac a gadael ei mam. Dydi hi ddim yn cofio lot amdano fo – welodd hi ddim llawer arno ar ôl iddo fo fynd, a bu farw'n fuan wedyn pan oedd hi'n dair ar ddeg – ond mae hi'n cofio eirioni'r ymadrodd hwnnw, fel petai Pat Kiely wedi gwneud pwynt o'i ddefnyddio i fraenaru'r tir ar gyfer y chwalfa a adawodd ar ei ôl. Cofia'i dicter tuag at ei thad hefyd, a'r genfigen hyll a oedd cyn gryfed bob tamaid â'i hiraeth affwysol. Y methu dallt oedd y peth gwaethaf, ei rhesymeg plentyn wedi'i droi ben ucha'n isa wrth feddwl amdano'n byw hefo dynes arall, ac yn danfon plant honno i'r ysgol yn lle'i fod o adra i'w danfon hi. Mae cael dy ben o gwmpas rhywbeth felly'n cymryd amser maith, ni waeth faint ydi dy oed di.

Roedd y sgwrs ddychmygol a gawsai Angharad hefo'i thad droeon ar hyd y blynyddoedd yn dal i din-droi o gylch yr un cwestiwn gwaelodol hwnnw, cwestiwn a oedd yn sigo dan ei bwysau'i hun am fod yr ateb yn llechu tu mewn iddo. Nid 'Pam est ti, Dad?' oedd arni hi isio'i ofyn, ond 'Pam nad est ti â fi hefo chdi?'

Roedd o'n brifo hefyd mai at y ddynes arall 'ma'r aeth ei thad i fyw, ac nid at ei chwaer. O achos roedd ganddo fo chwaer yn rhywle, efaill – rhyw Anti Rosh, nad oes gan Angharad ddim ond prin go' o'i chyfarfod unwaith erioed. Cofia ofyn i'w mam bryd hynny sut fath o enw oedd Rosh. Talfyriad o be oedd o? Rose? Rhosyn? Rocher, fatha'r petha-da Dolig?   Roisin, atebodd ei mam, fel tasa'i ddweud o'n gadael blas drwg yn ei cheg. Ymhen amser, diflannodd ei thad yn ogystal i niwloedd ddoe, lle triga Anti Rosh a gweddill y teulu Gwyddelig na fu ganddi erioed mo'r awydd – na'r gỳts – i fwydo'u henwau i unrhyw fath o wefan-ffendio-perthnasau.

Mae'n debyg fod rhaid i rywun fyw trwy'i lanast ei hun cyn medru dallt camgymeriadau'i rieni, meddylia Angharad rŵan wrth chwilio am ei goriad i agor drws y ffrynt. Onid ydi hi'i hun yn ecsbyrt ar gymhlethdodau cariad erbyn hyn? Wedi'r cwbwl, hi oedd yr un gafodd affêr hefo dyn priod, 'de? Fasa hi wedi parhau â'r berthynas tybed, wedi cymodi hefo Dylan ar ôl eu ffrae ola un, pe na bai o wedi cael ei ladd yn y ddamwain honno? Mae yna rywbeth yng ngwaelod ei bod yn mynnu y basa hi, er gwaetha'i theimladau cynyddol tuag at Osh; rhywbeth sy'n edliw iddi fod hanes ei charwriaeth ddysffyncsional hi a Dyl wedi'i hen raglennu i'w hailadrodd ei hun.

Cyn iddi gael cyfle i roi'i goriad yn nhwll y clo, saif ei mam yn y drws yn sbio allan i'r chwith ac i'r dde cyn edrych ar y cariar-bag yn llaw ei merch.

'Lle ti 'di bod? Awran, medda chdi ar y ffôn.' Fel tasa ganddi unrhyw ffordd arall o gysylltu.

'Traffig.' Be arall oeddach chi'n disgwyl i mi'i wneud? Gyrru cloman? 'Be 'dach chi'n da ar ych traed, beth bynnag? Yn enwedig â'r bendro arnach chi, medda Gwyneth ...'

'Pendro? Be ŵyr honno? 'Mond yn fama'n busnesu ...'

Mae hi'n dda ar y diawl i chi wrthi ar adegau fel hyn, meddylia Angharad, ond dysgodd ers dyddiau'i phlentyndod nad ydi mynd benben â'i mam ddim gwerth yr egni na'r cynnwrf ym mhwll ei stumog sy'n dilyn y cecru.

'Dwi 'di dŵad â mymryn o negas i chi.'

Yn syth bìn, mae arogleuon cyfarwydd tŷ'i mam yn ymosod ar ei synhwyrau – cymysgedd o ormod o wres tu mewn i ffenestri caeëdig, a'r êr-ffreshnar diawledig hwnnw sy'n sownd ganddi mewn rhyw blwg lectrig neu'i gilydd rownd y rîl. Jyst agorwch y blydi ffenestri 'ma weithia, wir Dduw.

'Mae gin i dorth ddoth Gwyneth,' medda Meirwen â'i thrwyn yn y bag, pob sylw ac ystum ar ei rhan heddiw – fel pob heddiw arall – yn dod ag Angharad gam yn nes eto at faddau'n llwyr i Pat Kiely am gymryd y goes bryd hynny.

Biti na fedar hi faddau i'w mam am fod yr un i hel ei thad oddi ar yr aelwyd, am ei diffyg empathi, ei rasal o dafod; am y ffordd rwydd y caledodd ei chalon tuag at ei merch dim ond am ei bod hi'r un pryd a gwedd â'i thad. Buan y sylweddolodd Angharad pa mor drymlwythog o ystyr oedd y feirniadaeth gyson: ti rêl dy dad. Neu'n amlach fyth: o ochor teulu dy dad ti'n cael yr hen strîc annifyr 'na. A deallodd hefyd, bob tro'r edrychai Meirwen arni, mai llgada Gwyddelig Pat Kiely a welai hi'n gwreichioni yn ei phen.

Sylla Angharad ar ei mam yn troi'i thrwyn ar gynnwys y bag neges. Dydi hi ddim hanner mor giami ag y tybiodd Gwyneth, mae hynny'n amlwg. Meddylia am ateb Gethin, y boi sy'n llnau'r swyddfa, bob tro y gofynnith rhywun iddo sut mae Alma'i wraig: 'Mae'i cheg hi'n iawn, beth bynnag.' Mi fedrai hi ddweud yr un peth am ei mam.

'Gwna banad os ti isio un.'

'Na, dwi'n iawn, diolch. Mi blyga i'r dillad 'ma i chi cyn i mi fynd.'

'Gad lonydd iddyn nhw. Mi fydd yn rwbath i mi'i neud.'

Iesu, mae isio gras. A does dim angen i'w mam ddweud ddwywaith wrthi am adael y dillad. Mae gwres y tŷ'n dechra mynd yn annioddefol, a phob munud yn awr fel ag y mae hi.

'Iawn, 'ta, os 'dach chi'n deud.'

Ac mae hi'n amlwg fod ei mam yr un mor awyddus i gael gwared arni hithau yn y ffordd mae hi'n ei hel tuag at y drws fel ast ddefaid sy'n colli mynadd hefo dafad anfoddog, ac yn sâl isio brathu'i sodlau hi.

'Yndw tad. Ac mi fydd Jim yma'n munud, beth bynnag, i sbio ar ffenast y bathrwm i mi.'

Ac i gario hanner y negas 'ma adra hefo fo, meddylia Angharad, yn diolch fod ganddi ddannedd i atal ei thafod.

Mae Meirwen wedi cau'r drws cyn iddi gyrraedd ei char, bron, a gollynga ochenaid hir o ryddhad. Cofia mor eiddigeddus fuo hi erstalwm o famau'i ffrindiau'n mynd allan hefo nhw am goffi a jangl, neu i fwynhau diwrnod o gerdded siopau. Fuo ganddi hi a'i mam erioed berthynas felly. Ac am rannu gofidiau, cawsai Angharad fwy o gysur yn crio i flewiach tedi-bêr.

Lluchia'i bag, hefo'i ffôn ar miwt yn ei waelod o, i ganol blerwch y sedd gefn, a diolch nad oes raid galw yn swyddfa'r *Herald* cyn mynd adra. Dyna un o bỳrcs y job bellach, beth bynnag; dydi hi ddim yn gorfod riportio i neb. Mi fydd Nicola'r dderbynwraig wrth ei bodd yn cael cyfle i fflyrtio hefo Gethin cyn i hwnnw orfod dychwelyd i sŵn ei wraig; dyna'i phỳrcs hithau fel yr ola i adael yr adeilad, mae'n debyg, a phob lwc i'r ddau ohonyn nhw. Wedi'r cyfan, mae gwraig hwnnw'n swnio rêl blydi draig hefyd.

Ydi hi'i hun yn barod i ymuno â rhengoedd y piwis a'r cwynfannus, tybed? Gobeithio nad ydi hi. Ond dydan ni byth yn ein gweld ein hunain fel mae pobol eraill yn ein gweld ni, nac'dan? Blydi hel, mae ganddi hiraeth rŵan am ddoethineb Eic. Be fasa cyngor hwnnw tasa hi'n cyfadda'i bod hi'n rhy bengaled i wrando ar ei chalon? Ei bod hi mewn peryg o droi i mewn i'w mam. Eic, a chanddo gymaint o feddwl tadol ohoni, â'i galon yntau fatha bwcad.

Erbyn meddwl, mae ganddi syniad go lew be fasa Eic yn ei ddweud.

Dros Bont y Borth mae'i hadra hi bellach, ac mae cyrraedd yr allt lle bydd hi'n troi i fyny tuag at ei thŷ'n codi'i chalon rŵan. Mae hi'n agor ffenast y car i gymryd dracht o flas y môr sydd bob amser yn ei thawelu fel cyffur. Dim ond un car sydd wedi'i phasio'n mynd i'r cyfeiriad arall, un o Dacsis Ted, cwmni o Fangor a'r ceir i'w gweld yn aml o gwmpas y Maes yng Nghaernarfon. Ond nid ar y lôn yma. Ac eto, fasa hi ddim yn rhy anghyffredin gweld tacsi'n dod ffor' 'ma chwaith, nid â phentrefi bach arfordirol fel Erchwyn mor boblogaidd hefo ymwelwyr hŷn nad ydyn nhw'n dreifio rhyw lawer eu hunain. Dim ond ei bod braidd yn hwyr yn y dydd, meddylia, a fawr o nunlla ar agor ar gyfer fisitors cweit mor gynnar yn y flwyddyn.

Wrth droi i mewn trwy'r giât, sylwa gydag ysgytwad sydyn fod yna rywun yn ista ar y fainc o dan y ffenast. Dyn. Mae'i siaced ledar ddu'n dduach yn erbyn y wal wyngalchog tu ôl iddo, ac mae'i chalon hi fel tasa hi'n neidio i'w llwnc. Nid fel hyn mae hi wedi dychmygu y basen nhw'n taro ar ei gilydd eto. Fel hyn, does ganddi ddim cynllun. Dim llinell slic wedi'i pharatoi. Dim bantar.

'Be ddiawl ti'n da yma?'

Dydi hi'n gwybod dim o'i hanes ers misoedd. Yn gwybod llai fyth am yr hyn a ddigwyddodd iddo heddiw. Dydi hi ddim wedi tsiecio'i ffôn ers oriau. Ddim wedi gweld misd-côls ffrantig Mono. Y rhibidires o negeseuon tecst. Ŵyr hi ddim ei fod o newydd godi o farw'n fyw.

'Dwi'n iawn, diolch, Kiely. Sud wyt ti?'

Meddylia pa mor uffernol o bowld ydi o rŵan, yn ista ar y fainc yn ei gardd ffrynt fel tasa arno fo'r un ymddiheuriad iddi. Wedyn mae hi'n sylwi ar y gwaed wedi ceulo ar ei wefus. Edrycha fel petai o wedi bod mewn ffeit. Neu o leia fel petai rhywun wedi rhoi peltan iddo.

'Sud olwg sy ar y boi arall, 'ta?' medda hi.

A gofalu nad oes brath yn ei hymateb. Cadw pethau'n ysgafn. Pwylla rŵan, Anj. Meddylia be fasa Eic yn ei ddweud ... Mae 'na rywbeth yn sownd yn ei brest, yn cwffio'n dyner, ysbeidiol fatha sgodyn bychan bach yn gaeth mewn rhwyd plentyn.

'Ma' hwnnw'n tsiampion, achos wnes i'm taro'n ôl. Beryg 'mod i wedi gofyn amdani.'

Mae o'n codi ar ei draed i'w hwynebu.

'Pam na fasat ti wedi mynd i'r tŷ? Ti'n gwbod lle dwi'n cuddio'r goriad ...'

'A rhoi hartan i ti pan welat ti fod rhywun wedi torri i mewn, ia?'

'Fel y buo bron i ti roi un i mi rŵan?'

Ac mae hi'n cymryd cam yn nes ato, nes ei bod hi'n clywed ei fod o'n defnyddio'r un afftỳr-sief, yn gweld ei fod yn defnyddio'r un rasal yr un mor anaml. Yn teimlo cosi garw'r tyfiant ar ei ên yn erbyn ei boch cyn iddi hyd yn oed ei gyffwrdd.

'Dwi 'di dy golli di, Kiely.'

Mae hi'n ymateb i'w gusan yn dyner, ofalus oherwydd y briw ar ei wefus.

Rhag ei frifo.

Rhag ei brifo'i hun.

Mae o'n gyffro cyfarwydd.

Fatha dod adra.

'Damia chdi,' medda hi. Sibrydiad ydi o. Distaw distaw bach. 'Damia chdi ddwywaith, O'Shea.'

KEATING

Mae o wedi laru disgwyl am y blydi twrna 'ma, neu beth bynnag ddiawl ydi o. Gwastraff amser ydi o i gyd, eniwe. Chwarae'u blydi gêms nhw. Mae goriad sbâr tŷ'i fam eisoes yn ei boced o, dydi? A rhywfaint o'r cash roedd ei fam wedi'i gynilo iddo mewn bocs sgidia yng ngwaelod ei wardrob.

'Bocs y sgidia capal.' Byddai'n ei atgoffa o hynny ar ddiwedd pob ymweliad. 'Ti'n gwbod lle i gael hyd iddo fo. 'Cofn i ti ddigwydd dŵad o'ma'n gynt. Wyddost ti ddim.'

Fatha tasa fo ar hwyl twnelu'i ffordd allan unrhyw ddiwrnod. Mi fasa wedi chwerthin yn ei gwynab hi, oni bai'i fod o'n gwybod ei bod hi'n gwbwl o ddifri. Roedd ei hiraeth amdani wedi fflatleinio dros y blynyddoedd y buo fo i mewn, fel nad oedd ei marwolaeth yn gymaint o ergyd. Ond rŵan, a fynta wedi bod adra'n chwilio ymysg ei phetha hi, trodd ei alar yn rhywbeth newydd sbon, yn cnoi'i du mewn ac yn arafu'i symudiadau, fel bod o'n ei ddal ei hun yn cydio mewn hen luniau a nythai rhwng yr ornaments a'r nialwch, ac yn rhyfeddu at y sgribls ar ei chalendar dwyflwydd oed fel pe na bai o erioed wedi darllen ei llawysgrifen yn ei oes.

Sylwodd gyda rhyddhad y bore 'ma fod yr hen wraig wedi bod yn ddigon hirben i wneud yn siŵr fod y pres papur i gyd yn gyfredol. Y peth ola roedd arno isio'i wneud oedd mynd i'r banc i falu cachu heddiw. Teimlai'r arian yn chwithig yn ei law, yn llai, ac yn llithrig fatha pres-chwarae-siop. Roedd yna hen ddigon iddo fynd yn syth i brynu dillad newydd, gan gynnwys siwt dywyll, crys gwyn a thei, er mwyn iddo gael mynd i'w gwylio nhw'n claddu Johnny Hart cyn galw heibio offis yr O'Shea 'ma. Bu'n pendroni'n hir neithiwr a ddylai o fynd ar gyfyl y cnebrwn, ond roedd rhan ohono jyst isio bod yno i weld drosto'i hun fod caead ar y basdad o'r diwedd.

Roedd y cops yn y cnebrwn gynnau. Dydi hynny ddim wedi'i synnu. Mae'r ffernols rheiny ym mhob man. Ond mae o'n rhyw amau eu bod nhw wedi bod ar yr un perwyl ag yntau: isio gweld faint o aelodau cylch cyfrin Johnny Hart erstalwm sy'n dal i anadlu. Roedd yno dri o'i hen gronis. Yr union dri ddaru helpu Johnny i'w roi o o dan glo: Archie, Draco a Tomi. Dim ond Archie aeth at lan y bedd. Aros o'r golwg ddaru'r lleill. Hen gojars ydi Archie a Draco erbyn hyn, ond dydi Tomi Wich ddim ond yr un oed â fo'i hun, ac yn dal i edrych yn rêl blydi llo. Draco oedd y brêns. Ac Archie Cunningham? Mi fuo Archie'n lot o betha, dim un ohonyn nhw'n ddymunol, ond y mwyaf damniol ohonyn nhw i gyd oedd ei fod o'n gopar llwgwr dan fawd un o'r dynion 'busnes' peryclaf a mwyaf doji rhwng Môn a Glannau Merswy. Rŵan, mae Johnny

Hart o dan dorchan, a dydi Archie a Draco ddim yn edrych fel tasan nhw'n mynd i fod yn bell iawn ar ei ôl. Mae hynny'n gadael Tomi, na chododd o erioed fawr o ofn ar neb; dyna oedd yn ei wneud o'n was bach mor hawdd ei drin yr adeg honno. A'r tri yma sydd ar ôl. Has-bîns. Ond tri has-bîn ddaru helpu Johnny i'w amddifadu o flynyddoedd gorau'i fywyd. O'r hogan roedd o'n ei charu.

Deunaw mlynedd o jêl.

Ar gam.

Ac mae o'n meddwl eto ei fod o'n mygu.

Erbyn hyn, saif Keating ar stepan drws swyddfa Aled O'Shea'n cwffio i reoli'i anadlu, yn union fel y safodd ar gyrion y fynwent 'na gynnau'n gwneud yr un peth. Newydd ddechra maen nhw, y *panic attacks*. Chafodd o'r un o'r rheiny mewn deunaw mlynedd yn y carchar. Ond rŵan ei fod o allan, mae hi fel petai yna ormod o le iddo fynd ar goll ynddo, gormod o awyr iach.

Gormod o greithiau'n ailagor, fatha beddau gweigion yn ei wahodd i ddisgyn i mewn iddyn nhw.

Gwêl fod swyddfa Ymchwiliadau O'Shea gefn-gefn â garej. Dydi o ddim yn siŵr a ydi'r ddau le'n perthyn i'w gilydd, a does ganddo chwaith mo'r mynadd i fynd yno i holi neb. Fo fasa'r cynta i gyfadda nad ydi'i sgiliau cymdeithasol yr hyn oedden nhw ddeunaw mlynedd yn ôl. Nid ei fod o'n fawr o siaradwr bryd hynny chwaith. Ond roedd pethau'n wahanol hefo Greta.

Doedd hi ddim yn y cnebrwn. A doedd hynny'n ddim syndod iddo. Fu pethau erioed yn dda rhyngddi hi a'i thad. Chlywodd o ddim byd ganddi ar ôl iddo fynd i mewn. Roedd eu perthynas wedi dod i ben erbyn hynny, a hyd heddiw dydi o ddim cweit yn siŵr be ddaru o o'i le. Ei fam ddywedodd wrtho fod Greta wedi priodi, ac am sbel, ailagorodd y briw. Ond roedd bod yn y slamar fatha cael dy anfon i fyw ar blaned arall; dim ond y byd hwnnw, a'r bobol ynddo fo, oedd yn bodoli. Hyd yn oed petaen nhw'n dal hefo'i gilydd pan gafodd o'i ddedfrydu, fasa fo byth wedi dymuno i Gret wastraffu'i bywyd yn aros amdano. Roedd hi'n haws cau pawb allan pan nad oedd gen ti ddewis arall. Mi fasa wedi bod yn haws iddo fo petai o wedi gwrthod ymweliadau'i fam hefyd, ond fedrai o ddim bod mor greulon. Felly eisteddodd gyferbyn â'r teyrngarwch diwyro hwnnw dro ar ôl tro, a chael ei orfodi i wylio'i fam yn troi'n hen wraig fel y llithrai'r blynyddoedd heibio iddyn nhw, gan adael eu hoel ar eu synhwyrau fatha'r stêm o drên bach.

Roedd Kath Evans yn byw am ei fisiting-ordors, ac ar ei waetha daeth Keating i edrych ymlaen, hefo rhyw fath o wrthrychedd didaro, at y clecs diniwed a gariai iddo fel tasa fo'n gwrando arni'n disgrifio'r golygfeydd mewn opera sebon. Llifai'i mân siarad drosto, a hanner caeai yntau'i llgada wrth wrando, fel petai o'n eu harbed rhag llygedyn o haul a oedd yn gur ac yn gysur ar yr un pryd. Nes iddi grybwyll enw Greta eto, am y tro cynta ers iddi ddweud ei bod hi wedi priodi'r holl flynyddoedd 'na'n ôl. Dyna'r tro ola iddo weld ei fam cyn iddi ddechra mynd yn sâl. Ond gadawodd hi rywbeth iddo gydio ynddo, oherwydd mi ddeffrodd ei newyddion am Greta'r holl deimladau roedd o wedi eu mygu ers cyhyd, teimladau oedd yn ei synnu gyda grym eu tynerwch.

Roedd ganddo ddeunaw mis ar ôl o strej deunaw mlynedd. Wyddai o ddim, o fewn y chwe mis nesa, y byddai wedi colli'i fam, ond byddai'n diolch na chafodd hi wybod am y deiagnosis a gafodd yntau. Wyddai o ddim chwaith y byddai'n caniatáu iddo fo'i hun freuddwydio unwaith yn rhagor am Greta rhyw ben o bob un o'r dyddiau oedd ganddo'n weddill yn y shit-hôl hwnnw. Am y Greta ifanc y cafodd ei rwygo oddi wrthi a'i luchio i gell. Am ei chyffyrddiad ysgafn, y ffordd yr edrychai hi arno; am ei hoffter o natur, o bopeth oedd yn tyfu. Am yr holl bethau bychain, annisgwyl a ddysgodd hi iddo fo, y prentis trydanwr â'i frên ymarferol, na wyddai o'r peth cynta am unrhyw fath o flodyn:

'Carnêsions ydi'r rhain,' medda hi, yn eu sodro mewn bwcad a'u gosod ar lawr o flaen drws y siop flodau y gweithiai ynddi ar y pryd. 'Y rhai pinc ydi'n ffefrynna i. Dagra'r Forwyn Fair wrth wylio Crist ar y Groes. Maen nhw'n golygu na wnei di fyth anghofio rhywun.'

A Keating – ymhell cyn gwybod mai Keating fydda fo – na welodd o erioed mo'r tu mewn i'r fath siop o'r blaen, yn mynd yno i'w chyfarfod bob awr ginio, ac ar ddiwedd pob wythnos waith yn gwagio'r hyn oedd yn weddill o'r bwcad carnêsions a'u cyflwyno nhw iddi, er mwyn gweld adlewyrchiad eu pincdod-tu-mewn-i-gragen-fôr yn sglein ei llgada hi.

'Anghofian ni byth mo'n gilydd rŵan, Ro.'

Fel tasa hi'n ofni, fel tasa hi'n amau, na fedrai perffeithrwydd mor frau â hwn bara'n hir.

Cofia Keating i'r newyddion ei fod yn cael ei ryddhau ddiwrnod yn gynnar ganu yn ei ben: roedd ganddo bedair awr ar hugain ar ôl yn fama, ond Duw'n unig a wyddai erbyn hynny faint o fisoedd oedd ganddo ar ôl i fyw. Y noson honno, gorweddodd ar ei fync am y tro ola un, a chwerthin nes bod o'n crio.

Dydi o ddim yn crio rŵan. Mae'i amser o'n rhy brin. Ac yn rhy brin o beth uffar hefyd i fod yn sefyllian yn fama ar riniog rhywun, fatha dyn yn trio casglu rhent gan fethdalwr.

Sod-it.

Mae'r cloc yn tician, ac mae ganddo betha sy'n disgwyl am eu cwblhau ers deunaw mlynedd. Pobol i ymweld â nhw o fewn amser byr.

Dydi o ddim yn poeni'n ormodol, gan mai rhestr fer ydi hi.

Tri.

GRETA

Mae sbectol haul yn cuddio myrdd o bechodau, ond un peth na fedar hi mo'i wneud ydi stopio dagrau rhag dianc oddi tani. Nid fod yma neb arall i weld. Mae'r fynwent yn wag, a diolcha nad yn y fan hyn mae'i thad, o dan ei dwmpath o bridd newydd. Doedd ganddi'r un deyrnged i'w thalu iddo, a does arni ddim isio meddwl amdano fo rŵan. Penlinia o flaen y garreg fach dwt. Mae hi wedi edrych ar ôl bedd yr hen wreigan yn dyner; roedd hynny'n un o'r pethau a'i cadwai hithau i fynd. Yn rhywbeth iddi ddal ei gafael arno, rhag i'r cwlwm lacio. Mae'r tiwlips yn gwyro'u pennau'n swil dros ymyl y pot, yn dallt dim pa mor hyfryd ydyn nhw.

Yn ei hatgoffa o Kathleen.

'Dwi ddim wedi cymryd arnaf wrth Ron ein bod ni wedi wedi parhau i fod yn gymaint o ffrindia, 'sti. Dwi'm isio iddo fo gymryd petha'r ffor' rong. Dim a fynta'n gaeth yn yr hen le 'na. Does wbod sut basa fo'n ymateb.'

Felly roedd Kath Evans yn cyfeirio at y carchar bob tro. Fel tasa'r mymryn diniwed hwnnw o hunan-dwyll, o beidio'i ddweud o'n uchel, yn ei helpu i ddygymod.

Yr hen le 'na.

Y ffor' rong.

Ymadroddion ffwrdd-â-hi oedden nhw, ond yn diferu o ystyr. Pa 'ffor' rong' oedd 'na iddo fo 'gymryd petha', tybed? Ofynnodd Greta erioed iddi, er mor boenus oedd trio dyfalu drosti'i hun. Dwy ffordd oedd 'na. Byddai meddwl am ei fam a hithau'n fêts erbyn hyn naill ai'n ei wylltio, neu'n codi'i obeithion. Neu efallai fod yna un ffordd arall hefyd; gallasai Ronan fod yn hollol ddidaro, fel bydd pobol pan nad oes affliw o ots ganddyn nhw. Wedi'r cyfan, hi drodd ei chefn arno fo, 'de? Hi gymrodd ei pherswadio gan ei thad fod Ronan yn lleidar ac yn llofrudd, ac na fedrai hi nac unrhyw reithgor o egwyddor anwybyddu tystiolaeth mor ddamniol. Egwyddor. Oni ddylai hi fod wedi dadlau, lleisio'i hamheuon? Sylweddoli pa mor rhad oedd geiriau fel 'egwyddor' yng ngeirfa'i thad? Ond roedd hi'n fengach bryd hynny, ac yn wirion o naïf, yn dibynnu ar ei thad am y to uwch ei phen. Ac yn fwy na'r petha hyn, doedd 'na neb – gan gynnwys ei ferch ei hun – yn dadlau hefo Johnny Hart.

Feiddiodd hi ddim mynd ar gyfyl y carchar, a wnaeth Ronan ddim ymdrech chwaith i gysylltu hefo hithau. Doedd hi fawr o wybod nad oedd fiw iddo wneud, oherwydd y rhybudd a gafodd na fyddai'i fywyd yn ddim gwerth ei fyw pe gwnâi o hynny.

Y sioc fwya i Greta oedd ei beichiogrwydd. A'r broblem fwya wedyn oedd ei guddio rhag y byd. A hithau'n amddifad o fam, doedd ganddi nunlla i droi. Erbyn iddi orfod wynebu beth oedd yn digwydd i'w chorff, a phendilio wedyn ynglŷn â'r hyn y dylai hi'i wneud, aeth tri mis heibio fatha tasan nhw'n dridiau. Merch ifanc ddwy ar hugain oed oedd hi, ond teimlai mor ddiamddiffyn â merch ysgol, yn unig yn ei phoen a'i phanig. Roedd ganddi ofn ymateb ei thad, ofn cael ei chlymu i garcharor a ddedfrydwyd i ddeunaw mlynedd am drosedd erchyll. Ofn ei diffyg asgwrn cefn ei hun. Ac felly, yng nghanol y perlewyg oedd yn dechrau'i meddiannu, ac am na wyddai beth arall i'w wneud y diwrnod hwnnw, aeth i chwilio am bâr o jîns ddau seis yn fwy, a diolch fod tiwnic-tops yn dechra dod yn betha ffasiynol.

Yn un o stafelloedd newid y siop ddillad oedd hi pan deimlodd y gwlybaniaeth yn gynnes rhwng ei choesau. Clymodd ei siwmper yn dynn am ei chanol heb sbio beth oedd o, a'i heglu hi am adra. Cofia hyd heddiw ddistawrwydd y tŷ gwag yn hymian yn ei chlustiau, y bàth gwag yn oer yn erbyn ei chnawd, yn gwneud iddi grynu'n afreolus. Ei chorff yng nghanol storm lle roedd popeth – ei dagrau, ei henaid ei hun – yn cael eu rhwygo ohoni. A'r tawelwch wedyn yn rhy enfawr a dychrynllyd i un person ei oroesi. Ond dyna a wnaeth hi. Clirio a sgwrio a molchi a thwtio.

Cyn gorfod edrych.

Cyn dechra galaru dros rywun na fu, bod bychan bach oedd yn ffitio ar gledr ei llaw.

Meddyliodd y basa coed Foty Lleian yn rhywle neis iddi. Neu fo. Ond 'hi' roedd ei greddf hi'n ei ddweud wrthi. Roedd yr haul yn gylchoedd caled rhwng brigau'r onnen, yn ei herio i sbio i fyw ei lygad, i'w dallu'i hun, fatha penyd. Roedd y ddaear yn galed, yn plygu blaen y trywel yn big aderyn. A chydiodd syniad ynddi mai dyna roedd hi'n ei wneud – claddu dryw bach dienw na chodod o erioed i fflio.

Am ddyddiau wedyn, daeth y blinder i'w llethu, gorff ac enaid. Trodd ei chwsg yn bendympian ysbeidiol, a deffrai ohono'n sydyn a dryslyd, wedi hanner breuddwydio fod deryn yn taro'i big yn erbyn ffenast y llofft. Glandiwlar-ffîfyr, medda'r doctor, a dweud wrthi fod arni angen gorffwys. Neidiodd hithau'n ddiolchgar i'w ddeiagnosis-tylwyth-teg, a byw yn ei phyjamas am dair wythnos heb i neb amau dim.

Ailgydiodd yn ei gwaith yn y siop fel petai'n camu'n fwriadol o un byd i'r llall, a chau'r drws yn glep ar ei hôl. Nes i Kathleen Evans ddod i mewn un diwrnod i dalu am flodau i'r capel. Dyma'r tro cynta i Greta'i gweld ers i Ronan fynd i'r carchar. A doedd ganddi ddim dewis ond gofyn sut oedd o.

'Fel basa unrhyw un, 'te, 'mechan i, ar ôl cael ei gyhuddo ar gam.'

Ond doedd yna ddim dicter ynddi, dim chwerwedd. Dim ond rhyw ddygymod tawel â math arall o Drefn nad oedd dim dallt arno fo. Roedd y trefniant blodau roedd hi'n talu amdano'n un nobl a chafodd Greta'i hun yn gofyn:

''Dach chi'n mynd i allu cario hwn ar eich pen eich hun?'

'O, 'dai'm â fo yno, 'sti. Fydda i'm yn mynd i ganol pobol rhyw lawar y dyddia yma. Fedri di'i anfon o drosta i?' A hyn gan daro cyfeiriad ysgrifennydd Pwyllgor Blodau Capel Horeb ar y cownter iddi.

Trawyd Greta'n sydyn gan gymysgedd o gydymdeimlad a chywilydd, a hwnnw wedi'i glymu'n flêr fatha tusw wedi'i baratoi ar frys. Roedd yna bobol a oedd bellach yn cefnu ar fam Ronan oherwydd yr hyn y cafodd ei mab ei gyhuddo ohono. A'r rheiny'n blydi capelwrs. Cristnogion, o ddiawl. P'run ai oedd Ronan Evans wedi cael carchar ar gam neu beidio, doedd yna ddim bai ar y gryduras fach yma, nac oedd?

'Gwitsiwch funud.' Cythrodd Greta i fwnsiad o'r carnêsions o'u bwcad ger y drws. 'Ewch â'r rhain. Gin i,' ychwanegodd, fel petai angen iddi egluro.

Ac fel'na'n union y cychwynnodd eu perthynas newydd, rhyw gyfeillgarwch swil drodd yn leifflein annhebygol rhwng gwraig a amddifadwyd o'i phlentyn, a merch ifanc na ddaeth i delerau erioed â cholli'i mam. Soniodd Greta erioed wrth Kath am y golled arall a ddioddefodd, ond mi wnaeth hi fentro gofyn dros y banad gynta honno:

'Sgynnoch chi enw arall, Kath? Enw canol 'lly?'

'Pam ti'n gofyn?'

'Dim byd. Jyst meddwl ...'

'Oes. Roisin. Gwyddal oedd fy nhad.'

'Neis.' Ac mi roedd o. 'Ma' hynny'n egluro enw Ro hefyd.'

Ac er na chymrodd Kath Evans arni'i bod wedi sylwi, gwridodd Greta'n sydyn am iddi ddefnyddio'i thalfyriad bach sbesial hi o enw Ronan.

'Morlo bychan,' medda Kath.

'Sut?'

'Babi morlo. Dyna ydi ystyr yr enw "Ronan". Does gin i ddim Gwyddeleg, gwaetha'r modd, wedi i mi gael fy magu'n Gymraes, ond mi wn i hynny.'

A rhyw betha fatha'r chwerthin bach nerfus hwnnw ddaeth â'r ddwy ychydig yn nes bob tro. Ond y tro cynta 'na oedd yn cyfri. Rhoi'r syniad iddi gau pen y mwdwl yn dwt ar rywbeth.

Cafodd argraffu'r enw ar gefn y locet yn y fan a'r lle yn siop y crydd.

'Enw yníwsiwal,' medda hwnnw. 'Sut ti'n ddeud o?'

'Roshin.'

'Ffrensh 'dio?'

'Naci.'

'O.'

Roedd hi'n oerach yr eildro yng nghoed Foty Lleian. Ond roedd y pridd yn feddalach ar ôl iddi'i droi o'r tro dwytha. Eiliad gymrodd hi i wthio'r aur iddo, a gosod y blodyn pinc ar ben y cyfan. A theimlo cymaint â hynny'n well wedi rhoi enw i'r dryw bach.

Kath ddywedodd wrth Greta am fyw ei bywyd. Roedd ei mawrfrydigrwydd yn ei synnu. Soniodd hi fawr am ei chariad newydd wrth Kath, er i honno brocio. Ond fedrai hi ddim cuddio'r ffaith fod ei thad yn ei hannog i briodi Tony. Rhywbeth sydd drosodd, bellach. Digwyddodd. Darfu. Hyd heddiw, mae Greta'n trio osgoi meddwl am y blynyddoedd yn y canol. Ac er mor hael ei llongyfarchion oedd Kath pan briododd hi, roedd ei llgada hi'n dathlu llawer mwy pan glywodd y newyddion ei bod wedi gadael ei gŵr.

Gan Kath y cafodd hi wybod pryd y byddai Ronan yn dod allan.

'Mi wna i de parti bach i ni acw. Soniwn ni ddim byd wrtho fo, yli. Ac mi gei ditha landio, heb gymryd arnat, fatha syrpréis ...'

Fuo Greta erioed yn siŵr iawn am y syniad o roi 'syrpréis' i Ron, ond roedd Kath â'i chynllunio-bron-yn-blentynnaidd yn llwyddo weithiau i gynnau rhywbeth tebyg i obaith ynddi hithau. Am be'n union, ni wyddai, ond roedd y ddwy'n cynnal ei gilydd, yn bwydo'u ffantasi fel tasen nhw'n lluchio sbarion hyd braich i gath wyllt, heb boeni gormod os nad oedd hi'n closio o achos bod diwrnod y te parti'n dal i fod yn hen ddigon pell.

Rŵan, gwagia weddillion y dŵr o'r botel lemonêd dros y garreg a golchi'r baw deryn oddi ar wythiennau'r marmor. Aeth eich plania chi'n yfflon, do, Kath? Mae rhyw swildod annirnad yn ei rhwystro rhag ei ddweud o'n uchel, hyd yn oed mewn mynwent wag. Ac eniwe, dim ond mewn dramâu y bydd pobol yn cyfarch cerrig beddi. Mewn dramâu hefyd mae hen gariadon yn dod i chwilio amdanat ti ar ôl cael eu rhyddhau o'r jêl, meddylia, ond dydi hynny ddim wedi'i hatal rhag breuddwydio am y peth weithia.

Mae'r dydd yn fwy mwll nag erioed trwy'i sbectol dywyll, ond does arni ddim awydd i'w thynnu. Cuddio'i llgada duon oedd prif ddiben y Ray-Bans erstalwm; cuddio'i henaid hi maen nhw bellach. Bwrw cysgod dros y byd tu allan, tra'n cau'i meddyliau rhagddo. Mae hi'n osgoi pobol bob gafael bellach. Dynion yn enwedig. Mae pob dyn y buo hi mewn perthynas ag o erioed wedi'i brifo hi, un ffordd neu'r llall. Ar wahân i Ronan, efallai. Ond chafodd hwnnw fawr o gyfle i ddangos ei liwiau, p'run bynnag, naddo?

Dim ond pan aeth ei thad yn rhy hen a byddar a musgrell y cafodd Greta'r gỳts i adael Tony. Erbyn hynny, roedd ei fêts o, naci, ei weision cyflog – o achos nad ydi dy ffrindiau di'n cachu'i lond o pan wyt ti'n sbio'n gam arnyn nhw, nac'dyn? – wedi mynd 'run ffordd; yn gáthetyrs ac yn gátaracts ac yn dabledi calon ac yn dda i ddim byd bellach i ddweud 'bŵ' wrth neb. Wel, ar wahân i'r Tomi 'na. Ond llo gwlyb fuo Tomi Wich erioed, hefo'i bwmp asthma yn un boced, a'i Dic-Tacs yn y llall, yn sgytian yn erbyn ei gilydd fatha marblis mewn jar i ragrybuddio pawb o bell ei fod o ar fin landio. Maffioso ar y diawl. Fo oedd dreifar ei thad ar un adeg. Ei siôffro weithiau i ddŵs-pobol-fawr-gachu. Traffig warden ydi o rŵan. Cyfnewid un cap pig am un arall. Job snichyn os buo 'na un erioed. Mae hi'n amau'n gry na fasa fo wedi cael honno chwaith heblaw bod y mochyn cyn-gopar 'na, Cunningham, wedi tynnu strings – neu bwyso'n drwm ar rywun yn rhywle – er mwyn iddyn nhw'i chynnig hi iddo fo.

Try'n ôl a cherdded at y llecyn tarmác lle mae hi wedi parcio'r fan wen ddienw. Ystyriodd ei hysbysebu'i hun, pan gychwynnodd ei busnes, ac argraffu G. DAVIES GARDDIO A THIRLUNIO (dewisodd y Davies ar ôl ei mam, yn hytrach na Hart ar ôl ei thad; doedd defnyddio'i henw priod, Moretti, ddim hyd yn oed yn opsiwn) ar hyd ochrau'r fan honno, ond golygasai hynny byddai'n rhaid cyhoeddi'i rhif ffôn i bawb a'i nain yn ogystal. Roedd meddwl am wneud hynny'n anesmwytho gormod arni; roedd hi wedi cael blynyddoedd o rywun yn cadw tabs arni ddydd a nos, felly, fel y sbectol haul, roedd y fan yn ei gwarchod, yn gysurus o anhysbys, ond yn brathu fatha llewes hefo'i hinjan tŵ-litr TDCi. O ddim i chwe deg mewn chwech pwynt wyth eiliad.

Mi fasa ffitiach i Tomi Wich fod wedi cael un fatha hwn, meddyliodd, pan oedd hi'n sefyll ar y ffôr-cort bryd hynny'n gwrando ar y gwerthwr ceir yn telynegu am rinweddau'r 'wen'.

'Ma' 'na ddiawl o loc arni. Fedri di droi hon ar bishyn chwech.'

Dwyt ti ddim yn cofio be ydi pishyn chwech, mêt, meddyliodd, yn gadael iddo weithio am ei gomisiwn er ei bod eisoes wedi gwneud ei phenderfyniad.

Na, does yna'r un dyn, bellach, yn mynd i gael cyfle i'w tharo na'i thwyllo na'i rheoli. Ffwcia nhw, pob-un-wan-jac o'r ffernols i gyd. Mae Greta'n gryfach rŵan, yn feddyliol ac yn gorfforol. Erbyn hyn, mae ganddi'i strategaethau i gôpio hefo bwganod ...

Mae 'na foi mewn du'n tin-droi'n ansicr wrth ymyl y giât i'r fynwent. Does 'na ddim cnebrwn wedi bod yma heddiw ond mae'n amlwg, yn ôl ei siwt gladdu, ei fod o wedi bod mewn angladd yn rhywle. A bu oriau ers hynny hefyd, yn ôl pob golwg, gan ei fod wedi llacio'i dei ddu'n sylweddol, a datod dau fotwm ucha'i grys. Caria fwnsiad o flodau digon diddychymyg. Bloda garej, meddylia hithau. Ŵyr hi ddim sut y byddai wedi medru bod mewn garej chwaith, a dim car ganddo. Ei fan hi ydi'r unig gerbyd o hyd ar y llecyn bach crintachlyd sy'n cymryd arno i fod yn faes parcio.

Mae'r dyn fel petai o'n aros i roi cyfle i'w llgada ailgynefino â rhes o gerrig beddi na welodd o mohonyn nhw ers sbel, cyn penderfynu'n sydyn ar y bedd mae hi newydd fod yn ei dendiad. Daw swildod drostyn nhw ill dau, fel bydd 'na rhwng dieithriaid, wrth iddyn nhw basio'i gilydd ar y llwybr cyfyng, y fo'n gwyro'i ben rhag gorfod edrych arni tra'n ochorgamu'n chwithig i osgoi mynd ar ei thraws, a hithau wedyn yn magu plwc i tsiansio cipolwg arno dros ei hysgwydd o dan ei sbectol ddu. Mae o'n dal a main, ac mae'i gerddediad o mor boenus o gyfarwydd fel bod yr enw'n disgyn dros ei gwefus cyn iddi sylweddoli'i bod hi wedi'i ddweud o'n uchel:

'Ro ... ?'

A'r eiliad nesa, mae hi'n codi'i sbectol haul yn drwsgwl ac yn dechra ymddiheuro'n llaes i'r dieithryn-llgada-brown:

'O, ma' ddrwg gin i. Ôn i'n meddwl am rywun arall ...'

Mae yntau'n stopio'n stond, fel petai sŵn ei llais wedi'i rewi yn ei unfan.

'Gret?'

Yn lle parhau i chwarae hefo'i sbectol mae hi'n ei thynnu'n gyfangwbwl rŵan, er mwyn i olau'r dydd olchi'r llun o'r dyn o'i blaen. Ydi hi'n dechra drysu? Mae o'r un ffunud ... Ddywedodd o erioed mo'i henw hi, naddo? Naddo, siŵr Dduw. Ei dychymyg sy'n chwarae tricia arni ar yr union ddiwrnod y dywedwyd wrthi'i fod o'n cael ei ryddhau. Y strès ydi o, yr holl hel meddyliau, a hithau ddim ond newydd fod â blodau ar fedd ei fam o. Callia, Greta. Nid y fo ydi o. Nid at fedd Kath mae o'n mynd. Ac mae'i llgada fo'r lliw rong, beth bynnag.

Cuddia'i gwynab eto tu ôl i'r Ray-Bans a brysio yn ei blaen, yn teimlo'n wirion, yn benysgafn; yn grediniol ei bod hi wedi cael gormod o'r haul rhy anghyffredin o gynnar sy'n trochi pob dim yn ei dwyll. Ond mae o'n galw ar ei hôl. Mae'r dieithryn hefo cerddediad cyfarwydd yn galw'i henw gan ollwng yr 'a', yn union fel yr arferai Ronan ei wneud. Ai jôc sâl ydi hi? Pwy ydi'r *doppelgänger* hefo'r llgada brown sy'n gwneud sbort am ei phen?

Fatha'r haul a'i addewidion ffwrdd-â-hi.

Safent yno, yn nabod dim ar ei gilydd, ac yn nabod ei gilydd yn well na neb. Ac mae'i chwestiwn hithau'n lloerig ac eto'n gwneud mwy o synnwyr nag unrhyw gwestiwn ofynnodd hi erioed:

'Be ddaru nhw i dy llgada di?'

'Dim byd,' medda fo. 'Lensys lliw 'dyn nhw.'

'I be?' medda hitha.

'Rhag i bobol fy nabod i.'

Ac er bod hynny'n rhywbeth y medar hi, o bawb, ei ddallt yn well na neb, mae hi'n dal arno:

'Well gin i chdi hebddyn nhw.'

Felly mae o'n troi oddi wrthi i'w tynnu nhw, fesul llygad, fatha sychu dau ddeigryn. Fo ydi o rŵan, a heddiw ydi ddoe ddwytha wedi'i ffast-fforwardio ddeunaw mlynedd.

Bron.

'Dy dro di,' medda fo, gan dynnu'i sbectol haul hi heb ofyn, a'i phlygu i ffitio i boced ei frest.

A dim ond rŵan mae hi'n medru gweld nad rwbath-rwbath o flodau wedi'r cyfan sydd ganddo yn ei law rydd.

'Ty'd â nhw yma,' medda hi, a gosod y carnêsions ar fedd Kathleen fel tasa hi'n rhoi babi i orwedd.

Saif Keating a'i gwylio hi, a sylwa Greta fod ei llgada fo, llgada glasach nag y dylai unrhyw llgada meidrol fod, yn tasgu sbarcs wrth ddal y golau fatha'r cerrig mewn modrwyau.

OSH

Doedd o ddim wedi rhagweld y byddai'n deffro'r bore 'ma yng ngwely Anji Kiely. Wedi dweud hynny, mae 'na lot o betha na ddaru o mo'u rhagweld ers iddo godi o'i wely'i hun yn blygeiniol fore ddoe i fynd i weld ei blentyn.

Mae'i ben o'n pwmpio. Fo yfodd y rhan fwyaf o'r gwin neithiwr. Yfed hunanol oedd o, meddylia. Clasiccês o foddi gofidiau. Ond mi lwyddodd i foddi popeth arall hefyd, yn do? Fel na sylwodd fod Angharad yn sipian yn gymedrol. Yn ei phêsio'i hun, sylweddola rŵan. Yn gwneud yn siŵr na fyddai un ohonyn nhw, o leia, yn difaru'r bore wedyn. Mae ganddo brin go' o faglu ar y grisia bach digri 'na (pwy ddiawl feddyliodd am roi grisia mewn bynglo?) a theimlo'i braich yn dynn am ei ganol wrth iddyn nhw gyrraedd y llofft. Dim ond dyfalu fedar o bellach, ond dydi hi ddim yn mynd i gymryd jîniys – nac unrhyw lun ar dditectif – i ddallt na ddigwyddodd dim byd rhyngddyn nhw. Deffrodd yn ei grys a'i ddillad isa, y gobennydd wrth ei ymyl yn dal yn foliog fel cwmwl newydd, a sylwi ar ei jîns wedi eu plygu dros gefn y gadair gyferbyn, a'i sgidia'n dwt o dani. Cyffyrdda ymyl ei wefus yn dyner a chanfod mymryn o chwydd ynddi. Rêl Liam. Peltan yn gynta, ac wedyn dweud wrthat ti pam roeddet ti'n ei chael hi.

Roedd ei frawd yn disgwyl amdano fo ddoe tu allan i'r tŷ pan gyrhaeddodd Osh adra hefo Dyf Pen Rwd yn nhrỳc Elidir Recovery. Syrpréis nid hollol amhleserus oedd gweld y Rwdan yn landio i'w bigo i fyny ym maes parcio McDonald's Macclesfield. Er mai dipyn o larwm fuo fo erioed, roedd yn well ganddo gael hwnnw'n gwmpeini na gorfod dal pen rheswm yn Saesneg hefo rhywun yr holl ffordd adra. Roedd ei frên o'n brifo gormod.

'Iesu, be ti'n da yma? Yr AA ffonish i.'

'Ia, 'sti. Ma'r rheiny'n pasio lot o gôls ymlaen i fusnesau preifat fatha ni rŵan. Sỳb-contractio, 'lly. Ac fel roedd petha'n mynnu bod, ôn i'n dŵad o ochra Mantsiestyr eniwe, 'li. Danfon ryw fisitors o'dd 'di cael brêc-down yn Dre 'cw yn eu hola' i Wilmslow. Twll yn y beipan tyrbo. Job fawr. Mr Park o'dd ei enw fo. Finna'n deud: "You must have got a lot of Ji-Sung Park's post by mistake when he lived there," ond welodd o mo'r jôc chwaith. Uffar sych.'

'Fel arall ti'n ddeud o. Park Ji-Sung. Cyfenw'n gynta.'

'Dim fela o'dd o gin Man U erstalwm.'

Trodd Osh y stori, yn gwybod nad âi'r ddadl honno i nunlla.

'Finna'n meddwl nad oeddach chi'm yn mynd dros Glawdd Offa.'

'O, na, 'dan ni yn bob man dyddia yma, mêt. Ond be ddoth â chdi mor bell o adra 'di'r cwestiwn mawr, 'de?'

Cadwodd Osh ei esboniad yn syml.

'Dipyn o fusnas yn Alderley Edge.'

'Arglwydd, a finna jyst rownd y gongol i ti! 'Sa ffitiach 'sa ti wedi cael pàs hefo fi bora 'ma, basa? Fasat ti'm yn yr anghaffael yma rŵan, na fasat?'

Anghaffael. Bendith ar yr hen Rwd, wirioned ag ydi o (RWD 999 ydi'i nymbyr-plêt personol o): chafodd o erioed wers ramadeg yn ei fywyd, ond mae o cyn sicred o'i eirfa a'i dreigladau ag oedd Moses pan godödd hwnnw'i bastwn ar y Môr Coch. Ac mewn cyn lleied o eiriau â phosib, rhoddodd Osh grynodeb o'i 'anghaffael' a darganfod nad oedd yna fawr iawn i'w ailadrodd p'run bynnag.

'Pan ddoish i allan o'r lle chwech yn Maccy's, mi oedd y Defender wedi mynd.'

'Be? Jyst fela, 'lly?'

'Ddrwg gin i dy siomi di, Rwd, ond ia. Jyst fela.'

A theimlo'n dipyn o dwat wrth orfod cyfadda'i fod o, o bawb, wedi bod yn darged i ladron ceir, er bod y rheiny'n amlwg yn rhai a feddai ar y dechnoleg ddiweddaraf i ddwyn cerbydau di-oriad. *Relay theft* neu beidio, doedd hyn yn da i ddim byd i'w strît-crêd o, meddyliodd. A rhegi'i gar newydd dan ei wynt unwaith yn rhagor. Defender, o ddiawl.

'Wnest ti'm cloi, ma' raid.'

O, 'ma ni.

'Di'i weld o 'geinia o weithia. Rwbath yn picio

am bisiad ar frys, ac yn pwyntio'r remôt i rwla-rwla, meddwl bod o wedi cloi ...'

Gwelodd Osh i le roedd y sgwrs yn mynd a defnyddio'i dacteg osgoi:

'O'dd 'y mlydi ffôn i yn y dash 'fyd.'

'O? Sut ffonist ti fi, 'ta?'

'Dim chdi ffonish i, naci? Y ffycin AA, 'de?'

'Ia, ni sy'n cael lot o gôls heini ŵan ...'

'Ti 'di deud.'

'Be wnest ti, 'ta? Ffendio ciosg?'

'Ffwc ti feddwl ydw i, Doctor Who? Na, o'na gopar mewn car tu allan ...'

'Oedd, siŵr Dduw. Disgwl am ei fêt hefo'r McMuffin o'dd o, 'de ...?'

' ... ac mi fedrish i riportio'r lladrad a ffonio'r AA gynno fo. Lwcus uffernol bod fy walat i yn 'y mhocad i, a 'nghardia fi i gyd ynddo fo, yn cynnwys yr un AA.'

'Ia, ond rywun fatha ni gei di ran amla' rŵan ...'

'Rwd?'

'Ia?'

'Cau hi.'

Cafwyd peth seibiant yn y sgwrs wedyn wrth i'r Rwdan ganolbwyntio ar ofyrtêcio rhyw bloncar mewn Merc a oedd llawn cyn wirioned ag yntau. Bu'r boi barfog gwallt gwyn a thrỳc Elidir Recovery am y gorau am strej go hir, â throed Rwd yn ymyl mynd drwy'r llawr. Mae 'na bengaled, ac mae 'na ben rwdan, meddyliodd Osh, ei droed dde fo'i hun yn pwyso'n reddfol ar frêc dychmygol, a'i berfedd o'n sgytian fatha bagiad o wîl-nỳts. Diolch i un o fysus Arvonia'n tynnu allan i'r lên ganol o flaen y Merc, Rwd a orfu, gyda gwaedd o:

'Cỳm honna'r Santa Clos uffar!'

'Rwd?'

'Ia, mêt?'

'Gwbod nad wyt ti'n ddyn AA go iawn, 'de, ond jyst am yr hanner awr nesa, fedri di gogio dy fod ti'n un, 'lly?'

Cliriodd y poeri a'r ffrio o'r radio yn y man, a daeth y daith i ben yn gymharol esmwyth i gyfeiliant Capital FM. Pan sylwodd Osh ar gar ei frawd yn disgwyl amdano tu allan i'r tŷ, phoenodd o ddim yn ormodol. Oedd, roedd hi'n anarferol i Liam ddod i edrych amdano ar ganol diwrnod gwaith, ac eto cofiodd bryd hynny nad oedd ei ffôn ganddo, a diawlio am y milfed tro'r bore hwnnw.

Mae hynny'n dal i chwarae ar ei feddwl o, y ffaith na fedar neb gysylltu hefo fo. Mae o eisoes wedi siarad hefo Rich ar ffôn Angharad, ond mae'i fywyd o yn y blydi mobeil 'na. Fodd bynnag, wyddai o ddim be mae o'n ei wybod rŵan pan neidiodd o i lawr o'r trỳc i wynebu Liam.

Daeth y beltan o nunlla, yn sioc drydan i'w synhwyrau.

'Ffoc ... ?'

Wedyn yr hỳg. Roedd y goflaid yn fwy fyth o sioc, yn enwedig ac yntau'n teimlo'i fod o'n cael ei wasgu gan arth. Ac roedd Liam yn amlwg dan deimlad, yn chwythu'r geiriau'n boeth i'w wegil o:

'Rôn i'n meddwl 'mod i 'di dy golli di'r basdad gwirion.'

'Be ti'n falu? Jîsys, ma' gin ti rait-hwc ... to'dd gin i'm ffôn, nac oedd, y mêniac. Neu chdi 'swn i 'di'i ffonio gynta. Nesh i drio deud wrth y copar bach deuddag oed hwnnw tu allan i Maccy's pwy oeddat ti, ond dim ond yr AA o'dd o'n fodlon eu ffonio.'

'Be o'dd Elidir Recovery'n da yno, 'ta?'

'Paid ti â dechra.'

A dyna pryd gafodd Osh yr hanes. Bod y Defender wedi dod oddi ar y lôn, a bod y gyrrwr wedi'i ladd. A bod Liam a Rich a Mono wedi bod yn cynnal gwasanaeth coffa iddo fo ar ganol llawr y garej.

'Shit.'

Ond roedd yna fwy.

'Elenid Wyn, cariad Gwyn Eds, dynnodd gorff y boi allan o'r llanast. Pan ddalltodd hi bod y car wedi'i gofrestru i chdi, mi fuo hi ar y ffôn efo Gwyn a deud nad chdi o'dd o. Ar ôl i ni i gyd ddechra meddwl y basa'n rhaid i ni drefnu dy ffycin gnebrwn di.'

'Lle ma'n ffôn i?'

'Dyna'r cwbwl fedri di'i ddeud?'

'Iesu, sori 'mod i 'di codi o farw'n fyw. Lle ma'n ffôn i?'

'Ma' dy ffôn di'n saff mewn bag plastig gan Elenid. Ma' hi'n dod draw i Felin nos fory, felly mi gei di o bryd hynny.'

Y man-îtyr honno. Byddai gorfod gweld honno bron cyn waethed ag y bu troi'n ôl heddiw i ailwynebu Fiona. Ocê, roedd o'n cael ei ffôn yn ôl, ond roedd ei gerbyd newydd yn rait-off.

'Pwy o'dd y creadur diawl gafodd ei ladd, 'ta?'

'Wel, neb hefo record, achos dydi o ddim yn dod i fyny ar y deta-bês gynnon ni. Ond ma' hi'n ymddangos nad ar ei ddreifio fo oedd y bai. Cael ei redag odd'ar y lôn ddaru o.'

'Be ti'n feddwl?'

Doedd hi'n ddim cysur o gwbwl mai lleidar diegwyddor fu farw chwaith; roedd hwnnw'n blentyn i rywun ...

'Mae yna lot o sbîdio gwirion wedi bod yn ddiweddar ar y Cat and Fiddle 'na, ac amball waith ma' bois y tsiopar i fyny'n cadw golwg. Roeddan nhw i fyny heddiw, fel mae hi'n digwydd, ac ma' gynnyn nhw ffwtej o'r awyr o ffôr-bei-ffôr du'n rhoi tshiês i dy gar di, a'i redag o dros yr ochor.'

Roedd clywed ei frawd yn crybwyll ffôr-bei-ffôr du'n crafu yn erbyn rhywbeth yn isymwybod Osh, ond ni fedrai yn ei fyw ddal y llun yn llonydd yn ddigon hir i gofio lle gwelodd o gar felly ddwytha. O'i flaen ar y lôn? Tu ôl iddo? Mewn maes parcio yn rhywle? Roedd rhywbeth yn edliw iddo y dylai o fod yn cofio. Teimlai llgada Liam fatha camera inffraréd yn trio sbio i mewn i'w ben o i chwilio am yr un atgof. A sôn am inffraréd ...

'Felly ma'r hofrenydd wedi cael hyd iddo fo, do?'

Oedodd Liam eiliad yn rhy hir cyn ateb.

'Ffyc-sêc, Liam. Ti ddim yn siriys?'

'Dim digon o danwydd. O'ddan nhw 'di bod allan ar ops ers bron i ddwyawr, felly'r unig ddewis wedyn cyn troi'n ôl am adra oedd trosglwyddo'r cwbwl i hogia'r ceir. A'r gwasanaetha brys, wrth gwrs.'

Elenid Wyn, meddyliodd Osh. Ac medda fo'n biwis:

'A rhwng y troi'n ôl a'r trosglwyddo gwybodaeth, mi welodd dreifar y ffôr-bei-ffôr ei jans, do?'

'Doedd yna le'm byd i'r car du fynd, dim ond i fyny am y dafarn neu gario ymlaen i gyfeiriad Buxton. Mi fasa'r cop-cars yn dod i'w gwfwr o cyn iddo fo hitio'r A54 ...'

'Oni bai'i fod o wedi diflannu fel anghenfil Loch Ness, ia?' Nid trio bod yn ddoniol oedd o. 'Blydi iwsles. Mi fasa Mr Bean wedi gneud gwell job. Ma' isio cnocio'ch penna chi i gyd hefo'i gilydd. A *chdi* 'di'r un yn rhoi slap i *mi*.'

Ac mi roddodd Osh ben ei fys yn betrus ar ymyl ei wefus waedlyd er mwyn troi'r thermostat i fyny rhyw fymryn ar euogrwydd ei frawd.

'Mi gollon nhw'r ffôr-bei-ffôr. Dim golwg o'r gyrrwr chwaith.'

'Nac oedd, siŵr Dduw. Pwy oedd o? Dynamo?'

Chododd Liam ddim at yr abwyd.

'Bosib fod yna gerbyd arall yn aros amdano fo. Maen nhw'n meddwl ei fod o wedi dyblu'n ôl y ffor' doth o ...'

'Mewn Tardis, ia?'

'O'dd y boi 'ma yn y pỳb yn meddwl ei fod o wedi gweld campyr-fan ...'

'No-wê? Ti'n cymryd y ... ?'

'Osh?'

Mae honna'n ddawn gan Liam. Newid tac wrth ynganu dy enw di hefo rhyw dinc pryderus yn ei lais. Ond roedd yna fwy iddi na chael ei frawd i roi'r gorau i slagio'r heddlu. Rhywbeth mwy sinistr o'r hanner. Curodd ei galon yn gyflymach nag y gwnaeth hi gynnau pan oedd Dyl Pen Rwd yn trin yr A55 fatha Silverstone.

'Be?'

'Chdi o'dd i fod i fynd dros yr ochor.'

'Be ti'n ...?'

'Ar dy ôl di o'ddan nhw. Mi roedd rhywun wedi gosod tracar ar y car.'

Am yr eildro'r diwrnod hwnnw, cafodd Osh ei lorio. Taranfollt Fiona, a rŵan, hyn. Roedd o'n ormod i'w brosesu. Roedd pechu pobol yn anorfod, a fynta'n gyn-dwrna'n rhedeg asiantaeth dditectif. Gwyddai fod ganddo elynion. Byddai ambell un yn fodlon iawn lluchio peint dros ei ben o, garantîd. Ond rhywun a fyddai'n barod i drio cael gwared arno fel'na? Roedd yr holl beth yn hurt. Yn blydi anghredadwy. Arglwydd, nid cymeriad mewn thrilar rad oedd o, naci? Blydi hel.

'Callia, Liam, wnei di ...?'

'Osh, dwi o ddifri. Fedri di feddwl am rywun fasa isio dy ladd di?'

''Blaw chdi, 'lly?'

Ond doedd dim hwyl bantro arnyn nhw, a syrthiodd ei eiriau yn eu holau i'r gwagle oedd yn agor yn ei berfedd o. Llaciodd y cyhyrau yn wynab Liam am ennyd, arwydd ei fod o'n trugarhau wrtho, a gwyddai Osh beth fyddai'n dod nesa:

'Ti isio peint?'

Nac oedd, doedd o ddim. Roedd yna ormod wedi digwydd, a'r cyfan roedd arno isio'i wneud oedd cau drws ei dŷ ar ei ôl. Dylai fynd i weld Rich i'r garej. A Mono. (Tasa hi'n dod i hynny, dydi o byth wedi cael cyfle i dorri gair hefo Mono. Shit.) Ond doedd ganddo mo'r egni bellach i wynebu neb. Er gwaetha popeth ddigwyddodd, ergyd Fiona oedd y drymaf o hyd. Doedd o ddim yn dad i Rhiannon, a chafodd o ddim cyfle tan rŵan i grio. Roedd arno angen galaru, bod ar ei ben ei hun am dipyn er mwyn trio dallt pam fod hiraethu ar ôl rhywbeth na fuo fo erioed yn perthyn iddo mor uffernol o ddirdynnol. Gwnaeth banad, ond gan fod honno'n llosgi'i dafod o, tywalltodd fesur bach digon gwylaidd o Benderyn er mwyn llyncu dwy barasétamol. Doedd o ddim yn siŵr ai'r te bildar ynteu'r cyfuniad o wisgi a thabledi cur pen a roddodd iddo'i weledigaeth, ond ymhen hir a hwyr daeth i'w gasgliad. Roedd o fel cwch heb angor, a hynny am y rheswm syml ei fod o wedi caniatáu i'r unig un a lwyddodd erioed i gynnig amcan a gwastadrwydd iddo ddiflannu o'i fywyd.

Doedd dim iws iddo wadu bod Anji Kiely yno bob dydd ar gyrion ei feddwl. Roedd hi yn ei ben o. Ffaith.

Ac yn ei galon o hefyd, pe na bai o'n rhy ddiawledig o bengaled i gyfadda hynny wrtho'i hun. Dyma fo yn yr un lle eto, meddyliodd, yn melltithio'i styfnigrwydd a'r hen falchder gwirion hwnnw nad oedd o wedi helpu dim arno'r tro yma chwaith. Gadawodd y berthynas, fel o'r blaen, am na wyddai sut i ddechra siarad am ei deimladau. Gadawodd heb drio gweld pethau o ochor Angharad. Ond rŵan dechreuodd ei feddwl a'i gur pen glirio ar yr un pryd. A chymryd yn ganiataol y basa hi'n maddau cloffni'i ddeallusrwydd emosiynol yr eildro – beth bynnag oedd Osh, bu gweld yr ochor olau wastad yn rhywbeth a arferai fynd o'i blaid – Angharad fasa'r unig un fedrai ddallt ei boen a'i ddryswch rŵan.

A dyna ddaeth ag Aled O'Shea yn ei ôl i bentref Erchwyn yn un o dacsis Ted, ôl dwrn ar ei wefus, ac ôl Louboutins Fiona ar ei galon fatha tyllau sodlau mewn llawr leino. Yr un oedd y morlun o'i flaen, awyr ddagra, yn gwafars i gyd. A'r un ydi o heddiw wrth iddo chwalu niwl ei anadl ei hun oddi ar ffenast y llofft. Yr un tonnau sy'n cnoi Trwyn Erchwyn, a'r un dibyn sy'n disgyn yn ddu oddi tano i'w berw gwyn.

Ond am ddibyn arall mae Osh yn meddwl rŵan â'r bore'n galed yn erbyn y gwydr, am ei gar yn yfflon ar ôl cael ei orfodi i yrru drosto, a'r tracar hwnnw'n sownd o dano fo. *Chdi o'dd i fod i fynd dros yr ochor.* Dim ond rŵan mae o'n codi o groeso'r cynfasau i ddechra gwisgo amdano, ond nid dyna pam mae o'n oer. Erbyn hyn, mae'i feddwl o'n dechra dod i drefn. Sylweddola'n sydyn ei fod o wedi methu cadw'i apwyntiad ddoe hefo'r boi Evans hwnnw gafodd ei ryddhau o'r jêl. Shit. Roedd o'n dod i gasglu goriad tŷ'i fam. Yng nghnebrwn yr hen wraig y gwelodd o hwnnw ddwytha: boi main, llwydaidd yr olwg, ond roedd yna un peth amdano a oedd wedi glynu yn ei go'. A'i anesmwytho. Y llgada 'na oedd fatha tasen nhw'n sbio drwyddat ti. Llgada uffernol o las. Anghofiet ti byth mo'r rheiny – er bod Angharad yn rhoi cynnig go lew arni rŵan i symud ei feddwl o wrth floeddio arno o'r gegin:

'O'Shea? Sym' dy din! Ma' gin ti fisitor. A dw inna'n mynd allan am rỳn.'

Mae'r hyn a yfodd neithiwr yn dal i ddrysu'r conecsion rhwng ei ben a'i draed, a bagla am yr eildro ar y steps bach gwirion sy'n arwain i'r ddwy lofft. Diolcha fod yno goffi ar y go, a dilyn yr ogla bendithiol o'r peiriant, dim ond i weld Liam yn ista wrth fwrdd y gegin hefo panad o'i flaen fatha tasa fo'n blydi byw yno. Mae'i stumog o'n rhacs ar ôl deiet o alcohol a strès, ac estynna'n falch am fygiad du o Fairtrade Colombian Blend. Ond Cryfder Rhif 3? Hêl-Meri-pàs os buo 'na un erioed.

'Be ti'n da yma?'

'Ffansïo dipyn o wynt y môr ôn i.'

Mae 'na wên-ia-tipical yn sig-sagio gwefus ucha'i frawd, ond does gan Osh mo'r mynadd i godi at yr abwyd. Nac i oregluro. Dydi neithiwr yn ddim o fusnes Liam, p'run bynnag, a dydi yntau ddim yn y mŵd am y bantar. Gwna dipyn o sioe o drio yfed ei goffi poeth hefo'i wefus ddolurus yntau, ond dydi'r gilt-tripio ddim yn cael yr un effaith heddiw.

'Paid â bod yn gymaint o hen ddynas. Mi ddylat fod yn diolch i mi, beth bynnag, o achos mae gin i rwbath symudith dy feddwl di.'

'Debyg i be?'

'Debyg i lofruddiaeth hen ddyn. Wel, hen gopar, i fod yn fanwl gywir. DCI erstalwm.'

'Sef?' Mae Liam yn gwneud hyn bob tro. Y bolocs creu sysbéns 'ma, fel tasa fo'n dweud stori wrth griw o blant cynradd.

'Archie Cunningham. Y boi roddodd dy Ronan Evans di yn y jêl.'

'Pasia dy ffôn i mi.' Ac estynna Osh am fobeil ei frawd oddi ar y bwrdd rhyngddyn nhw cyn disgwyl am ateb.

'Hei. Paid â meddwl defnyddio hwnna i gael gafael ar dy gysylltiada doji …'

'Be ti'n feddwl ydw i?'

'Wna i'm atab hynna.'

'Na, paid.'

'Be wyt ti'n ei neud, 'ta, ar gymaint o frys?'

'Ordro egsôst newydd i Kawasaki Ninja ZX.'

MONO

Dwi'n nacyrd. Dỳn-in. Yn teimlo'n hŷn na f'oed ac yn methu cysgu'r nos. A dwi'n conffíwsd.

Ma' siŵr fod y Disgyblion wedi teimlo fel hyn, doeddan? Wedi bod yn ffycin défastetyd fod y lejand 'ma o foi roeddan nhw'n ei addoli'n fwy nag unrhyw gawr pêl-droed a fuo erioed wedi cael ei fwrdro gin lwyth o rafins. Piso crio a rhwygo'u dillad mewn galar, a'i weld o wedyn ym mhen tridia'n edrach yn tsiampion heblaw am farcia hoelion ar ei ddwylo. Nid fod yna lawar o chwara ffwtbol, am wn i, yn 33 OC, ond jyst trio gosod petha mewn cyd-destun dwi, 'de, er mwyn esbonio sut ddylanwad mae Aled O'Shea'n ei gael ar bawb sy'n ei nabod o. Paid â 'nghael i'n rong: dwi'm yn trio bychanu Crist nac amharchu Cristnogion. Er bod Osh wedi llwyddo i broffwydo sawl digwyddiad, a chyflawni ambell beth a fu'n ddigon tebyg i wyrth, fedar hyd yn oed hwnnw ddim cerdded ar ddŵr. Ac ôl dwrn Liam ar ei wefus oedd gin hwnnw ar ôl atgyfodi, nid creithiau ar gledrau'i ddwylo.

Ia, wyt, mi rwyt ti'n synnu, ma' siŵr, dwyt, fy mod i mor hyddysg yn yr ysgrythurau. Be sy'n gneud hwn, na thwllodd o erioed le addoliad, yn gymaint o ecsbyrt ar y Testament Newydd, medda chdi, fel tasa fo wedi bod yn flaenor ym Moreia ers y rhyfal? Wel, Taid, 'de? Y rheswm pennaf fy mod i'n greadur mor henffasiwn. Roedd o'n poeri fatha camal ac yn rhegi fel cath, ond Iesu, roedd o'n gwbod ei Feibil. Wn i ddim be fasa hwnnw'n ei ddeud wrtha i rŵan, chwaith. Adrodd rhyw stori goc, ma' siŵr, fatha honno am rywun ddoth adra o'r ffosydd yn holliach; pawb o'r hogia'n meddwl ei fod o wedi marw, heb wbod bod gynno fo fechdan gorn-bîff ym mhoced ei frest oedd wedi nadu i'r bwlat fynd drwy'i galon o. Ma' rhaid ei bod hi'n dorth stêl ar y diawl, ond mae hi'n stori dda.

Fel un Osh. Mi wneith digwyddiadau'r dyddia dwytha 'ma uffar o stori dda ryw ddiwrnod. Ond nid heddiw. Ma' llyncu galar yn ei ôl am nad oes mo'i angen o bellach yn goblyn o beth anodd i'w neud, achos dathlu ydi o, 'de? Mi stopiodd ein calonnau ni i gyd am ennyd pan feddylion ni fod Osh wedi'i ladd. Mistêc erchyll oedd y cwbwl, felly pam mae yna ryw ddistawrwydd-dal-yn-ôl dros bopeth fel tasan ni'n ei feio fo am y peth? Dwi'm yn dallt fi fy hun, o achos dwi'n dal isio crio'r dagrau.

'Fedra i mo'i wynebu o,' medda fi wrth Anji.

Dydi swyddfa'r *Herald* ddim 'run fath chwaith. Mae popeth yn yr un lle ag o'r blaen: yr un pentyrrau o'r un papurach ar yr un silffoedd, yr un grwgnach ysbeidiol o'r un hen beiriant llungopïo, yr un cachu deryn yng nghornel chwith ucha'r ffenast fawr yn pylu rhywfaint hefo'r tywydd, ond yn cadw'i siâp, fatha tatŵ hôm-mêd. Ond does yna neb tu ôl i'r drws-efo-ffenast. Dydi hyd yn oed Anji ddim wedi mentro mynd i fanno. Er mai hi ydi'r golygydd dros dro rŵan ers ymadawiad Eic, mae hi'n dal wrth ei desg arferol, yn gwarchod ei thiriogaeth fel mae ci Rich T yn gwarchod y garej. A sôn am hynny ...

'Mae o wedi mynd i chwilio am bartia i'r beic,' medda hi.

Mae *O*. Dim angen rhoi enw iddo fo. Fatha Duw.

'Mae o fatha pan 'dach chi'n breuddwydio bod rhywun wedi gneud rhwbath uffernol i chi,' medda fi. 'Ma' hi'n freuddwyd mor real fel eich bod chi'n deffro'r bora wedyn yn llwyr gredu mai dyna ddigwyddodd go iawn, a fedrwch chi ddim madda iddyn nhw. Y cwbwl y medrwch chi feddwl amdano fo ydi ... ydi ...'

'Rhoi peltan iddyn nhw?' Mae Anji'n gwenu gwên-gwbod-bob-dim, fatha'r Bwda, a does neb yn yngan gair am y DCI Liam O'Shea. 'Nid chdi ydi'r unig un, naci, Mono?'

Mae hi'n gwasgu'r ti-bag yn erbyn ymyl y mỳg cyn sodro'r banad o fy mlaen. Yn agor pacad newydd o Ddeijestifs. Y rhai siocled: ffefrynnau Eic. A 'dan ni'n cogio'i fod o'n dal yma, fel tasa fo ddim ond newydd bicio allan i nôl ei bapurau newydd. Mi fyddai Eic, yn rhinwedd ei swydd fel golygydd yr *Herald,* wastad yn darllen y lleill i gyd. Cadw llygad ar y gystadleuaeth, chadal yntau.

'Dwi'n bod yn bloncar, dydw?'

'Wyt, braidd. Ond tydan ni i gyd, ambell waith?' Mae hi'n sianelu Siddhartha Gautama eto, y gwynabwnim-os-dwidi-rhwmo. 'Glywist ti'r newyddion bora 'ma?'

Mae Anji ac Osh fel ei gilydd yn feistri ar droi'r stori er mwyn ysgafnu'r mŵd. Yr eironi ydi mai'r stori am ddyn lleol wedi marw o dan amgylchiadau amheus sy'n codi'r hwyl. A gosod fflag arni, yn ôl y sglein yn llgada Anji, a'r cynnwrf sy'n fy ngherdded innau. Mae ogla dirgelwch yn cosi 'ngwddw fi fatha mwg sigarét.

'Cael hyd i gorff yr hen foi hwnnw'n Fangor, ia? Un o'r Dre 'ma oedd o, 'de?'

'Ia, Mono. Cofi i'r carn. A hen fòs Liam O'Shea. DCI Arthur Cunningham.' Mae hi'n cymryd llowc o'i phanad fel saib am effaith. 'Y math gwaetha o'r hen deip, yn ôl Liam. Bwli mysogynistaidd, yn meddwl dim am ddefnyddio'i ddyrnau i gael at y gwir, neu'n hytrach, at yr hyn y dymunai o i'r gwir fod, 'de. Ond ddaru nhw ddim deud hynny ar niws Radio Cymru, naddo, na sut a lle'n union y cawson nhw hyd iddo fo?'

Peth anffodus ydi o, yr hen arferiad plentynnaidd 'ma sydd gin i o ddowcio sgedan yn fy nhe. Mae o'n digwydd o hyd. Plop. Collad. Slwj. Ac wedyn trio edrach yn cŵl fatha taswn i ddim yn cael cegiad o gynnwys gwaelod catsh bwji bob tro dwi'n – sut duda i – gwlychu 'mhig? Ia, rhy blydi clyfar yn fanna, doeddwn? Ond eniwe, dwi'm yn meddwl y galla i ganolbwyntio ar yfed unrhyw beth wrth wrando ar Anji'n ymhelaethu.

'Mi landiodd Liam acw ben bora 'ma i weld Osh.'

Dwi'n deud dim byd. Oedd Osh hefo Anji neithiwr,

felly? Ydyn nhw'n ôl hefo'i gilydd? Pa liw ydi 'ngwynab i ...?

'Jyst angen ffrind oedd o, Mono, dyna'r cyfan. Does yna ddim byd arall rhyngon ni. Ond mae gormod wedi digwydd i ni beidio â bod yn fêts.'

'Blydi hel, na – dwi'm isio busnesu ...'

'Dwyt ti ddim, Mono. Fi sy'n deud wrthat ti. Ac yn trio egluro sut dwi wedi cael gwbod petha na ŵyr y cyhoedd amdanyn nhw ar hyn o bryd. Mae'r heddlu, wrth gwrs, yn amau llofruddiaeth, ond heb bost-mortem dydi hi ddim yn amlwg eto sut buo fo farw. Ond mae'r amgylchiadau'n doji uffernol. Hyd yn oed pe bai o wedi marw o drawiad ar ei galon, fasa hen ddyn musgrell yn ei wythdegau ddim wedi rowlio'i gadair olwyn ddeng milltir o'i gartra moethus ar lan afon Menai er mwyn gorwedd ar lawr a marw yn iard gefn siop gebáb, na fasa? A dyma'r peth. Roedd o'n gaeth i'r gadair 'na bellach. Fasa fo ddim hyd yn oed yn medru dod allan o gar neb heb help. Sy'n golygu ...'

'... fod rhywun wedi mynd â fo yna.'

'Ond pam i fanno? Dydi o ddim yn gneud sens, Mono.'

'Gneud yn siŵr basa rhywun yn cael hyd iddo fo?'

'Mae yna ddigon o lefydd y medrat ti adael corff er mwyn i rywun gael hyd iddo fo, heblaw fanno.'

'Dudwch chi.'

'Mae 'na ddirgelwch arall.'

Ma' hi'n gwbod sut i lusgo rhwbath allan, 'de.

'Sef?'

'Mi oedd 'na bac o gardiau wedi'i osod, yn ei focs, ar y corff. Ond roedd dau gerdyn o'r pecyn hwnnw wedi eu rhoi yn ei ddwylo fo – y Jac o Galonnau yn ei law dde, a'r tri yn ei law chwith.'

'O galonnau?'

'Ia, Mono. Dwi'n clywed dy frên di'n dechra gwichian yn barod. Rhanna.'

'Dwi'm yn gwbod. Calon, calonnau, trawiad ar y galon? Faint ydi gwerth y Jac mewn pecyn o gardiau, un ar ddeg? Adio'r tri'n gneud pedwar ar ddeg ...?'

'Wel, ystyr mwy ysbrydol y Jac o Galonnau ydi rhywun sy ynghlwm â materion y galon. Na, paid â dechra edrach yn smŷg, Mono. Nid trawiadau dwi'n feddwl, ond mwy fatha cariad, 'de?'

'Ella bod o'n cael affêr.'

'Yn wyth deg oed?'

'Wel ...'

'Callia. Na, o be dwi'n ei ddallt, nid merchaid oedd gwendid Archie Cunningham.'

'Be, 'ta?'

'Dwi'm yn siŵr, Mono, ond mae o'n rwbath fydd yn rhaid i ni'i ffendio allan.'

'Ni?'

'Wel, ia. Y drîm-tîm, 'de? Chdi, fi ac Osh.'

'Be? 'Dach chi'm yn ...?'

'Mi siaradon ni'n hir neithiwr, Mono. Wel, nes iddo fo ddechra slyrio'i eiria ac i minna orfod hanner ei gario fo i'w wely. A dwi wedi gneud fy mhenderfyniad. Dwi'n dod yn bartnars yn y busnes PI. Fedra i'm aros yma heb Eic. Wna i ddim aros yma. Ac ma' Dei Cemlyn yn hen ddigon tebol i gymryd yr awenau. Tasa fo'n onast, fedar o'm disgwyl i weld 'y nghefn i, na fedri, Deio?'

Hyn gan gyfeirio at y boi mawr hynaws a gamodd i sgidia Anji ei hun fel is-olygydd yr *Herald* yn ddiweddar. Mae o'n edrach yn debycach i chwaraewr rygbi nag i olygydd papur newydd, yntau'n chwip o newyddiadurwr, ac wedi'i wastraffu ar bapur newydd lleol. Mi fydd yn darllen y newyddion ar y teli rhyw ddiwrnod, garantîd. Ond am rŵan, dwi'n falch uffernol ei fod o'n mynd i sefyll yn y bwlch os ydi hynny'n golygu, o'r diwedd, y bydd y sgwennu ar ddrws swyddfa fach Osh yn newid i KIELY AC O'SHEA. A fedra inna ddim deud dim byd mwy adeiladol yr eiliad honno na:

'O, waw. Go iawn?' Ffycin hel, be ydw i? Deg oed?

'Go iawn. Newydd orffen teipio fy llythyr o ymddiswyddiad.'

'A finna!'

Dwi'n clywed y sŵn tuchan a'r chwythu trwyn cyn i mi'i gweld hi. Cyn iddi lefaru'r geiriau anfarwol:

'Blydi hê-ffîfyr uffar. A ma'r hen dablets bach bach 'na'n blydi ffêtal. Gneud i mi gysgu wrth ben y ddesg 'ma fatha blydi hwch.'

Ar ar y trydydd 'blydi', mae hi'n ymrithio o 'mlaen i fatha mam fedydd Sindarela.

'Nicola?'

'Wel, ia, siŵr Dduw. Paid â sbio'n wirion fel'na arna

i, Mono. Mi fydd angan rhywun i atab y blydi ffôn yn yr offis newydd 'na, bydd? Ac i gadw blydi trefn ar betha yn yr hêtsh-ciw tra bydd y tri ohonoch chi'n ei blydi bomio hi o gwmpas y lle'n solfio myrdyrs.'

Gan rannu gwên gynllwyngar ag Anji, mae hi'n stwffio'i thisiw yn ôl i fyny'i llawes ac yn fflip-fflopian yn flinderog, er nad ydi'n ddim ond un ar ddeg yn y bore, i gyfeiriad y lle-gneud-panad. A dw inna'n meddwl: Iesu, oni fasa hi'n haws jyst symud offis Osh i swyddfa'r *Herald*? Mi fasa gan Nicola lai o waith pacio bocsys wedyn.

'Mi dduda i un peth wrthach chi, latsh,' medda hi drachefn, wrth fflapian yn ei hôl heibio i ni fatha chwadan ar goncrit a'i phanad yn ei llaw, 'mi fydda i'n blydi gneud yn siŵr bydd gynnon ni blydi coffi mashîn call a digon o blydi bisgits neis yn y lle newydd 'ma. Blydi garantîd, tasa rhaid i mi dalu o 'mhocad fy hun.'

'Mono,' medda Anji, yn codi'i haeliau'r mymryn lleia arna i, 'glywist ti am gymeriad o'r enw Alf Garnett erioed?'

'Ym …'

'Gwgla fo.'

ANJI

Mi fedar ffrindiau droi'n gariadon, ond fedar cariadon byth fod yn ffrindiau. Dyna maen nhw'n ei ddweud, 'de? Gwneud lot o sens, mae'n debyg. Yn enwedig os ydi un wedi cael llond bol ar ganlyn y llall. Ocwyrd, basa? Mae gan bawb ei deimlad wedi'r cwbwl. Dwyt ti ddim isio cael dy atgoffa bob tro rwyt ti'n trio cael 'sgwrs-dim-ond-mêts' hefo'r person ddaru dy ddympio di nad ydi o neu hi'n dy ffansïo di'n ddigon i dy shagio di byth eto, nac wyt?

Ond nid fel'na ydan *ni*, naci? meddylia Angharad, ac mae rhan ohoni'n gwegian yn barod, yn hanner difaru gosod ffiniau rhyngddi hi ac O'Shea. Rhaid i ti adnabod dy werth dy hun ydi'r mantra'r dyddiau hyn, ond fedri di ddim closio at lyfr-hunan-barch o dan y cynfasau, cuddio dy wyneb yn ei wegil nes bod anadlu'r gwres oddi ar ei groen yn dy argyhoeddi nad oes nunlla arall yn y byd y basa'n well gen ti fod nag yn dy wely hefo fo'r munud hwnnw.

Fel y gwnaeth hi neithiwr.

Doedd Osh ddim callach. Roedd hi wedi rhoi'i braich am ei ganol a hanner ei lusgo i'r gwely fel tasa hi'n hebrwng casiwalti o ganol cyflafan. O achos mai dyna oedd ddoe iddo fo, 'de, mewn gwirionedd?

Cyflafan. Roedd Osh yn fictim ei ddaeargryn ei hun, pob bricsen a darn o rwbel o gwmpas ei draed yn dwyn y geiriau 'taswn i heb ...' Fo'i hun ddywedodd hynny, nid y hi. A'r cyfan yn deillio o'r noson honno yr acth o yn ei dymer, a'i gadael hi'n galaru ar ôl Dylan, y dyn priod na fu pia hi erioed mohono. Fel na fu pia yntau mo Rhiannon. Mae o'n beth mor frawychus o real, meddylia hithau: bod yn berchen ar rith; credu o waelod eigion dy enaid fod gen ti'r hawl i garu person sy'n eiddo i rywun arall.

Ddylai hi ddim bod wedi gadael iddo roi clec i'r ail botel win honno:

'Taswn i heb fynd y noson honno ...'

Er bod o wedi dod yn ei ôl ati wedyn. Ond roedd y difrod wedi'i wneud, yn doedd? Cysgodd Osh hefo Fiona ffycin Langley. Sbocsan yn yr olwyn. Sbanar yn y wỳrcs. Eirionig, 'ta be, fod yr holl ystrydebau garej mor addas, yn enwedig gan mai ar ganol llawr fanno y gollyngodd Fiona'r sbanar gynta? A fasa waeth i hwnnw fod wedi bod yn gyllell trwy galon Angharad ddim, y ffaith fod Osh yn dad i blentyn dynas arall. Ac eto, er gwaetha popeth, fasa hi ddim wedi dymuno iddo fynd drwy angst fel hyn rŵan.

Dydi hi ddim yn siŵr a fasa hi wedi cysgu hefo fo tasa fo wedi mynd i'w wely – neu i'w gwely hi'n hytrach – ac yntau'n sobor. Mae'r cnawd yn wan. Wel, yn ei hachos hi, p'run bynnag, lle mae O'Shea yn y cwestiwn. Cyrhaeddodd y gusan-glöyn-byw honno bopeth cudd tu mewn iddi a oedd yn ysu am ei gyffyrddiad. Efallai mai bendith oedd y ffaith nad oedd Osh mewn unrhyw gyflwr i wneud dim byd neithiwr. Efallai mai felly'r oedd hi i fod. Cododd ganol nos a mynd i'r llofft sbâr lle roedd y gwely'n oer. Trwy gil y ffenast agored roedd si-lwli'r môr ym Mhorth Erchwyn yn felltith ac yn fendith, y tonnau'u hunain yn ormod o gusanau.

Chysgodd hi ddim.

Doedd yna ddim cyfle am hart-tw-hart fore trannoeth. Mi landiodd Liam toc wedi codi cŵn Caer hefo bagiad o *groissants* a gwynab 'fush-i'n-fyrbwyll-ddoe-do?' a'i sodro'i hun wrth fwrdd y gegin fel roedd hi ar fin mynd i redeg. Efallai mai felly'r oedd hynny i fod hefyd. Aeth allan i goflaid hegar gwynt y môr a'u gadael nhw iddi. Erbyn iddi gyrraedd yn ei hôl, roedd o ac Osh wedi mynd, y mygiau coffi ben-ucha'n-isa ar y drêning-bord ar ôl cael eu rinsio dan y tap, nòd tuag at ôl-fysoginistiaeth obeithiol y ganrif hon oedd yn tystio bod Liam wedi gorfod dechra dod i arfer erbyn hyn â'r ffaith nad y tylwyth teg oedd yn golchi llestri.

Mae Mono wedi gadael swyddfa'r *Herald* yn ysgafnach ei gerddediad, a Nicola bellach yn clirio'i desg, ac yn chwalu trwy ddrorau gyda brwdfrydedd byrglar ar steroids. Beth bynnag ydi'r hen Nici, meddylia Angharad, mae hi'n dweud y gwir am y coffi yn y lle 'ma. Penderfyna fynd i chwilio am rywbeth call o Costa, rŵan nad ydi fan Vic Chips ar y Maes bellach. Cadw o'r golwg fasa unrhyw un, mae'n debyg, ar ôl darganfod, fel y gwnaeth Victor Hargreaves, fod ei fab o'n llofrudd. Chwaraea holl gynnwrf datrys y cês hwnnw llynedd drwy'i meddwl wrth iddi gamu allan i'r maes parcio yn y cefn, a dod yn syth i wyneb Osh.

'Hei, chdi.'

Mae o'n edrych yn uffernol, yn y ffordd secsi, drasig honno y mae arwr sydd newydd ddychwelyd o faes cad yn edrych, wedi ymlâdd ond yn dal i sefyll, ac unwaith eto mae hi'n ei chael ei hun yn gwylltio'n fewnol hefo fo ac hefo hi'i hun am iddi fod isio rhedeg i'w freichiau fel cymeriad mewn *chick-lit* archfarchnad. Nid fod yna affliw o ddim yn bod hefo *chick-lit*, ond mae hwnnw'n rhywbeth ti'n ei ddarllen â dy dafod yn dy foch, a dy siocled ar dy lin. Mae hi isio i hyn fod yn *Anna Karenina*, o leia. Wel, nid am ei bod hi'n bwriadu ei lladd ei hun, wrth reswm, ond mae'r thema methu-gweld-be-sy-reit-o-dan-dy-drwyn-di'n gwneud mwy na tharo nodyn. Mae o'n fwy o *whammy bar* gitâr roc yn chwarae *vibrato* ar ei chalon. Ond gwna ymdrech ar fod yn ddidaro, a sodro'i phalpitêsions yn ôl yn eu lle:

'Hei, chditha.'

Ac wrth ddarllen ei wyneb o, gwêl nad ydi o'n hollol siŵr be ddigwyddodd neithiwr. Felly mae hi'n ei atgoffa o'r hyn sydd flaenllaw yn ei meddwl.

'Ynglŷn â'n sgwrs ni ddoe ...'

Mae o'n trio peidio edrych yn clŵles.

'Sgin ti'm clem am be dwi'n sôn, O'Shea.'

Mae o'n gwneud yr hyn mae o'n ei wneud orau, dal ei ben ar un ochor fatha cocatŵ a gadael saib er mwyn iddi hi brocio'i go'. Fedar hi ddim peidio chwerthin.

'Ti'n clàs-act, chdi, 'de.'

'Felly maen nhw'n deud. Ti am ddwad ata i, 'ta?'

Mae'r diawl yn cofio! Er bod ei gwestiwn o'n ogleisiol o amwys.

'Dwi newydd roi fy llythyr o ymddiswyddiad i'r *Herald*. Ma' hi'n dỳn-dîl, ma' arna i ofn.'

'Paid â bod ofn, Kiely.'

'Ond ti'n beryg, O'Shea.'

''Mond nes ca' i banad. Wedyn ma' gynnon waith i'w wneud.'

'Cês Archie Cunningham?'

'Wel, ia, unwaith 'dan ni wedi sortio'r joban bwysica.'

'Sef?'

'Newid y sgwennu ar wydr drws yr offis 'cw. Ti'n dal i feddwl bod 'na dinc reit soniarus i KIELY AC O'SHEA YMCHWILWYR PREIFAT gobeithio?'

Ydi, mae clywed Osh yn dweud eu henwau nhw ill dau ar yr un gwynt yn rhoi gwefr fach sydyn, gynnes iddi, ond dydi hi ddim am iddo weld hynny'n rhy fuan.

'Mi neith.'

Fel mae pethau'n digwydd, Osh sy'n mynd ar ei ben ei hun i 'morol am wydr newydd i'r drws, tra'i bod hithau'n ei hedio hi am y swyddfa newydd a fydd yn dwyn ei henw cyn diwedd y bore. Teimla benrhyddid anarferol, ond mae ganddi ofn hefyd: ofn ei theimladau, a hefyd ofni'r ansicrwydd mae hi wedi bod mor barod i'w gofleidio. Mae hi'n cefnu ar swydd barhaol y bu ynddi ers blynyddoedd er mwyn sincio'i chynilion mewn partneriaeth fusnes lle bydd ei chalon hi, er gwaetha popeth, yn siŵr Dduw o reoli'i phen hi. Onid ydi hynny'n digwydd eisoes, y pili-pala 'ma yn ei brest hi rŵan dim ond wrth feddwl am ei henw ynghlwm ag un Aled O'Shea? Ond mi fydd Mono yno, yn bydd, a Nicola'n cadw trefn ar bawb. Fydd hi ddim mor anodd â hynny iddi reoli'i hemosiynau, a hithau'n ferch broffesiynol sydd wedi hen arfer ag awyrgylch swyddfa. Does dim rhaid i'r hyn a fu rhyngddi hi ac Osh effeithio ar ethos y gweithle.

Pwy ddiawl ti'n drio'i dwyllo, Anj? meddylia drachefn, wrth gamu am y tro cynta trwy'r drws ag enw Osh ei hun yn dal i fod arno, a chael Mono'n ymddiheuro'n llaes i foi a fu unwaith yn dalsyth. Tybia Angharad hefyd fod y poen amlwg y mae o ynddo'n peri iddo edrych yn hŷn na'i oed. Mae'r rhyddhad o'i gweld hi'n cerdded i mewn hefyd yn amlwg ar wyneb Mono, sy'n fwy na balch i drosglwyddo'r cleient i'w gofal, er na ŵyr hi affliw o ddim amdano fo.

'Mr Evans ydi hwn,' medda Mono, 'ac ôn i jyst yn trio deud wrtho fo ...'

'Mono, picia drws nesa i'r garej at Rich i nôl coffi call i Mr Evans, wnei di? Steddwch, plis, Mr Evans, ac mi ddo' i atach chi mewn chwinciad.'

Mae'r dyn diarth yr un mor falch o gael tynnu'r pwysau oddi ar ei glun ag ydi Mono o gael dianc. Ceisia hwnnw dynnu rhyw stumia annirnadwy arni tu ôl i gefn y dyn cyn diflannu. Efallai'i bod hi'n well nad ydi hi'n gwybod ynglŷn â be mae o'n drio'i rhybuddio hi ohono fo, meddylia Angharad, yn enwedig â Mono'n tynnu'i fys yn fygythiol ar draws ei wddw. Mae hi'n ista gyferbyn ag Evans, ac yn syth bìn yn cael y teimlad rhyfeddaf o *ddéjà vu*. Estynna'i llaw ato ar draws y ddesg.

'Angharad Kiely, partnar Osh.' O'r *buzz* plentynnaidd-bwysig o gael dweud hynny! 'Sut fedra i helpu?'

Tro Evans ydi hi rŵan i sbio'r un mor syn ag y gwnaeth hithau ennyd yn ôl, ond amrantiad ydi o, golau'n disodli cysgod, nes bod ei llgada brown dienaid yn syllu'n ôl arni heb fradychu dim.

'Ronan Evans. Newydd ddod o'r carchar ar ôl deunaw mlynedd. Mr O'Shea oedd twrna Mam.' Cyfres o frawddegau stacato diwastraff, fatha cystadleuydd yn ei gyflwyno'i hun ar sioe gwis i ddihirod. 'Ôn i i fod i nôl goriad y tŷ gynno fo ddoe, ond doedd o'm yma.'

Ond mae yna ormod o letchwithdod yn perthyn iddo fo i beri iddo swnio cweit fel dihiryn hefyd. Fel ecs-con. Sut bynnag mae un o'r rheiny i fod i swnio. Dim ond pobol ydyn nhw, fatha pawb arall, 'de? Mae hi wedi gwatshiad gormod o ffilms. Ond mae hi'n sicr mai 'êtîn' fasa jêlbỳrd arferol yn ei ddweud, nid 'deunaw'. Mae ganddo fo Gymraeg fatha bardd gwlad. Un swil. Ond wedyn, ocwyrd fasa unrhyw un, meddylia, ar ôl cael ei amddifadu o fywyd normal am bron i hanner ei oes. Wel, unrhyw un heblaw Hannibal Lecter ella ...

'Ma' ddrwg gin i am hynny, Mr Evans. Mi gafodd Osh dipyn o drafferth wrth ddod adra o Fanceinion

105

ddoe. Gobeithio na fuo neithiwr yn rhy anghyfleus i chi.'

'Naddo, 'chi.'

Ai gwenu ddaru o rŵan? Mae ganddo'r ddawn o beidio cadw'r un olwg ar ei wyneb am yn hir, o beidio gadael i neb ei ddarllen o. Ac mae'r *déjà vu* yn ei ôl. Mae hi wedi bod yn fama o'r blaen. Ond pa bryd? Ydi hi'n ei nabod o? Ac os felly sut, ac o le? Mae o wedi bod o dan glo ers blynyddoedd maith. Y fo, er syndod iddi, ac er gwaetha'i swildod, sy'n siarad eto:

'Taswn i ddim ond yn cael y goriad ... wna i mo'ch cadw chi ...'

''Dach chi'm isio disgwyl i weld Osh? Ddyla fo'm bod yn hir ...'

'Mi fedrwch chi fynd i'r drôr ych hun, medrwch?'

Gan unrhyw un arall, mi fasa hynny wedi swnio'n ddigywilydd. Chafodd o fawr o gyfle, wedi'r cwbwl, i ymarfer ei sgiliau cymdeithasol yn ystod y deunaw mlynedd dwytha 'ma, naddo? Dydi hi ddim yn siŵr pwy ydi o, na be wnaeth o, ond dydi rhywun ddim yn cael strej fel'na ar chwarae bach. Beryg mai dynladdiad oedd o? Llofruddiaeth, hyd yn oed. Ond does ganddi mo'i ofn o. Mae hi ar ei phen ei hun hefo cyn-garcharor a fu i mewn am gyflawni trosedd ddifrifol, ond mae rhywbeth na fedar hi mo'i egluro'n ei hargyhoeddi nad dyn drwg mohono.

'Dau funud, Mr Evans. Mi sbia i i chi rŵan.'

A diolcha Angharad y tro hwn fod system ffeilio Osh yn debycach i un plentyn tair oed nag i

ymchwilydd preifat. Dim ond ffeil rhyw Mrs K R Evans
– mam y boi 'ma felly, siŵr o fod – sydd 'na yn nrôr
ucha'r cwpwrdd, ynghyd â phâr o fenig moto-beic a
fflashlamp. Mi geith Nicola ffîld-dê'n trio cael trefn yn
fama.

Mae yna amlen fach frown yn y ffeil â'r gair
'GORIAD' arno fo'n fras mewn Sharpie, sydd, wrth
gwrs, yn cynnwys blydi goriad a dim byd arall. Tipical.

'Ia, hwnna ydi o,' medda Ronan Evans, heb hyd yn
oed gymryd golwg iawn arno wrth ei gipio o'i llaw.
''Dach chi isio i mi seinio amdano fo?'

'Ia ...'

Ond yn lle, ac ar be? Mae'r offis 'ma'n jôc, meddylia
Angharad. Penderfyna ofyn iddo arwyddo a dyddio
cefn yr amlen frown hefo'r feiro sydd yng ngwaelod ei
bag. Fydd Nicola ddim yn cyrraedd eiliad yn rhy fuan.
Yn wahanol i Mono, sy'n rocio i fyny hefo coffi Ronan
Evans bum munud ar ôl iddo fo adael.

'Lle buost ti, Mono? Brasil?'

'Rich, 'de? Rhoi'r mashîn ar *decalc setting* wnaeth o
jyst cyn i mi gyrraedd. Odd raid i ni ddisgwl i'r rhaglen
orffan, ac wedyn rhedag un dŵr-yn-unig rhag ofn basa
blas finegr ar y ...'

'Finegr? Na, paid atab hynna. Gwranda, dwi
newydd roi goriad tŷ'i fam i'r boi Evans 'na, a dwi jyst
yn ... jyst ...'

Trio stwffio'r dogfennau yn eu holau i'r ffeil mae
hi, copi o ewyllys Mrs Evans, cyfarwyddiadau i Osh,
tystysgrif briodas ...

'Anji? 'Dach chi'n ocê?'

'Dwi'm yn siŵr.'

Oherwydd ei bod hi newydd weld enw morwynol a dyddiad geni Mrs K R Evans. Kathleen Roisin Kicly, Rhagfyr 17, 1949. Yr un dyddiad geni â'i thad. Roisin. Anti Rosh?

'Be wnaeth Ronan Evans, Mono? Am be gafodd o jêl?'

'Myrdyr, 'de?'

'Be?'

'Ac agrafêtyd-byrglari. Robio siop jiwlar a saethu'r perchennog. Iesu, Anji, 'dach chi 'di mynd yn wyn fatha cachu gwylan. Be sy?'

'Y boi 'na, Mono. Y byrglar ... llofrudd 'na. Dwi'n meddwl ei fod o'n gefndar i mi.'

DCI LIAM O'SHEA

'Ma' gynnon ni un arall, Bòs.'

'Be? Wỳrc-ecsbîriyns? Deud wrtho fo neu hi am fynd allan i brynu ti-bags. Fedra i'm gneud efo rwbath dan draed yn fama pnawn 'ma ...'

'Naci, Bòs. Myrdyr arall.'

'Un arall? Ar 'y mhatsh i? Bolocs.'

'Ia, Bòs.'

'Ia, "ar 'y mhatsh i", 'ta ia, "bolocs"?'

'Y ddau. Ond ma' hwn fatha rwbath odd'ar y teli.'

'Be? A doedd y llall ddim?' Mae Liam yn dwyn i go' y lluniau dwytha ddaeth draw o Fforensics – Archie Cunningham wedi'i osod fatha Tutankhamun hefo cardiau chwarae yn ei ddwylo. Jîsys. 'Pa ddrama sy 'na hefo hwn, 'ta? Dwi'n cymryd mai dyn ydi o eto?'

'Ia, Bòs. Traffig warden.'

Mae Liam yn mygu sŵn yn ei wddw a allai gyfleu unrhyw beth.

'A'r pỳnsh-lein, Eds?'

'Odd o'n gorfadd o dan y peiriant talu, ac mi oedd 'na dicad parcio wedi'i sticio ar ei dalcian o.'

'Iesu o'r Sowth. Mae o'n swnio fatha sgetsh Monty Python.'

'Heblaw nad oes 'na neb yn chwerthin, Bòs.'

'Hollol, Eds. Dim ond mwy o blydi helbul i rywun. Pwy ydi ... pwy *oedd* y cradur diawl y tro yma?'

'Rhyw Tomos Williams. Yn y job ers blynyddoedd. Wedi bod yn briod ar un adeg, ond yn byw ei hun erbyn hyn.'

Join-ddy-clyb, meddylia Liam.

'Unrhyw ddrwgdeimlad rhyngddo fo a phobol eraill?'

''Dach chi'n cymyd y *piss*, Bòs? Traffig warden odd o. Ma' siŵr bod pawb gafodd dicad gynno fo erioed wedi teimlo fel ei ladd o ar ryw adeg neu'i gilydd.'

'Ia, ond fasan nhw ddim yn ei offio fo 'mond am gael ticad parcio, naf'san? Ddim pobol normal fatha chdi a fi ... I be ti'n tynnu stumia?'

'Chi, Bòs. Normal. Da ŵan ...'

'Dônt-pwsh-it, Eds. Dwi'n siŵr fod 'na iwnifform ffitith chdi o hyd yn fama'n rwla.'

Cyn i fantar Gwyn Edwards groesi i dir peryclach, mae'r ffôn ar ddesg Liam yn gwneud ei nadau Sooty a Sweep arferol, fel tasa 'na blentyn gorffwyll yn gorbwyso'r botwm ar fol tedi-bêr. Mae'n amlwg fod Gwyn yn penderfynu mai doeth fydd cadw unrhyw sylw pellach iddo fo'i hun wrth i Liam fethu ymatal rhag poeri'i ddiflastod i dderbynnydd Myfanwy sydd ar y switsh y pen arall:

'O ffyc-sêc, Myfs. Hapi Hari'i hun. Odd raid cael hwnnw? Dim sîn-o-craim-offisyr arall rhwng fama a John O'Groats, ma' siŵr, nac oedd? Ia, ia, rho fo drwadd. (Saib) Iawn, Daf? Be sgin ti?'

Sylwa ar Gwyn yn troi i sbio drwy'r ffenast am na fedar o guddio'i wên. Uffar bach. Yr hoelen ola yn hwyliau-go-lew-o-dda Liam heddiw fydd galwad Dafydd Dau Flewyn, yn enwedig gan mai hwnnw ydi'r SOCO mwya di-serch yr ochor yma i Glawdd Offa. Dim bantar. Dim hiwmor. Personoliaeth rhaw dân. Dydi'r sgwrs ffôn ddim yn para'n hir.

'Agor dy gompiwtar, Eds, i ti gael gneud rwbath am dy bromôsion. Ma' *Silent Witness* newydd e-bostio llunia'r Tomos Williams 'ma i ni. Mi gafon nhw hyd iddo fo blygain bora, ond odd o wedi dechra corffi'n barod, felly mi fuo fo yno am ddwyawr, o leia, cyn i neb gael hyd iddo fo. Bosib felly fod y taim-o-dèth yn ystod yr oria mân.'

'Dwi'm yn meddwl ei fod o wedi diodda, chwaith, 'chi.'

'Be ti'n feddwl?'

'Ma' golwg ddigon hapus arno fo. Fatha 'sa fo'n gwenu 'lly.'

Dduw Mawr a'n gwaredo, meddylia Liam.

'Dwi'n mynd i chwilio am banad, Eds, i edrach fydd 'na olwg dipyn hapusach arna finna. Mi fydd yn rhaid i ni drio cadw hyn o dan ein hetia tan fory, o leia, neu mi eith y cyfrynga'n nỳts mor fuan ar ôl marwolaeth Archie Cunningham.'

Wrth iddo stwffio heibio i'r ddesg, sylwa ar Gwyn yn swmio i mewn, ynysu'r ticad parcio ar dalcian y corff, chwyddo. Edrych fel tasa fo wedi cael y bonys-bôl.

'Be ydi o, Eds? Ticad loteri ac nid ticad parcio wedi'r cyfan?'

'Y taim-o-dèth, Bòs. Ma'r llofrudd wedi deud wrthan ni. Ond nid yn ystod oria mân y bora oedd hi. Ma'r amsar ar y ticad parcio.'

'Anghofia'r blydi sysbéns. Faint o'r gloch oedd hi?'

'Tri.'

KEATING

Mae sŵn y ffownten a thrymder annisgwyl y pnawn yn ei wneud o'n swrth. Cwffia'n galed i gadw'i llgada'n agored. Sylwa'i bod hi'n syllu arno.

'Dwi'm 'di arfar hefo haul,' medda fo. 'Lot o betha wedi mynd yn anghynefin bellach, Gret.'

'Ond nid popeth.' Mae hi'n brathu ymyl ei gwefus yn chwareus, ac yn gwyro ymlaen o dan y bwrdd-ambarél i dywallt y ddiod binc o'r jwg. A chyda ias o rywbeth tebyg i hiraeth a syndod a syrthio-mewn-cariad-eto wedi eu rowlio hefo'i gilydd, sylwa Keating ei bod hi'n gwisgo'r freichled roddodd o iddi pan oedden nhw'n canlyn oes gyfan yn ôl, blewyn o aur tenau na chostiodd fawr mwy na phris peint heddiw. 'Ty'd â'r gadair 'na'n nes, Ro, i ti gael mwy o gysgod.'

'Dwi'n iawn lle ydw i.'

A dyna pryd maen nhw'n dal llgada'i gilydd, yr olwg-'dan-ni-rêl-hen-gwpwl-priod-yn-barod honno.

Megis dros nos.

Yn llythrennol dros nos.

Mae tynerwch eu caru neithiwr yn dal i sgytio'n ysgafn rhwng ac o dan bob dim fatha'r awel sydd wrthi rŵan yn byseddu ffrinj yr ambarél. Teimla Keating bwl o chwithdod sydyn, o hiraeth am rywbeth nad oes ganddo ddigon o amser ar ôl i aros amdano. Mae'r gnofa yn ei ymysgaroedd yn gwneud yn ddigon siŵr nad anghofith o hynny. Ond neithiwr, doedd dim ots. Gwyddai Greta'i fod o'n fregus. Roedd y gonestrwydd eisoes wedi'i sefydlu rhyngddyn nhw fatha cytundeb nad oedd angen darllen y print mân arno. Pan gyfaddefodd wrthi fod ei fywyd wedi'i rifo mewn misoedd, y peth naturiol fasa iddi hi fod wedi holi: 'Faint?' Yn lle hynny, a siarcol meddal y nos wrthi'n smyjio'r cysgodion ar eu noethni, dywedodd:

'Ti yma rŵan, dwyt?'

Rhoddodd iddo bedwar gair na fedrai o mo'u gwadu, a'r rheiny cyn wiried â 'dwi'n dy garu di' bob tamaid. A chyda hynny, gosododd yr awenau yn ei ddwylo. Nid claf oedd o, yn gorwedd o dani hi yn ei wendid, ond arwr adra o'r frwydr. Ac yn y foment honno, mi fasa fo wedi bod yn fodlon marw yn ei breichiau hi.

'Rar 'ma'n braf gin ti,' medda fo rŵan, ei llgada fo'n cribo dros y tresi aur a'r coed rhoswydd, pethau na wyddai o mo'u henwau o'r blaen, a rhyfeddu at ei medrusrwydd fel garddwr.

'Dwi'n lecio tyfu petha, fel gwyddost ti: bloda, planhigion, perlysia. Lecio disgwyl i weld be ddaw o un hedyn bach. Ma' garddio'n rhoi cysur i mi ...'

'Mae'r ddau ohonyn nhw'n gadael i'r frawddeg ola lusgo'i chynffon.

'Sgin ti bysgod yn y pwll 'na?'

'Duw a ŵyr be sy ynddo fo, a bod yn onest. Mae'r cegid dŵr 'na'n cynnal ecosystem gyfan.'

'Ti'n swnio fatha gwyddonydd rŵan.'

'Mae garddio'n wyddoniaeth, o fath. Sbia'r holl feddyginiaethau sy mewn planhigion.'

Ac mae o'n ôl yn y siop flodau honno, yn ôl mewn oes arall, lle maen nhw'n gariadon ifanc, gobeithiol a Greta'n ei drwytho yn harddwch pethau, yn telynegu am garnêsions pinc.

'Mae rhoi dŵr ar ddail tafod yr ych a'u berwi'n gneud te sy'n cymell cwsg. Dyna gest ti gen i neithiwr yn lle panad cyn cysgu,' medda hi wedyn.

'Hwnna hefo blas ciwcymbyr arno fo?'

'Wnes i'm deud wrthat ti 'mod i wedi'i hel o ar lan y pwll rhag ofn i ti wrthod ei yfed o.'

'Fatha wnest ti'm deud wrtha i be ddigwyddodd i Archie Cunningham?'

Mae hynny'n newid y mŵd, fel bod y ddiod oer yn teimlo fymryn yn gynhesach. Yr awel dwtsh yn finiocach.

'Lle clywist ti am hynny?'

'Dy bostman di oedd yn berwi hefo'r hanas pan ddanfonodd o barsal i'r drws ganol bora 'ma.'

A Keating ei hun yn sefyll yno'n chwarae rôl y dyn diarth, pob nerf yn dynn fel tant, ac isio gweiddi: y basdad hwnnw wnaeth yn siŵr 'mod i'n cael deunaw mlynedd o jêl ar gam. Mi gafodd be oedd o'n ei haeddu.

'Fasat ti ddim wedi gorfod clywed hynny taswn i wedi cyrraedd yn f'ôl yn gynt hefo'r llefrith.'

Mae rhywbeth tebyg i euogrwydd yn cymylu llgada Greta, ac mae'n ei ddwrdio'i hun am droi'r sgwrs i gyfeiriad Cunningham, ond fanno maen nhw rŵan a fedar o ddim troi'n ôl.

'Esh i i'w weld o ar ôl i mi daro arnat ti yn y fynwent ddoe yn rhoi bloda ar Mam.'

'Pwy? Arthur Cunningham? I be? Rôn i'n amau dy fod ar ryw fath o berwyl pan wrthodaist ti ddod yn syth adra hefo fi, dim ond mynnu cael tacsi adra i nôl rhyw fymryn o ddillad. Pam oedd raid i ti fynd ar gyfyl y diawl?'

'Mi oedd gin i betha rôn i isio'u gofyn iddo fo. Ac i'r ddau arall.' Pe bai o'n ymwybodol o'r sglein peryglus yn ei llgada saffir, mi fyddai o wedi deall tawedogrwydd Greta. 'Ti ddim am ofyn be?'

'Be? Be oedd mor uffernol o bwysig fel bod rhaid i ti alw heibio fo, o bawb, ar dy ail noson o ryddid?'

'Gofyn iddo fo sut oedd o'n cysgu'r nos ers deunaw mlynedd, yn un peth.'

Mae o'n pwyllo, disgwyl i'r sarff ym mhwll ei stumog orffen claddu darn arall o'i du mewn, a gwylio'r tawch rhyfedd uwchben y pwll yn sugno sŵn y gwenyn sy'n tynnu at gegid y dŵr.

'Ti *yn* dallt, dwyt, Gret, ei bod hi'n bosib mai fi odd y person dwytha i weld Cunningham yn fyw?'

Ac mae hi'n ei wneud o eto, yn cyffwrdd ei law ac yn rhoi'r pŵer yn ôl iddo fel bod o'n teimlo'n anorchfygol unwaith yn rhagor:

'Naci, Ro. Y person ddaru'i ladd o oedd hwnnw.'

LISA

Mae'r canu'n mynd ar ei nerfau hi, fel arfer. Yn enwedig pan fydd o'n hymian y darnau nad ydi o'n gwybod y geiriau iddyn nhw'n iawn:

'*Mona Lisa, Mona Lisa ... hm hm hm hm ...You're so like the lady with the mystic smile. Is it only ... hm hm hm hm ...*'

Tynnu arni mae o, ond mae'r jôc wedi gwisgo'n denau dros y blynyddoedd. Pam na fedar o'i gweld hi am yr hyn ydi hi am tjênj – merch ifanc hefo brên yn llawn syniadau a gobeithion a breuddwydion – a mentro cychwyn sgwrs gall hefo hi'n hytrach na'r pryfocio plentynnaidd 'ma o hyd?

'Sticia at "Blue Suede Shoes", ia, Dad? Ti'n gwbod na fedra i'm diodda honna.'

'Be haru chdi? Does 'na'm byd o'i le ar enw solat fatha Mona. A chaet ti ddim dynas mwy nobl na dy nain yn nunlla. Ti'n lwcus iawn i gael dy enwi ar ei hôl hi, Lîs.'

Mona-ddy-ffycin-Vampire, meddylia hitha.

Gŵyr Lisa mai hefo'i dafod yn dynn yn ei foch, fel arfer, mae'i thad yn cyfeirio at ei fam-yng-nghyfraith, ac, fel arfer, mae o'n gofalu nad ydi'i wraig o fewn clyw.

'Wel, dwi'n gwbod mai Nain ddysgodd Mam

sut i neud golch mor wyn,' medda hitha'n lledamddiffynnol, ac yn craffu, nid am y tro cynta, ar grys gwaith ei thad. Claerwyn, ond boring uffernol.

'Lîs, ti'n deud hynna fel tasa dy fam yn mynd â dillad i lawr i'r afon ac yn eu sgwrio nhw hefo cerrig. Y mashîn sy'n golchi'n wyn. Ti 'di clywed am Persil, do? A ma' dy nain a hitha'n malu cachu.'

'Mi fasa'n well tasa gynnoch chi iwnifforms fatha wardens jêl yn America,' medda hithau'n troi'r stori, wedi laru'n barod ar y bantar. 'Llwyd neu gâci, 'lly. Neu gwell fyth, lliwia sy'n calmio pobol i lawr. Sêj-grîn neu bêl-blw. 'Swn i wrth y modd cael cynllunio iwnifforms newydd i ...'

'Taw am funud, i mi gael gwrando ar hwn.'

Cynffon bwletin ar y radio sydd wedi hoelio'i sylw, rhywbeth ynglŷn â'r heddlu'n dal i ymchwilio i farwolaeth person y cafwyd hyd iddo o dan amgylchiadau amheus. Dydi'r person ddim yn cael ei enwi.

'Am Mr Cunningham maen nhw'n sôn, 'de, Dad?'

'Ella wir.'

'Wel, pwy arall? Dydyn nhw ddim wedi cael hyd i neb arall, nac'dyn?'

Mae o'n cael sbario ateb gan fod ei mam yn gweiddi o ben y grisia:

'Gari! Ei di â Lisa i'r coleg ar dy ffor' bora 'ma? Dwi newydd gael galwad i fynd i mewn yn gynnar ...'

Mae'i thad yn dal i fod mewn rhyw fath o drans, yn stwnsho ti-bag yn ei gwpan nes bod y te cyn dywylled â gwaddod y pot coffi. Strès arno fo a'i mam, meddylia Lisa. Dyna'r hunllef o gael mam sy'n rheolwraig cartra preswyl a thad sy'n warden carchar. Does ganddyn nhw mo'r amser i ateb ei gilydd heb sôn am wrando arni hi. Doedd petha ddim yn arfer bod fel hyn. Cyn y Covid. Cyn i'w mam fynd yn ôl i weithio'n llawn-amser am nad ydi cyflog ei thad yn twtshad yr ochra erbyn hyn. Mae Lisa'n teimlo drosti, dros y ddau ohonyn nhw'n slafio'n fflat-owt dim ond er mwyn iddyn nhw gael safon byw sy'n agos at normal. Ddwy flynedd yn ôl, roedd breuddwyd ei mam o gychwyn busnes colur organig ar-lein yn ymyl cael ei wireddu. Mae'i gwybodaeth am rinweddau gwahanol lysiau'n anhygoel, a'r diddordeb ynddyn nhw wedi'i drosglwyddo iddi gan Nain Mona, a fu'n arfer helpu'i mam ei hun erstalwm i wneud eli at yr eryr a chricmala. Cofia Lisa'r bocsys o botiau bach a labeli'n cyrraedd, a'i mam yn arbrofi hefo ryseitiau mêl a melyn Mair, mintys a lafant, yn llenwi'r gegin hefo cyfaredd y perlysiau er mwyn creu hufen corff a fyddai'n falm naturiol i'r croen. Bellach, mae'r potiau gweigion yn yr atig, yn yr un bocs cardbord â'r freuddwyd, a'r unig grîm ym mywyd ei mam druan rŵan ydi E45 a Sudocrem.

Nid fod ei thad wedi cymryd llawer o ddiddordeb yn y fenter honno, ar wahân i dynnu coes Lisa pan oedd ei mam tu hwnt i glyw:

'Dyna fo, yli, Lîs. Dwi 'di deud erioed bod 'na wrachod yn llinach dy nain. Rhaid iddo fo ddwad allan yn rwla, doedd? Dyna pam ma' dy fam mor ffond o ferwi dail a chymysgu rhyw nialwch mewn potia.'

Sensitifrwydd slefran fôr, meddylia Lisa rŵan, yn dotio at anallu'i thad i fylti-tasgio wrth iddo sefyll fel delw o flaen y sinc hefo llwy de yn ei law, yn amlwg yn cnoi cil ar yr hyn mae o newydd wrando arno. Mae hi'n amlwg mai'r unig beth sy'n mynd â'i fryd y bore 'ma ydi'r hyn mae o newydd ei glywed ar y radio. Gŵyr hitha felly nad oes ond un ffordd i gael mymryn o sylw.

'Welish i ddyn wiyrd yn gadael tŷ Mr Cunningham y noson o'r blaen. Y noson maen nhw'n deud y buo fo farw.'

Mi wnaeth hynny'r tric.

'Be ti'n feddwl "dyn wiyrd"?'

'Rhyw foi od ddoth i'r caffi'r noson cynt.'

'Od ym mha ffordd?'

Dim ond warden carchar ydi Gari Chisholm, ond yn ddistaw bach mae Lisa'n amau'i fod o'n lecio meddwl mai plisman go iawn ydi o. Mae o'n holi fel tasa fo'n un rŵan, beth bynnag.

'Llgada gwahanol liw gynno fo. Un yn frown a'r llall yn las. Ond mi oedd ei lygad las o'n rili glas, 'de. Gneud i mi feddwl am hwnna yn yr *X-Men* hefo llgada lêsyr.'

Mae hi'n mynd amdani hefo'i disgrifio rŵan ar ôl gweld ei bod hi'n cael holl sylw'i thad am unwaith.

'Oedd o'n fawr? Bach? Tew? Tenau? Be ...?'

'Iesu, Dad. *Chill*. Tal. Reit denau, dwi'n meddwl, ond oedd gynno fo gôt yn y caffi, ac mi oedd hi'n dywyll pan welish i o wedyn, doedd ...? O, ac mi oedd o dipyn yn gloff, 'fyd. Dim masif o gloff, ond mi oedd o'n cerdded hefo *kind of limp*.'

'Herc.'

'Ia, worefŷr.'

'Faint o'r gloch oedd hi?'

God, mae hi'n colli diddordeb yn y sgwrs rŵan, ei WhatsApp hi'n pingio.

'Be?'

'Faint o'r gloch oedd hi pan welist ti'r boi 'ma?'

'Ddim yn masif hwyr. Saith-ish? Cos gesh i lifft gan Denise i waelod lôn ni, do, ar ôl i ni orffan y shifft.'

'Ac o dŷ Cunningham ddoth o?'

'Ia, cos oedd o'n cau'r giât ar ei ôl.'

Dydi hyn ddim yn fanwl gywir. Dod o rywle yng nghyfeiriad tŷ'r hen ddyn oedd o. Wyddai hi ddim i sicrwydd a fuo fo yno o gwbwl. Fedar hi ddim bod yn hollol siŵr ai'r boi o'r caffi oedd o, go iawn. Ddim gant y cant. Ond mae hi wedi rhaffu digon o stori i gael sylw'i thad. Dydi o ddim wedi cymryd cymaint â hyn o ddiddordeb yn yr hyn sydd ganddi i'w ddweud ers amser maith.

Mae mwy nag un peth wedyn yn dod i chwalu'r foment, pethau dibwys i gyd: y postman yn canu'r gloch am fod ganddo fo rywbeth sydd angen llofnod, ei mam yn gweiddi 'Mynd ŵan, wela i chi heno!', y cloc fel tasa fo wedi cyflymu hanner awr mewn pum munud, a'i thad yn chwalu drwy bocedi cotiau'n chwilio am ei ffôn gwaith, rhyw Nokia bach crap pê-as-iw-go fel oedd gan ei thaid erstalwm.

'Wn i'm pam ti'n poeni, Dad. Ma' gin ti dy ffôn dy hun, does? A 'di hwnna ddim hyd yn oed yn smartffôn ...'

'Ffôn dwi'n ei ddefnyddio yn 'y ngwaith ydi o, 'de ... jyst dos i ista i'r car, ia? Fydda i'm dau funud ...'

Mae hi'n symud o'i ffordd, nofelti'i stori-wneud yn angof yn barod wrth i arlwy difyrrach Insta fynd â'i bryd, dim ond i orfod troi'n ôl cyn cyrraedd y car i nôl y podiau clust a adawodd ar fwrdd y gegin. A stopio'n stond i wrando tu allan i'r drws. Mae'i thad wedi cael hyd i'r Nokia, yn amlwg, ac yn poeri'i neges iddo mewn islais digon sinistr na chlywodd hi erioed mohono'n ei ddefnyddio o'r blaen:

'Mr Moretti, Chis sy 'ma. Dwi'n meddwl fod gynnon ni broblem.'

OSH

Mae Osh yn rhofio'r Poblado i'r peiriant, ac yn sylwi fod Rich T wedi ffeirio'r calendar Harley Davidson am un hefo lluniau cŵn arno fo. Gwneud, nid dweud. Nais-tytsh, Rich. Nid fod hwnnw'n mynd yn sofft yn ei henaint, ac wedi dechrau ffafrio lluniau cocapŵs dros luniau beics: roedd o'n gwybod, doedd, mai 'calendar Rhiannon' oedd yr hen un, a bod dyddiadau ymweld Osh wedi'u cylchu arno dros flwyddyn gron? Gŵyr Osh na sonith o'r un gair am y peth, ddim mwy nag y bydd o'n rhygnu ar y ffaith y bu bron i'w 'ddamwain angeuol' ei ddinistrio. Does ar Rich ddim angen gwersi mewn sensitifrwydd. Mae ganddo fo ganol meddal yn barod, dim ond ei fod o'n ei guddio fo'n dda:

'Ffwc ti'n neud yma eto fatha barn? Rôn i'n meddwl fod gen ti dy offis newydd rŵan, ac yn cyflogi rhywun i 'morol am dy baneidia di.'

'Oddi wrth honno dwi'n dingyd.'

Mae Rich yn ffroeni'r gic yn ogla'r coffi fatha helgi'n sawru gwaed.

'Nicola? I be oeddat ti'n rhoi job iddi, 'ta?'

'Am yr un rheswm y rhoish i job i chdi'r adag honno. I'n fflangellu fy hun fel penyd am fy mhechoda.'

'Bwlshit. Anj ddaru'i hudo hi acw, 'de, a chditha'n ormod o gachwr i ddeud "na". Nicola'n ocê, chwara teg.'

'Ti isio'r banad 'ma 'ta be?'

'Ma' well i ti estyn mỳg arall, o achos ma' 'na beryg yr eith hi'n seiat yma,' medda Rich, ei llgada fo'n goleuo wrth i Mono gyrraedd â phaced o fisgedi yn ei law. 'Iawn, Mons, rhen fêt? Ti jyst mewn pryd. Ma'r barista newydd ddechra'i shifft.'

'Dwi'n difaru blydi dangos 'y ngwynab o gwbwl yma rŵan,' medda Osh, wrth ei fodd hefo'r bantar ac yn diolch i Rich am normaleiddio petha unwaith yn rhagor rhwng Mono ac yntau. 'Pam ma' hwn yn cael y ffasiwn groeso, beth bynnag, a finna'n cael ffyc-ôl ond tshîc?'

'Am fod gynno fo Jami Dojyrs,' medda Rich.

Mi fasa jôc am sgedis Rich Tea yn mynd â phetha braidd yn rhy bell, meddylia Osh, gan dywallt panad bob un iddyn nhw o rywbeth na fasa fo ddim yn edrych allan o'i le mewn injan moto-beic. Mae yna lot wedi digwydd ers iddo ddychwelyd adra yn nhrỳc Dyl Pen Rwd. A beryg fod Rich yn llygad ei le – *mae* o'n trio plesio Angharad. Ond pris bychan i'w dalu ydi cytuno i gymryd Nicola fel ysgrifenyddes. Mae digon o angen rhywun felly yn y swyddfa petai o'n onest. Byddai wedi cyflogi Ronan Evans ei hun i ateb y ffôn pe bai hynny wedi bod yn rhan o'r dîl. Erbyn hyn, fedar o ddim hyd yn oed bod yn wamal am rywbeth felly chwaith wedi i Angharad ddweud wrtho ddoe am y cysylltiad teulu:

'Dwi'n deud wrthat ti, O'Shea. Roedd mam Ronan yn chwaer i 'nhad.'

Enwau cynta mewn munud: 'Mae Ronan yn gefndar i mi.' Oedd ganddi sglein yn ei llgada? *Long Lost Family*, myn uffar i. Dychmyga aduniadau a photeli siampên.

Shit. Beth bynnag arall ydi'r sefyllfa hon, mae hi'n bell o fod yn achos dathlu.

Wnaeth o ddim sarhau'i deallusrwydd hi drwy'i siarsio hi i wirio popeth. Dyddiadau. Tystysgrifau geni. Mi fydd hi'n siŵr o wneud. Gŵyr pa mor drylwyr ydi hi yn ei hymchwiliadau. Ond hyd yn oed cyn gwneud unrhyw fath o tsiecio ffeithiau, edrycha'n bur debyg ei bod hi'n gywir. Does dim dwywaith nad ydi darganfyddiad Angharad wedi rhoi tro annisgwyl yng nghynffon petha, yn enwedig â nhwtha ar fin mynd ar drywydd marwolaeth amheus Archie Cunningham, y copar a wnaeth yn siŵr, yn ôl Liam, y byddai Evans ar ei ben yn y carchar, doed a ddelo.

Aeth Angharad ac yntau adra i'w cartrefi eu hunain neithiwr. Doedd o'n disgwyl dim arall. Mae hi'n ymddwyn mor blatonaidd-broffesiynol mae o'n brifo. Ac eto, dwrdia Osh ei hun, be'n union oedd o'n ei ddisgwyl, mewn gwirionedd? Aeth Anj i drafferth mawr i'w atgoffa na ddigwyddodd ddim byd rhyngddyn nhw echnos. Nid fod angen iddi egluro. Doedd o ddim mor feddw nad oedd o'n cofio deffro yn yr oriau mân a thynnu'r dwfe'n dynnach amdano am fod y gwely'n oer. Cofio lle roedd o, o dan yr unto â hi. Cofio gweld eu gorffennol yn niwlio'i llgada hi pan gyffyrddodd yn ei wefus friwedig. Cofio penderfynu, am rŵan, y byddai'n rhaid iddo fodloni ar hynny.

Ofna bydd y busnes Ronan Evans 'ma'n cymhlethu petha. Ac er mai Mono ac Angharad sydd wedi'i gyfarfod o – dim ond gwynab mewn cnebrwn fisoedd yn ôl ydi o lle mae Osh yn y cwestiwn – fedar o ddim cael ei wared o, rywsut. Yn enwedig rŵan a'r busnes Archie Cunningham 'ma'n gweiddi am sylw fatha sgrech mewn llun. Llais Mono sy'n dod â fo'n ôl at ddefod eu bore coffi:

'Dwi'n ei gymryd o'n ddu rŵan.'

Rich: 'Ers pryd?'

Mono: 'Ddoe.'

Rich: 'Paid â malu cachu.'

'Na, mae o'n gwbwl siriys,' medda Osh. 'Nicola sy wedi bod yn ei ben o am beryglon cynnyrch llaeth. Coffi du'n iachach i'r galon ac yn cadw pwysau i lawr.'

'Blydi hel, Mono,' medda Rich, yn rhwygo'r pacad Jami Dojyrs hefo'i ddannedd, 'os colli di fwy o bwysa mi fedri di guddio tu ôl i bolyn lein. Cỳm un o'r rhain, wir Dduw.'

'Nid dyna'r unig beth sy'n siriys, naci?' medda Mono trwy lond ceg o sgedan, cyngor Nicola'n amlwg yn briwsioni'n barod o flaen doethineb Rich T. 'Be am Angharad a Ronan Evans?'

'Anji? Hefo'r ecs-con hwnnw? Wel, myn ...'

'Nid fel'na, naci, Rich?' Iesu, mae isio mynadd hefo Mono ambell waith hefyd, meddylia Osh. Doedd o ddim wedi bwriadu codi'r peth hefo Rich nes eu bod nhw'n hollol siŵr o'u ffeithiau, ond wedyn ... 'Edrach yn debyg fod mam Ronan Evans a thad Anj yn frawd a chwaer.'

'Efeilliaid,' medda Mono, yn rhoi mwy o gig ar asgwrn yr holl beth, ac yn gwneud i Osh deimlo fel ei ladd o.

Rhwng bomshel fel'na, a'r ffaith fod ganddo yntau Jami Dojyr gyfan yn ei geg, mae Rich yn fud. Felly siarada Osh drosto fo:

'Dydi o ddim yn aidial, nac'di? Nid â'r holl firi 'ma rŵan hefo marwolaeth amheus yr hen gopar hwnnw roddodd Evans ar ei ben yn jêl.'

'A sôn am hwnnw,' medda Mono'n tynnu stumia wrth olchi'r sgedan jam i lawr hefo cegiad anghyfarwydd o goffi du, ac yn ymddangos yn gwbwl ddi-glem ynglŷn â'r ffaith ei fod o newydd roi'i seisnains ynddi hi gynnau, 'ma' gin i dipyn o wybodaeth am Oh Shish.'

'Pwy ydi hwnnw, 'ta?' medda Rich. 'Un o berthnasau coll O'Shea 'ma, ia?' A chwerthin nes bod briwsionyn yn mynd yn sownd yn ei wddw fo.

'Doniol iawn,' medda Osh, hefo'i wynab tin mwya deifiol. 'Be ti'n ei falu, Mono?'

'Y siop gebáb, 'de? Lle ffendion nhw Arthur Cunningham. Wel, dim *yn* y siop, obfs, ond yn yr iard gefn ...'

'Enw da ar siop gebáb, 'fyd ...' synfyfyria Rich.

'Ia, Mono? Be amdani? Yr Oh Shish 'ma?'

Ac mae Rich yn mygu tagiad.

'Wel, nid siop gebáb oedd hi erstalwm, naci? Siop gemydd. Jiwlar.'

'Dwi'n gwbod be ydi gemydd, Mono. Tyrd at y pwynt.'

'Gresham's. Ilar Gresham? Y boi ddaru Ronan Evans ei saethu pan robiodd o'r lle, 'de? Dyna oedd Oh Shish bryd hynny – Gresham's Jewellers.'

Dydi Rich T ddim yn chwerthin bellach. Ac mae Osh yn pendilio rhwng bod yn pisd-off a dangos llygedyn o edmygedd tuag at sgiliau ymchwiliol Mono. Mae'r cysylltiad rhwng Ronan Evans a marwolaeth – neu lofruddiaeth – Archie Cunningham yn fflachio arno'n fwy annisgwyl o amlwg na fasa modrwy ddiemwnt yng nghanol donỳr-cebáb.

'Ffyc-sêc, Mono. Rŵan ti'n deud wrtha i?'

'Dim ond rŵan dwi'n cael tsians i ddeud, 'de ...?'

A gŵyr Osh mai'i le fo rŵan ydi dweud wrth Angharad rhag blaen. Nid pryd geith o tsians i wneud sy'n ei boeni, ond sut yn union y bydd o'n egluro fod tebygolrwydd fod ei chefnder newydd hi'n llofrudd am yr eildro. Mae'r newydd yn ddamniol, ac mi fydd hi'n anodd iddo yntau swnio'n gwbwl ddiduedd.

Fel bydd hi'n anodd iddi hithau beidio bod isio saethu'r negesydd.

Pardyn-ddy-pỳn.

Yr un mwya diawledig posib.

Ond cyn iddo ddweud dim byd arall wrth neb, mae'n rhaid i Osh gael gafael ar ei frawd.

ANJI

'Oes gynnoch chi lun ohoni, Mam?'

'Llun o bwy?'

Mae Meirwen Kiely'n bod yn styfnig o ddi-ddallt. A be arall sy'n newydd? meddylia Angharad. Fel hyn y buo hi erioed, yn dewis gwrando ar yr hyn roedd arni hi isio'i glywed. Ond yn dweud yr hyn roedd arni hi isio'i ddweud, a damia teimladau pawb arall. Neu'n peidio dweud. Fel rŵan, yn y tŷ clòs, caeëdig 'ma lle mae eu rhwystredigaeth ill dwy'n pwyso ar bopeth fel carthen.

'Roisin, 'de? Anti Rosh.' Dydi hi ddim yn ychwanegu 'chwaer Dad'. Byddai hynny gam yn ormod tuag at yr hollt yn eu perthynas.

Mae'r wraig hŷn yn gwneud sioe o chwilio am ei sbectol.

'Pam wyt ti'n meddwl y basa gin i lun o honno?'

Ia, 'de? Pam? Pam ofynnist ti gwestiwn mor ffycin dwp, Angharad? Mae'r aer yn felys ac yn stêl ar yr un pryd, ac mae hi'n rhan ohono rŵan ar ôl camu i'r tŷ. Ogla tŷ'i mam, yno bob tro, yn sicli a gludiog. Mae agor drws y ffrynt fatha agor caead tùn ar deisan yn llwydo. Teimla fel taro'i llaw yn erbyn y bwrdd a gweiddi; rhegi o ddifri, effio a chontio. A gŵyr ar yr un pryd mai hi fyddai'r un i ypsetio, i deimlo'n fach ac yn euog ac yn ddiwerth.

'Tacla.'

'Be?'

'Teulu dy dad. Dim rhyfadd bod y mab hwnnw oedd ganddi wedi landio ar ei ben yn y carchar.'

A dyna fo eto. 'Teulu dy dad.' A'r mab oedd gan Roisin. Doedd Meirwen, am ryw reswm, ddim fel tasa hi'n priodoli unrhyw ran yn ei genhedlu i dad Ronan. Ei fam oedd ar fai am iddo gael ei ddedfrydu i ddeunaw mlynedd o jêl, dim ond am ei bod hi'n un o'r Kielys. Mae Angharad wedi hen arfer â llithoedd ei mam wrth iddi redeg ar ei thad, ond mae'i chwerwedd afresymol tuag at Roisin, ei chwaer-yng-nghyfraith, yn ddirgelwch iddi o hyd. A rŵan, yng nghanol y rant annisgwyl hwn, mae Meirwen newydd gadarnhau'i hamheuon i gyd ynglŷn â Ronan Evans: *mae* o'n gefnder iddi, cefnder na welodd hi erioed mohono, na chlywed dim amdano tan heddiw.

'Robin, hogyn Dic Ifas Glo erstalwm. Cena brwnt ...'

Daw hyn o nunlla, fel petai'i mam yn hel rhyw atgof hefo hi'i hun, a sylweddoli'n sydyn ei bod hi wedi'i ddweud o go iawn.

'Pwy? Tad Ronan?'

'Naci, siŵr iawn. Dic, ei daid o, oedd yn hen gythral ...'

Ac mae'i mam yn rhoi'r gorau i siarad fel tasa rhywun wedi pwyso botwm *pause* arni, yn amlwg yn flin hefo hi'i hun am ddatgelu mwy nag oedd hi wedi'i fwriadu. Cha i ddim mwy ganddi heddiw, meddylia Angharad, wrth ei gwylio'n codi'n llafurus ar ei thraed ac estyn cerdyn mewn amlen oddi ar y shilff-ben-tân.

'Mi gei di bicio drws nesa hefo hwn i Gwyneth, rŵan dy fod ti'n mynd. Mae o yn fama ers ddoe.'

Ffordd ei mam o gael madael arni. Roedd hi wedi bwriadu trio'i sticio hi allan am hanner awr arall, dangos gwynab, ond gan fod ei mam wedi llwyddo, fel arfer, i fynegi'i bod hi wedi cael digon ar ei chwmni drwy'i hargyhoeddi ar yr un pryd mai'i syniad hi, Angharad, oedd codi i fynd, gwna hithau'n fawr o'i chyfle i ddianc cyn pryd.

'Sonioch chi ddim fod Gwyneth yn cael ei phen blwydd.'

'Wn i ddim byd am ei phen blwydd hi.'

Na wyddoch, siŵr iawn. A dyna pryd y sylwa Angharad fod stamp ar yr amlen, ac enw a chyfeiriad llawn Gwyneth Drws Nesa.

'Postman newydd,' medda Meirwen wedyn. 'Rwbath ifanc.' Y pechod mwya. 'Mynd â llythyra pobol i'r tai rong bob gafael.'

'Cardyn ydi hwn, 'swn i'n ddeud.'

'Ma' hi'n cael pentyrra ohonyn nhw. Profedigaeth. Newydd golli'i brawd.'

'Gryduras. Ddrwg gin i glywed.'

'Wel, mi gei di ddeud hynny wrthi dy hun pan ei di â hwnna iddi.'

Afraid gofyn gafodd hi gardyn gynnoch *chi*, meddylia Angharad, yn teimlo fatha twrch daear yn codi i'r gwynab wrth ffroeni'r siot o awyr iach a ddaw i'w hadfywio ar ôl i Meirwen agor drws y ffrynt.

'Oes 'na rwbath ydach chi'i isio ... erbyn tro nesa ...?'

'Dim ond llonydd,' medda Meirwen. 'Wyt ti am stwna'n hir yn fanna? I mi gael cau hwn ar d'ôl di. Ma'r gwynt 'ma'n gafael.'

Mae'n debyg y byddai unrhyw un arall yn cymryd ato ar ôl triniaeth mor swta – a chymryd y byddai Meirwen yn siarad fel'na hefo pawb – ond mae hi fel petai'i mam yn cadw perlau fel hyn ddim ond ar ei chyfer hi. Cofia Angharad y ffrindiau ysgol y byddai ganddi ddigon o gỳts i ddod â nhw adra erstalwm yn dweud pethau fel: 'God, Anj, ma' dy fam yn medru bod yn bitsh hefo chdi weithia!'

Ond wedi oes gyfan o wybod dim byd arall heblaw'r beirniadu a'r pwdu a'r gwynab tin, doedd ymddygiad ei mam tuag ati'n effeithio fawr ddim arni, ddim mwy nag ydi o rŵan. Doedd o ddim yn tarfu arni nes gwelai hi pa mor annwyl oedd mamau'r lleill yn y ffordd roedden nhw'n siarad hefo'u plant. Erbyn hyn, petai'i mam yn gafael amdani neu'n ymddwyn yn gariadus tuag ati, byddai hynny nid yn unig yn sioc i Angharad ond hefyd yn chwithig. Yn teimlo'n embarasing, bron. Cofia ddarllen yn rhywle mai'r rhywogaeth oedd yn dangos leia o ots am eu hepil oedd siarcod. Ia, meddyliodd bryd hynny. Dyna ydan ni. Dwy siarc yn cylchu'n gilydd heb dwtshad. A'r eironi mwya ydi bod hynny'n brafiach o lawer gan y ddwy ohonan ni hefyd.

Am eiliad ystyria Angharad daro cardyn Gwyneth trwy'r drws a'i heglu hi. Dydi hi ddim yn nabod fawr ar y ddynas beth bynnag, dim ond ei bod hi'n gymdoges gymwynasgar i'w mam. Ond mae dau beth yn newid ei meddwl: yn gynta, y ffaith fod Gwyneth wedi sylwi arni drwy'r ffenast ac yn amlwg yn dod yn unswydd i ateb y drws, ac yn ail, cyfenw Gwyneth ar yr amlen yn ei llaw.

Rhyfedd ydi o, meddylia, y ffordd rydan ni'n priodoli enwau i bobol yn ein pennau. Mae hi wedi meddwl am Gwyneth fel Miss Huws am ryw reswm. Hen ferch ganol oed hefo'i chath a'i throwsus crimplîn a'i char-bocs-matshys-hawdd-ei-barcio. Nid fod Angharad erioed wedi profi bod car bach yn haws i'w barcio chwaith. Mynd i bob man wrth drio rifyrsio am fod yna ormod o le iddo fo ...

'Angharad! Sut ma'ch mam heddiw 'ma?'

Mewn trowsus du mae hi heddiw. Trowsus du, cardigan ddu. Gwneud sens, debyg ...

'Fel mae hi, 'te, Gwyneth, fel y gwyddoch chi ... ym, ma' ddrwg gin i am eich profedigaeth chi. Mi ddoth hwn i dŷ Mam mewn camgymeriad, ylwch ...'

'Y Postman Newydd,' medda Gwyneth, fel tasa hi'n cymryd ei enw fo i dyngu llw, 'be neith rhywun hefo'r petha ifanc 'ma, 'dwch?'

A dyna fo eto. 'Ifanc' fel tasa fo'n air budur. Mae Gwyneth wedi botymu'i chardigan reit i'r top, ac mae yna disiw'n sgwâr o dan ei llawes chwith lle mae blewyn o freichled aur yn addurno'i garddwrn fechan.

Pryd mae'r newid hwn yn digwydd? meddylia hithau. Pryd mae rhywun yn deffro un bore a phenderfynu gwisgo fatha hen wraig? 'Rhaid i ti barhau i feddwl yn ifanc, Anj, waeth faint ydi dy oed di, yli. Dyna cadwith chdi rhag heneiddio cyn pryd.' Geiriau Eic erstalwm, yn dod yn ôl a glanio wrth ei thraed fatha'r bluen wen ddaeth o nunlla rŵan ac sydd bellach yn rowlio dros garreg y drws. Neges o'r nefoedd gan yr ymadawedig, meddan nhw. Mae Angharad yn teimlo'r ias. Nid Eic sydd wedi marw, ond mae hi'n teimlo felly; fo sy'n croesi'i meddwl ac nid brawd Gwyneth. Mae ganddi hiraeth am ei hen olygydd; ei ddoethineb, ei hiwmor. Doedd yr hyn a ddigwyddodd llynedd ddim yn deg arno, cael ei orfodi i gadw cyfrinach rhywun arall ...

'Mi ddowch chi i mewn am funud, gnewch? Newydd ferwi'r cetl ôn i rŵan, meddwl cymryd rhyw goffi bach ...'

Bechod, meddylia Angharad, mae hi'n sâl isio siarad hefo rhywun. Lwcus iddi hi fy mod innau bron â thorri 'mol isio siarad hefo hithau rŵan fy mod i bron yn saff fy mod i'n gwybod yn union pwy ydi'r brawd a fu farw.

Hefo'r cardyn cydymdeimlad yn dal yn dynn yn ei llaw, mae Angharad yn dilyn Gwyneth Cunningham i'r tŷ.

MORETTI

Does neb erioed, heblaw am ei fam, wedi'i alw fo wrth ei enw cynta. Wel, neb heblaw am ei fam a Greta, os ydi o am fod yn fanwl gywir. Ac mae bod yn fanwl gywir yn bwysig i Moretti. Felly mae o wedi llwyddo i gael i'r lle mae o heddiw. Drwy roi sylw i'r manion. 'Gwnewch y pethau bychain.' Roedd yr ymadrodd hwnnw ar y wal yn yr ysgol flynyddoedd maith yn ôl, o dan ryw lun o foi mewn rôb fatha Friar Tuck yn ffilm *Robin Hood*. Neu ella mai'r Bwda oedd o? Ffycnôs. Ond mae o'n dal i gofio. O ran Tony Moretti, mi allai Superman fod wedi'i ddweud o mewn comic o ddyddiau'i blentyndod, ond pwy bynnag oedd o, roedd o wedi'i gweld hi'n olreit. Y manylion bach dibwys sy'n medru dy ddal di allan. Mae ganddo boster ffilm wedi'i fframio ar wal ei swyddfa: *The Devil's in the Details*. Mae rhoi pethau i fyny ar y wal wedi aros hefo fo, mae'n rhaid. Ei fersiwn o'i hun o eiriau'r mỳnc 'na. Ac ella'i fod o'n lecio'i weld ei hun fatha'r arwyr ar y poster. Neu'r gwrth-arwr, tasa fo'n onest. Ella'i fod o'n ei ffansïo'i hun fel Emilio Rivera oherwydd y croen mêl a'r mwstásh. Yn lecio meddwl ei fod yn debyg iddo, nid am fod hwnnw'n ddihiryn-malio-dim-am-neb yn y ffilm, ond am ei fod o'n edrych yn egsotic. Fatha fo'i hun. Neu'n hytrach, fatha mae o'i hun yn trio bod.

Mae o wedi'i godro hi ers iddo ddallt yn gynnar iawn pa mor olygus oedd o, pa mor ddeniadol i ddynion a merched. Erbyn hyn, er ei fod o'n cadw potelaid o *Just for Men: Grey Target Technology* yng nghabinet y bathrwm, ychydig iawn o help sydd ei angen ar weddill ei gorff. Mae'i gyhyrau'n galed, a'i din o'n dynn, diolch i'r ffaith fod ganddo'i *gym* ei hun i lawr yn y selar, ac mae cofio 'gwneud y pethau bychain' bob dydd yn cadw'i ymennydd o'n finiocach na'r gyllell y byddai Elis Drake yn ei chuddio yn ei hosan. Mae o wedi meddwl lot am Draco'n ddiweddar (blasenw Elis, nid yn gymaint oherwydd y 'Drake', ond oherwydd ei ddannedd llygad fampiraidd a'r ffordd y tyfa'i wallt yn big-cap-y-weddw'n union fatha Draciwla'i hun) o achos bod yr holl shit sy'n taro'r ffan rŵan wedi i Keating ddod o'r jêl yn ei wneud o'n nerfus. Yr hen Cunningham yn cael ei offio. Dydi'r heddlu ddim wedi rhyddhau datganiad ynglŷn â Tomi Wich eto, ond mater o oriau fydd hi. A faint gymrith hi wedyn, tybed, iddyn nhw wneud y cysylltiad rhwng Archie a Tomi? A Draco. Ac â fo'i hun, tasa hi'n mynd i hynny. Mae o'n fab-yng-nghyfraith i Johnny Hart, wedi'r cwbwl. Ac er nad oedd o'n rhan o'r cynllwyn ddeunaw mlynedd yn ôl i fframio Ronan-ffycin-Evans-ffycin-Keating, mi ddaru o elwa, yn do, o'r ffaith eu bod nhw wedi llwyddo i daflu Keating i'r slamar? Fo gafodd yr hogan.

Am gyfnod, beth bynnag.

Ond yn dechnegol – naci, yn fanwl gywir (cofier y 'pethau bychain') – y fo pia Greta o hyd. Mae o'n dal i lusgo'r broses ysgaru cyn hired â fedar o, yn cael pleser gwyrdroëdig o'i gorfodi hi i aros yn Mrs Moretti. O, ydi, mae hi wedi newid ei henw er mwyn ei roi ar y busnes garddio gwirion 'na, ond ei wraig o ydi hi o hyd. A'i wraig o fydd hi, os ceith o'i ffordd ei hun. Edrycha eto – sut fedar o ddim, a hithau yno o'i flaen o? – ar ei lun ohoni mewn ffrâm onycs ar y ddesg. Hen lun ydi o, hen wên fatha glöyn yn gaeth dan wydr. Yn ei atgoffa o adeg pan oedd hi'n dewis gwenu arno. Ac o'r adeg y cafodd hi'r gỳts i ddewis peidio ...

Cas beth Moretti ydi pobol sy'n mynnu mynd yn groes iddo. Mae gormod o'i dad ynddo i blygu i awdurdod. Doedd Frank Moretti ddim yn plygu i neb, ac eto roedd ganddo'r ddawn honno o argyhoeddi pawb ei fod o'n biler cymdeithas tra'n twyllo pobol ar yr un pryd. Wîlar-an-dîlar, ond un hai-clàs mewn sgidia drud, a oedd yn gwybod am y lŵp-hôls cyfreithiol i gyd. Yn hogyn ifanc, dechreuodd Frank astudio'r Gyfraith, nes iddo ddod i'r casgliad fod yna fwy o bres i'w wneud mewn hôlej. Er iddo roi'r gorau i'w gwrs coleg, dysgodd ddigon am gyfraith gwlad i'w gadw'i hun gam ar y blaen, a difaru dim ei fod o wedi ffeirio llond bag o lyfrau am lond iard o lorïau. Fel adar o'r unlliw, doedd hi'n ddim syndod fod Frank Moretti a Johnny Hart wedi dechra dablo ym mydoedd ei gilydd nes dod yn ddigon o ffrindiau i Frank ofyn i Johnny fod yn dad bedydd i'w fab. Fasa fo ddim wedi medru dewis neb tebycach iddo fo'i hun o ran meddylfryd ac uchelgais i warchod buddiannau Tony. Ac felly'n union y buo hi pan fu Frank farw o drawiad ar ei galon toc wedi iddo droi'n hanner cant. Camodd Johnny Hart i'r bwlch, a chymryd ei fab redi-mêd o dan ei aden fatha clagwydd gwarcheidiol. Doedd yna fawr o waith ailbobi Tony Moretti ar ei ddelw ei hun, a'i droi'n ddefnydd mab-yng-nghyfraith delfrydol. Rhoddodd un o'i ddynion ei hun, Elis Drake, yn fanijar ar Moretti Haulage nes daeth yr hogyn yn ddigon hen i gymryd yr awenau. Hanes ydi'r gweddill.

Mae gan Tony Moretti sofft-sbot ar gyfer yr hen Draco. Cofia'i weld am y tro cynta tu ôl i ddesg ei dad a methu dal pan welodd o'r wên Ddraciwla a'r gwallt dubitsh yn ffurfio'n big ar ei dalcen: 'Acinel, Yncl Johnny, y boi ffêmys 'na sy'n chwara snwcer ydi hwnna, ia?' Ond y casino âi â bryd Draco, nid snwcer. Cariai jip gamblo yn ei boced bob amser 'i ddwad â lwc i mi, yli.' Bryd hynny, roedd Tony'n bedair ar ddeg yn mynd yn ddeugain oed, yn smocio ac yn rhegi ac wedi gweld a chlywed pethau eisoes na ddylai'r un bachgen yn ei arddegau cynnar fod yn dyst iddyn nhw. Fisoedd yn unig ar ôl claddu'i dad, clywodd synau chwyrnu a thuchan yn dod o stafell wely'i fam, a gweld drwy gil y drws ei bod yn ei gwely hefo dreifar un o'r loris oedd ar iard ei dad. Cyn gweld hynny, roedd o'n lecio'r boi. Islwyn oedd o – Izzy – un o ddreifars gorau Frank, a fu'n ofalus ohono wedi iddo golli'i dad, yn hael hefo'i jiwing-gỳms ac yn cynnig ambell i smôc iddo hefyd ynghyd â winc-meiddia-ddeud-wrth-dy-fam. Pan ddaeth hi'n amlwg i'r Tony ifanc nad wan-off oedd ymweliad Izzy â'i fam, roedd eu bradychiad yn ormod iddo. Doedd yna ddim blwyddyn gron eto ers i'w dad farw, ac roedd y briw'n agored. Rhedodd i'r offis at Draco, yn gwlwm o regfeydd a sych drwyn a dagrau.

Ddaeth Izzy ddim i'w waith fore trannoeth. Nac unrhyw drannoeth arall. Welodd neb erioed mohono fo wedyn.

Eistedda Moretti'n sgrolio drwy'i ffôn, a gwrando eto ar y neges adawodd Gari Chisholm oriau'n ôl bellach:

' ... dwi'n meddwl fod gynnon ni broblem ...'

Keating ydi'r broblem honno. Mae Chis – wedi mymryn o berswâd angenrheidiol – wedi bod yn amhrisiadwy, yn llgada ac yn glustiau ers ymhell cyn i Keating gael ei ryddhau. Fedar neb ddweud nad ydi o'n haeddu pob cildwrn mae Moretti'n ei luchio iddo fo. Cannoedd, nid degau. Ffortiwn fach i Chis ar ei gyflog o, hefo morgej i'w dalu a merch i'w rhoi drwy'r coleg, ond pinỳts iddo fo. A gwerth pob dima. *Knowledge is power.* Dyna oedd mantra'i dad erstalwm. Does ganddo ddim syniad os mai mỳnc 'ta cymeriad mewn cartŵn ddywedodd y geiriau hynny chwaith, ond mi ddyla'r rheiny fod i fyny ar wal yn rhywle hefyd, meddylia.

Ydi, mae Chis wedi ennill ei gnau mwnci, chwarae teg iddo fo, ac yn dal i wneud hynny er bod Keating bellach yn ddyn rhydd. Cyfuniad o ofn pechu a dechra arfer hefo'i fonysus nid ansylweddol, debyg iawn;

mae o'n gwybod ei le, ac mae hynny'n siwtio Moretti i'r dim. Llwyddodd Chis i ennill browni-points hefyd drwy wanglo'r joban o hebrwng Keating i angladd ei fam. Dweud wrtho fo na fasa dim rhaid iddo fo wisgo handcyffs ar ei watsh o. Nais-tytsh. Trio bod yn fwy o fêts hefo fo er mwyn gweld gâi o wybod unrhyw beth o'i gudd-feddyliau. Nid fod yno ryw lawer o'r rheiny, yn ôl Chis. Roedd Keating yn ei gadw'i hun iddo fo'i hun. Dipyn o lonar. Pen i lawr a gwneud ei stint. Ond mi gafodd Moretti wybod am y 'pethau bychain' hefyd, manylion difyr fatha'r sel-mêt lloerig hwnnw oedd gan Keating yn cael gafael ar gontact lensys glas iddo fo. Roedd hynny'n red-fflag i Moretti pan glywodd o, y ffaith fod ar Keating isio cuddio pwy oedd o. Be well na llgada gwahanol liw er mwyn cogio bod yn rhywun arall? Yn enwedig os ydi lliw gwreiddiol dy llgada di'n mynd i dynnu sylw.

Y manylyn arall i aflonyddu ar Moretti oedd bod yna dditectif preifat yng nghnebrwn Kathleen Evans, yn ôl Chis y diwrnod hwnnw:

'Twrna ydi o, go iawn, dim ond ei fod o wedi dechra gneud enw iddo fo'i hun fel rhyw fath o ymchwilydd preifat yn ogystal. Aled O'Shea.'

Petai Chis wedi gwneud ei waith cartref, mi fyddai wedi ychwanegu: 'O, a mae'i frawd o'n DCI.' Ond mi arweiniodd y ffaith na ddaru o ddim at Moretti'n gwneud bôls-ỳp. Mae 'cael gwared' o bobol sy'n fygythiad iddo'n ail natur i Tony Moretti o ystyried y fagwraeth a gafodd. Gweler o dan 'Elis Drake – Hitman.

Llofruddiaethau yn nhrefn yr wyddor: "I" am "Islwyn, y gyrrwr lori oedd yn ffwcio dy fam ..."' Pan ti'n cael dy fagu gan fleiddiaid ... Mae teyrnasoedd y bleiddiaid hynny bellach yn perthyn iddo fo – cwmni holêj ei dad a chelc ei Yncl Johnny, a fo ydi'r etifedd, hefo'r pŵer a'r cysylltiadau. Dydi o ddim yn mynd i beryglu'r tir mae o'n sefyll arno rŵan wrth gymryd tsiansys. Yn enwedig â Keating yn rhydd rŵan o gwmpas y lle, a dim ar ôl ganddo i'w golli.

Felly'r peth synhwyrol i Moretti pan glywodd fod Keating (oedd ag un droed yn y bedd yn barod – no-swèt yn fanna) ac Aled O'Shea'n nabod ei gilydd fyddai gwneud i'r O'Shea 'ma ddiflannu. Jîsys, roedd y boi'n dwrna ac yn dditectif preifat. Mi fasa fatha ci ag asgwrn. Yn enwedig pe bai Keating yn dechra cega wrtho'i fod o wedi cael bai ar gam, ac yna'n mynd ar sbri o ddial cyn disgyn yn farw'i hun. Ydi, mae Chis wedi riportio hynny iddo hefyd – fod y stop-watsh bellach yn nwylo'r aflwydd sy'n dinistrio Keating o'r tu mewn. Wythnosau 'ta misoedd? Mae hynny'n fwy na ŵyr neb, meddylia Moretti, ond i ddyn sy'n mynnu cyfiawnder ar ei delerau'i hun, mae awr yn fwy na digon.

Y peth callaf, wrth i Moretti feddwl yn ôl, fyddai iddo fod wedi dilyn ei reddf, offio Keating yn y lle cynta, a dyna hi. Job-dŷn. Ond yn lle hynny, mi ddaru o wrando ar blydi Chisholm, o bawb, do? Fred Flintstone hefo carreg yn lle brên, myn uffar i. Hwnnw'n malu cachu, yn ei berswadio nad oedd dim angen iddo gymryd unrhyw gamau drastig:

'Fydd dim isio i chi faeddu'ch dwylo, Mr Moretti. Mi neith natur y job drosta chi. Ma'r boi'n wan fatha cath, a Duw a ŵyr faint o amsar sydd gynno fo ar ôl ...'

Ac mi fuo yntau'n ddigon gwirion i gymryd cyngor penbwl llywaeth fatha hwnnw. Bod yn rhy sofft. A meddwl wedyn am ei gynllun bach ei hun heb ddweud wrth neb. Wel, heblaw am Tomi Wich, wrth gwrs.

'Ma' gin i joban i chdi, Tom.'

'Sut fath o joban?'

Cofia Moretti amharodrwydd Tomi i gymryd unrhyw ddiddordeb yn yr hyn fyddai'n dod nesa. Ella'i fod o'n idiot, ond doedd o ddim yn gachwr fatha Chis. Ddim ofn dweud 'na' wrtho fo. Roedd hynny ynddo'i hun yn cnoi Moretti, y ffaith nad oedd gan Tomi'r un parch tuag ato ag oedd ganddo at Johnny Hart. Neu barchedig ofn. Beth bynnag oedd o, roedd o ar goll rhyngddo fo a Tomi.

'Dim ond dreifio.'

'Does na byth "ddim ond" hefo chdi, Moretti. Dwi'm yn gneud dim byd doji rŵan. Rôn i'n lot fengach pan ôn i'n gweithio i Mr Hart. Ma'r shit yna tu ôl i mi.'

Dyna fo eto. Yr amharch. A Moretti'n corddi, yn gwybod na fasa Tomi byth yn ei alw'n 'Mr' tra bod twll yn ei din o. Mae o'n troi rhyw fymryn ar y sgriw.

'Ma'r "shit yna", fel ti'n ei alw fo, yn dal ar dy CV di, Tom, dim ond nad oes neb wedi'i ffeilio fo ar ddu a gwyn eto.'

'Am be ti'n sôn?'

'Paid ag ymddwyn yn fwy ffycin thic nag wyt ti,

Tomi Wich. Ti'n gwbod yn iawn. Ron Evans, 'de? Y ffit-ỳp. Chdi a Draco'n offio Gresham y jiwlar a rhoi Evans yn y ffrâm. Cold-cês difyr uffernol tasa'r cops yn mynd yn bôrd ac yn chwilio am rwbath i'w neud ...'

'Dim ond y dreifar ôn i ...'

'O? Pwy sy'n chwara'i gardyn "dim ond" rŵan, 'ta? Ti 'di clwad am *joint enterprise*, yn do, Tom? Ac mi oedd o'n dipyn mwy na hynny, a chditha'n dreifio'r gétawe-car.'

Dechreuodd Tomi dagu wedyn, y gwichian yn ei frest yn cynyddu wrth iddo chwalu drwy'i bocedi am ei inhelar. A dyna pryd y gwelodd Moretti'i gyfle. Roedd o'n nabod panig-cachu'n-drowsus pan welai o. Tynerodd ei lais, rhoi switsh-on i'r tsharm:

'Wan-off, Tom. *Dim ond* dilyn car arall fasa isio. *Follow that car* job. Dreifars tacsi wrthi o hyd. A lwmp bach del o bres i ti. Beth bynnag arall wyt ti, ti'n dal i fod y dreifar gora 'rochor yma i Le Mans.'

Llaciodd brest Tomi'n glywadwy yng ngwres y ganmoliaeth. Roedd o wastad wedi bod yn hawdd i'w seboni.

'Pa bryd? Dwi'n gweithio'n lejít rŵan ...'

'Wyt, Tom, dwi'n gwbod. Pilar cymdeithas. Cỳm dde-off yn sâl.'

'Pwy dwi'n goro'i ddilyn?'

Dyna welliant. A WhatsAppiodd Moretti lun y car i ffôn Tomi – Land Rover Defender gwyrdd. Yn yr ail lun chwyddodd rif y plât: O5 HEA.

Mi weithiodd y cynllun – i ddechra. Roedd Tomi

wedi mopio hefo moethusrwydd y ffôr-bei-ffôr du hefo'i ffenestri tywyll a'i ffigiarins i gyd. Cafodd gyfarwyddyd i gadw'i ffôn ar sbîcar yr holl ffordd. Roedd yna ryw falu cachu hefo'r O'Shea 'ma i gychwyn – yn ôl ac ymlaen i'r un tŷ yn Alderley Edge ac wedyn i faes parcio blydi McDonald's yn Macclesfield. Hyd at y pwynt hwnnw, wyddai Tomi ddim y byddai yna elfen ychwanegol i'r job, tra oedd Moretti ar ben arall y ffôn yn gwrando ar y sylwebaeth undonog, ac yn aros am gyfle. Pan gyhoeddodd Tomi fod y Defender yn ei throi hi am yr A537 i gyfeiriad Buxton, bu bron i Moretti roi bloedd fel tasa Dolig wedi dod yn gynnar. Y ffycin Cat and Fiddle! Un o lonydd perycla Prydain. Rhodd gan y duwiau os buo un erioed.

'Pan weli di dy jans, Tom, rhed y Defender oddi ar y lôn. Mi fydd yna ddibyn ...'

'Ffyc-sêc, Moretti ...'

'Jyst canolbwyntia. Mi ffonia i di wedyn.'

A thorrodd Moretti'r cysylltiad, fatha tasa fo'n gyrru dyn i'r gofod. Seicoleg. Gadael Tomi heb ddewis ond dilyn ei gyfarwyddiadau. Mi weithiodd. Aeth y Defender drosodd, ffeiriwyd y ffôr-bei-ffôr am racsan o fan a Tomi, hefo'i lwc mwngral arferol, yn llwyddo i ddojio'r syrfeilans awyr cachu-rwtsh nad oedd Moretti wedi bargeinio amdano. Mishon-acomplishd. I fod. Oriau'n ddiweddarach, cafodd Moretti wybod fod y boi rong wedi'i ladd. Ac yn lle dychwelyd i ffanffer fatha James Bond ar steroids, roedd Tomi Wich yn rhacs mewn lei-bei diarffordd, yn crynu cymaint nes bod ei ddannedd o'n clecian, a ddim yn cofio pa ffordd oedd adra.

Nid fod Moretti'n ymwybodol o hynny, nac ychwaith yn malio am na chyflwr meddwl Tomi na'r 'boi rong' a laddwyd. Roedd y gyflafan yma'n waeth nag y basa fo wedi gallu'i ragweld – nid yn unig fod Aled O'Shea'n dal yn fyw ac yn iach, ond mi fyddai o hefyd ar ei wyliadwraeth rŵan wedi iddo fo – a'i gopar o frawd mawr – sylweddoli fod rhywun yn trio'i ladd o. Mae un peth yn berffaith saff, meddylia Moretti, gan dywallt hit iddo fo'i hun o'r peiriant *espresso* sy'n perarogli'i swyddfa ddrud ddydd a nos, fydd Tomi Wich ddim yn broblem i neb bellach. Mae'r coffi cyn ddued â'r ffram onycs sy'n carcharu Greta, ac mae o'n ei yfed ar ei dalcen cyn rhoi galwad i'w fentor, y dyn a fu'n bwysicach iddo na'i dad ei hun, yn fwy o arwr iddo na fu'i dad bedydd erioed, er cymaint o feddwl oedd ganddo o Johnny Hart.

Ond am unwaith, dydi Draco ddim yn ateb ei ffôn.

MONO

'Ty'd, Mono. Ydi'r car gin ti?'

Jyst fel'na. Ac mae pob dim yn ocê eto fatha taswn i erioed wedi bod yn flin hefo Osh am farw. Does yna'r un ohonan ni'n cyfeirio at be ddigwyddodd. Mi ydan ni'n cario ymlaen fel tasan ni ddim ond wedi tynnu'r dudalen honno o'r calendar Harley Davidson lle'r oedd y nodyn bach yn deud ei fod o'n mynd i weld Fiona, a'i defnyddio i llnau llwch brêcs oddi ar olwyn beic. Mae Rich wedi newid y calendar rŵan, p'run bynnag, ac wedi hongian rwbath hefo lluniau cŵn bach arno fo fasa'n edrach yn well ym mharlwr Miss Marple. Ta waeth, y pwynt dwi'n trio'i neud ydi – er gwaetha'r cynghori a'r doethinebu sy 'na rŵan ynglŷn â siarad yn agored am bob dim – ei bod hi'n well weithia jyst anghofio'r shit. Ma' bywyd yn rhy fyr, dydi?

'Lle 'dan ni'n mynd?' medda fi, yn synhwyro rhyw gyffro mwya sydyn yn Osh, a mwy o sbonc yn ei gerddediad ers iddo ddod yn ei ôl gynna. Mae hynny'n rwbath i'w neud ag Anji, garantîd.

'I gael sgwrs gall hefo Ronan Evans. Dwi isio clwad o lygad y ffynnon be ddigwyddodd yn y siop jiwlar 'na ddeunaw mlynedd yn ôl. A dwi isio'r gwir.'

Dwi'n nabod y fflach benderfynol yn ei llgada fo.

Felly'n union roedd o'n edrach pan ddaeth o i fy nôl i adra o'r cop-shop ar ôl i mi gael fy arestio ar gam. Dim blydi lol, dim ond ei deud hi fel roedd hi ac awê. Os ydi o yn dy gongol di, mae o ôl-in. Llais y mud a'r gwan. Ia, da oedd honna, 'ta be? Eniwe, fel rôn i'n deud, mae'r tân yn ei fol o a'r gwreichion yn ei llgada fo'n betha digon secsi; mi fedra i ddallt be mae Anji'n ei weld ynddo fo. Heblaw fy mod i'n foi strêt, mi faswn i'n medru'i ffansïo fo fy hun.

'Ydan ni'n ei chychwyn hi, Mons, 'ta wyt ti'n mynd i sefyll yn fanna'n hel meddylia fatha'r Bardd Cwsg?'

'On-it,' medda finna'n palfalu am oriad y car.

Dwi'n falch am unwaith nad ydi egsôst newydd y Ninja wedi gorffan cael ei osod eto er mwyn i ni gael ei bomio hi i dŷ Ronan Evans hefo'n gilydd fatha actorion mewn drama; er mwyn cael teimlo'r hen adrenalin yn llifo go iawn. A dwi'n falch fod Anji wedi gorfod mynd i edrach am ei mam er mwyn i mi gael y sbot fel rait-hand-man am tjênj. Mae Osh yn cael cyfle i 'ngwerthfawrogi fi o'r diwedd, a dwi'n teimlo'n dipyn o foi'n dod â'r inffo iddo fo ynglŷn â lleoliad Gresham's Jewellers. Mae ogla'i gôt ledar o'n gymysg ag ambell wiff o Tom Ford Noir (dwi'n gwbod achos dwi wedi'i weld o yn nrôr y ddesg yn y swyddfa) yn tynnu fy llygad i tuag ato er fy mod i'n dreifio. Fuo gin i erioed gôt ledar. Ella basa hi'n well i mi feddwl am gael un …? Ffyc, peth fel hyn ydi man-crỳsh, tybed? Jîsys, Mono, nid ar dy fòs, mêt! Callia …

'Wow, Mono, pwyll pia hi, ia?'

Am eiliad wallgo, dwi'n credu fod Osh wedi darllen fy meddwl i nes i mi sylwi ar gath frech yn croesi'r lôn o'n blaenau ni, a dwi'n brêcio nes bod 'y nhraed i bron â mynd drwy'r llawr.

'Dwi'n gwbod dy fod ti'n cîn,' medda Osh wedyn, 'ond dwi'm yn meddwl fod Ronan Evans ar frys i fynd i lembyd.'

'Faswn i'm yn bod mor siŵr o hynny,' medda fi'n trio bod yn glyfar i gyd. 'Ei legio hi ydi'r peth cynta faswn i'n ei neud taswn i newydd ladd rhywun arall y munud cesh i 'ngillwn o jêl.'

'Rheol rhif un yn y job yma, Mono, ydi peidio dechra cymryd petha'n ganiataol. Dydan ni ddim yn gwbod i sicrwydd a ydi'r boi wedi mwrdro neb, mewn gwironedd, er iddo orfod gneud ei stint.'

'Y busnes bai ar gam 'ma eto.'

'Wel, mi ddigwyddodd i chdi, do?'

Mae fy atgoffa o gês y corff yn y llyn ddwy flynedd yn ôl yn rhoi caead ar fy sosban i. Mi ddylwn fod wedi dysgu bellach nad ydi trio bod yn smart-ârs hefo Osh byth yn gweithio. Dwi'n newid tac.

'Felly be ydi'r plan?' medda fi.

'Parcio o flaen ei dŷ o, cnocio yn drws, a gobeithio y cynigith o banad i ni.'

Ar hynny, mae'i ffôn o'n canu. Neu'n hytrach, yn bloeddio 'Dan ni yma o hyd' nes bod y ddau ohonan ni'n neidio. Mae hi'n amlwg, heb i mi orfod trio cael cip ar enw pwy ddoth i fyny ar y sgrîn, mai Liam sydd yno.

Heb na 'helô' na 'su'mai?', mae'r sgwrs o ochor Osh yn cychwyn yn syth hefo:

'O? Ma' *gin* ti jârj ar dy ffôn, felly? Dwi 'di trio dy ... Be? No-wê? Ti'n cymryd y *piss*? Ffycin hel.'

Dwi'n tynnu'n bwyllog at ymyl y pafin o flaen tŷ Ronan Evans fatha taswn i ar ganol fy mhrawf gyrru. Cau 'ngheg yn dynn. Ista'n ddistaw'n trio dehongli rhywfaint ar ebychiadau Liam O'Shea o'r pen arall, a gwbod ym mêr fy esgyrn fod y llen yn codi ar ddrama arall ar ben pob dim. Bron nad ydw i ofn anadlu nes daw'r alwad i ben.

'Coc y gath,' medda Osh.

'Be?'

'Llofruddiaeth arall. Rhyw draffig warden o'r enw Tomos Williams. Swnio'n doji uffernol.'

'Oes yna gysylltiad rhyngddo fo a Cunningham?'

'Dwi'm yn gwbod, Mono, ond 'dan ni'n mynd i ffendio allan, mi fedra i garantîo hynny i ti.'

A dwi'n nabod y tinc penderfynol hwnnw yn ei lais o, ei llgada fo'n culhau, a'r olwg-isio-smôc-a-chofio'i-fod-o-wedi-rhoi'r-gora-iddi'n crychu'i dalcian o am eiliad. Mae o'n sbio'n ddoniol o ymholgar arna i wedyn wrth roi nòd i gyfeiriad y pot o jiwing-gỳms yn y twll-dal-potal rhwng y seddi blaen. 'Dan ni'n dau'n cnoi am rai eiliadau fatha dwy fuwch fyfyrgar, yn meddwl 'run peth am gartra Ronan Evans heb i'r un ohonan ni yngan gair. Nes i Osh ddefnyddio'r ddawn sbwci honno sydd gynno fo o ddarllen meddyliau pobol:

'Ffwc o olwg fasa ar dy ardd ditha 'fyd tasat ti wedi

bod yn jêl ers deunaw mlynedd. Ty'd yn dy flaen i ni gael gweld be ydi be.'

Roedd bron i mi ddeud: 'Dwyt ti ddim wedi gweld yr ardd acw, mêt.' A meddwl y gora o'r peth. Ma' gardd Ronan Evans yn debyg ar y diawl i'r ardd sy gynnon ni adra, dim ond mai wedi ista ar ei din am ddeunaw mlynedd mae Dad. Ia, ia, medda chditha, felly be sy'n dy nadu di rhag gafael mewn injan dorri gwair 'ta, Mono? A'r ateb gonast ydi y basa hynny'n gneud i mi deimlo'n fwy o berthyn i'r lle na dwi isio bod mewn gwirionedd. Ma' un droed ar y ffordd o'no'n barod. Lle i roi 'mhen i lawr ydi tŷ Dad bellach, nes ca' i hyd i rwla i mi fy hun y medra i ffordio i dalu amdano fo ...

'Mono? Oes gin ti bods yn dy glustia eto? 'Ta dewis bod yn fyddar wyt ti?'

'Na, na ... sori, Bòs ...'

Mae o'n sbio arna i am eiliad fel taswn i'n dechra drysu, a fedra i'm coelio fy mod i newydd alw Osh yn 'Bòs'. Ond mae o eisoes wedi brasgamu i fyny'r llwybr blêr, ac yn chwilio o gwmpas am gloch. Dwi'n sylwi fod y llenni i gyd wedi cau fel tasa'r tŷ'i hun mewn trwmgwsg. Ond wrth i Osh godi'i ddwrn at y drws i guro, mae o'n agor o'n blaena ni fatha ceg yr ogo' yn stori Ali Baba. Pwy fasa angen na chloch na chamera-rhiniog-drws hefo dawn amlwg Ronan Evans i weld trwy walia a chlywed ymwelwyr er bod cyrtans pob man wedi cau? Arfer oes, bron, o orfod bod yn wyliadwrus, debyg iawn. Ma' gin i lun truenus ohono fo yn fy mhen, yn ista ar gadair galed yn yr hôl ffrynt yn gwylio am gysgodion yng ngwydr y drws.

'Mr Evans? Ron? Osh dw i. Aled O'Shea. Chafon ni ddim cyfla i gwarfod yn iawn, ddim hyd yn oed yn yr angladd. A hwn ydi …'

Gan fod Osh wedi meddwl amdana i fel 'Mono' o'r cychwyn un, ma' hi fel tasa fo'n anghofio fy enw iawn i weithia.

'Iwan Môn,' medda fi, yn difaru'n barod na faswn i jyst wedi deud 'Mono' beth bynnag. Rŵan dwi'n swnio fatha taswn i'n fardd coronog.

Ma' gwynab Evans fatha masg, yn bradychu dim, ond mae o'n camu i un ochor, ac yn ein gwadd ni i mewn drwy amneidio'i ben i gyfeiriad y mwrllwch tu ôl iddo. Dwi'n cofio Anji'n sôn am ogla clòs tŷ'i mam. Mae yna ogla yma hefyd, rhyw gymysgedd trist o damprwydd a llwch, a rwbath arall na fedra i ddim rhoi fy mys arno fo. Rwbath na fedri di ddim ond ei anadlu fo. Colled? Anobaith, ella? 'Ta rhyw deimlad 'be uffar 'di'r otsh ŵan? Sgin i'm byd ar ôl i'w golli'? Beth bynnag ydi o, mae o'n gafael yn oer amdana i fatha'r tywyllwch mewn twnel trên sgrech.

'Dan ni'n ista ar flaena'n cadeiriau yn y parlwr-hen-wraig sy'n f'atgoffa fi o fythynnod-trwy'r-oesoedd mewn amgueddfa. Mae'r stafell yma'n stŷc yn rwla rhwng diwedd yr Ail Ryfel Byd a theyrnasiad Margaret Thatcher. Nid fy mod i'n cofio'r un ohonyn nhw, jyst darllan lot dwi. Eniwe, mae'r distawrwydd yn uffernol o ocwyrd, fatha tasa rhywun wedi'i daenu o drostan ni hefo cyllall. Dyma pryd fasa unrhyw un heblaw Ronan Evans yn codi i gynnig te i bobol ddiarth. Mae hi'n amlwg nad ydi'r fath neisrwydd ddim wedi croesi'i feddwl o, ac mae yna ran ohona i sy'n reit falch nad oes raid mynd drwy'r mosiwns gwallgo' llefrith-dim-siwgwr 'na, lle mae pawb yn gwbod go iawn nad oes neb isio gneud panad beth bynnag, na neb isio'i hyfed hi, ddim mwy nag ydyn nhw isio twll arall yn eu tina. Dydi o ddim yn gofyn be ydan ni'i isio yno chwaith, dim ond ista'n sbio ar ei draed fel tasa chwithdod yn ail natur iddo fo. Y ni'n dau sy'n teimlo'n annifyr, nes i Osh dorri'r garw yn ei ffordd unigryw ei hun:

'Mae yna shit yn mynd i lawr ers i chdi ddwad allan, Ron. Shit nad ydi o'n ddim byd i'w neud â fi, mewn gwirionedd, heblaw fy mod i wedi gweithredu fel twrna ar gyfer dy fam. Mi ôn i'n meddwl, wedi i ti gael goriad y tŷ 'ma ac ati, mai dyna fasa'i diwedd hi. Ond ers i ti ddwad allan o'r carchar, mae'r DCI oedd yng ngofal dy achos di ddeunaw mlynedd yn ôl wedi cael ei ladd, a'i gorff wedi'i adael ar hen safle'r siop gemydd lle saethwyd Ilar Gresham, y jiwlar, y drosedd rwyt ti wedi honni o'r dechra y cest ti fai ar gam amdani.'

Mae o'n stopio am eiliad i gymryd ei wynt, a dwi'n clywed twrw'r boilar yn chwyrnu, fatha tasa'i eiria fo newydd ddeffro rwbath o'i aeafgwsg ym mherfeddion y tŷ. Dydi Evans ddim yn symud gewyn, ac mae Osh yn ailafael yn ei druth:

'Erbyn hyn, mae yna rywun yn trio fy lladd inna, ac

mae yna rwbath ym mêr fy esgyrn i'n deud wrtha i fod hynny oherwydd fy nghysylltiad â chdi.'

A dyna pryd mae Evans yn codi'i ben. Yr argraff gynta ges i ohono fo pan welais i o gynna oedd boi llwydaidd; trowsus llwyd, jympyr lwyd. Gwynab 'run lliw â'i ddillad o, gwynab-salwch-lliw-uwd. Ond wedyn dwi'n sylwi ar ei llgada fo, fatha rhai Loki yn ffilm yr *Avengers*. Dwi'n dychmygu dwy fflam las yn codi o ganol lludw, yn ddychryn o dreiddgar.

'Dwi'n gobeithio nad ydach chi'n credu mai fi laddodd Cunningham, Mr O'Shea.'

Mae o'n sticio at y 'chi a'r chitha', y fformalitis i gyd, fatha gweinidog mewn te cnebrwn, yn amlwg wedi cael ei frênwasho gan yr holl flynyddoedd o orfod dangos parch at awdurdod. Ma' rwbath fel'na'n bownd o adael ei ôl ar unrhyw un. Dim ond ei bod hi'n boenus o amlwg yng nghanol hynna i gyd nad ydi o'n trafferthu i roi 'Mr' o flaen enw Cunningham chwaith.

'Wnest ti ddim lladd Ilar Gresham chwaith, medda chdi.'

Dydi Evans ddim yn ateb yn syth. Mae hi'n amlwg ei fod o wedi rhoi batri newydd yn y cloc sydd ar y pentan, gan mai hwnnw sy'n llenwi'r seibiannau, yn tician fatha bom. Wedyn:

'Laddish i mo neb. Erioed.'

'Gwranda, Ron ...'

'Na, gwrandwch *chi*, Mr O'Shea ...'

Tic-toc ... Unrhyw funud rŵan, mi fydd rwbath yn ffrwydro.

' ... dwi'n ddyn rhydd ar ôl deunaw mlynedd o gael fy ngharcharu ar gam. Deunaw mlynedd lle nad oedd neb yn malio rhech a oeddwn i'n ddieuog neu beidio. Ches i ddim ond cell i mi fy hun yn ystod y misoedd dwytha 'na oherwydd 'mod i'n marw o gansar. A doedd hynny'n ddim ond rhag i mi styrbio rhywun arall wrth fynd yn sâl yn nos. A rŵan fy mod i allan o'r diwadd yn trio gneud y gora o'r amsar sgin i'n weddill, ma' pobol yn pwyntio bys eto fyth. Ma' rwbath yn cael ei fwrdro'n syth ar ôl i mi gael fy rhyddhau, a ma' hi'n "O, wel, 'di hi'n ddim syndod, rŵan bod 'na lofrudd allan yn cerad y strydoedd 'ma!" Sgynnoch chi ryw syniad sut ma' peth felly'n teimlo? Bod y ffycin jyngl-dryms yn dal yn fodlon fy ngweld i'n mynd i 'nghrogi am rwbath na dwi'm 'di'i neud?'

Wn i ddim pam dwi'n synnu fod ecs-con yn rhegi, ond oherwydd y parch a'r gwyleidd-dra ddangosodd Evans gynna, ma' hi fatha tasa'r 'ffycin' dwytha 'na newydd gael ei luchio oddi ar dafod John Elias ei hun. Ac os nad wyt ti'n gwbod pwy ydi hwnnw, dos i gwglo'r Methodistiaid Calfinaidd fel y buo'n rhaid i mi'i neud gin Eic pan ôn i'n gneud tamad i'r *Herald* am ddigwyddiad yng Nghanolfan Glanhwfa, Llangefni. Mae'i lun o ar y wal yn fanno – John Elias, nid Eic – hefo mygshots eraill o bileri cymdeithas. A wir Dduw i ti rŵan, erbyn meddwl, tasa Ronan Evans yn cael ei wisgo yn nillad y cyfnod, mi fasa'n debyg uffernol i hwnna welish i yn y llun. Golwg sîriys arno fo, 'lly ...

'Mono? Atab, wnei di? Ti isio panad?'

Mae'n debyg, tra fy mod i wedi zonio-allan am eiliad, fod Osh wedi diffiwsio rhywfaint ar y tensiwn drwy ofyn a oedd yna 'jans am banad, 'ta be?' 'Dan ni'n cael cyfle i neud llgada ar ein gilydd tra bod Evans drwodd yn y gegin, Osh yn codi'i aeliau'n ymholgar a finna'n rhyw nodio'n lled-gadarnhaol yn ôl arno fo. Mae hygrededd Evans yn dechra dod yn rwbath y medran ni gydio ynddo fo, ei daerineb yn argyhoeddi fwyfwy. Daw yn ei ôl hefo'r mygiau te o fewn munudau, heb roi digon o amser i ni siarad yn ei gefn o. Does yna ddim llefrith yn y banad, a dwi'n dallt, ar ôl mentro llymaid er mwyn bod yn gwrtais, pam ei bod hi'r un lliw â drafft Guinness: mae o wedi gadael y ti-bags yn stiwio yn y mygiau.

'Sbarci ôn i cyn i mi fynd i mewn,' medda Evans, yn cychwyn ar ei stori heb i neb ei bromptio. 'Ac un diwrnod mi gesh alwad gan Gresham y jiwlar i fynd yno i osod goleuada yn y cesys gwydr lle roedd y stwff. Wedi cael cownteri newydd, medda fo, ac angen eu weirio nhw i fyny, gosod bylbia ynddyn nhw ac ati. A finna'n meddwl: grêt; tsians i minna gael golwg slei ar y modrwya, achos mi oedd gin i gariad bryd hynny ...'

Mae o'n cymryd llowc sydyn o'r te poeth, fel tasa fo'n trio llosgi'i dafod yn fwriadol rhag gorfod deud ei henw hi. 'Dan ni'n deud dim byd. Crychu'n llgada'n wrol a llowcio'n paneidia'n hunain fatha dynion. Rhoi eiliad iddo fo.

'Dyna sut oedd fy mhrints i ar bob dim,' medda Evans wedyn. 'Ac ar y gwn oedd gynno fo.'

'Pwy, Gresham?'

Dwi'n nabod y tinc amheus yn llais Osh ac yn meddwl: shit, na, Osh. Cofia: 'dan ni'n rhoi tsians iddo fo egluro rŵan, dydan? Paid â'i dynnu o odd'ar ei strôc. Ond mae Evans yn ailgydio yn ei stori:

'Dyna pwy oeddwn i'n ei feddwl oedd o ar y pryd. Gwbod yn well erbyn hyn, dydw? Doeddwn i fawr o feddwl tra ôn i'n bodio ac yn byseddu'r gwn hwnnw fod yr Ilar Gresham iawn yn gorfadd yn y rŵm gefn yn barod mewn pwll o'i waed ei hun. Ac mi oedd y Gresham cogio'n gwisgo rhyw fenig jiwlar gwynion. Rhag llygru'r gemwaith wrth eu symud nhw o gwmpas, medda fo. Llwch a chwys oddi ar groen ac ati. Mi odd o wedi gneud ei hômwỳrc. Yn swnio fatha gemydd go iawn. A deud fod y gwn gynno fo i'w amddiffyn ei hun rhag lladrad rhyw dro. Ei estyn a'i ddangos i mi. Gofyn i mi afael ynddo fo, teimlo'i bwysa fo. Lot sgafnach na'i olwg. Dyna ddudodd o. Neb yn gwbod ei fod o gynno fo dan y cownter bob dydd medda fo, a chwerthin. Deud na fasa gynno fo'r un cwsmer tasan nhw'n gwbod hynny. Rôn i'n gweld hynny i gyd bach yn od ar y pryd, ond be wyddwn i?

'Beth bynnag, ar ôl i mi weirio'r ddau gábinet, mi ofynnodd faswn i'n picio drwodd i'r cefn i gael golwg ar ryw ffiws-bocs oedd yn fanno cyn i mi fynd. A dyna pryd welish i'r boi 'ma ar lawr a'r gwaed yn staenio'r llawr o gwmpas ei ben o. Y cwbwl dwi'n ei gofio wedyn ydi deffro efo uffar o gur pen, a'r gwn hwnnw y buo i mi afael ynddo fo funudau ynghynt yn fy llaw i.

Mi oedd 'na dwrw rwbath yn larmio, a chyn i mi gael tsians hyd yn oed i gofio be oeddwn i'n da yno, mi oedd y cops yn rhuthro trwy'r drws.'

'Pwy oedd o, 'ta?' medda fi, y prentis ditectif yn cael hyd i fy llais o'r diwedd. 'Y jiwlar-cogio?'

'Mi ddoth i 'ngweld i yn y slamar,' medda Evans. 'Cymryd arno mai fo oedd y gweinidog newydd yng nghapel Mam, a finna'n ddigon gwirion i dderbyn ei ymweliad.'

A fedra i ddim peidio meddwl eto am John Elias ar y wal.

'I be fasa fo'n gneud hynny, Ron?' medda Osh, yn rhoi llais i fy mhenbleth inna.

'I neud yn siŵr na faswn i ddim yn sbragio. Wyddwn i ddim be oedd ei enw fo, hyd yn oed. Nid nes i un o'r lleill sylwi arno fo, a gofyn be oedd Draco'n da'n dod am fisit.'

'Draco? Debyg i fampir, oedd? A ti'n gwbod ei enw iawn o erbyn hyn, wyt?'

Mae Evans yn sbio i fyw llygad Osh rŵan, yn gwbod nad oes gynno fo ddewis, ond deud y gwir.

'Yndw,' medda fo. 'Mi ddudodd fy mêt i'n jêl ei fod o'n fasdad peryg, ac nad oedd neb yn meiddio mynd yn groes iddo fo.'

'Yr adag honno, ia?' medda Osh. 'Mae o'n gwthio êti erbyn hyn, siŵr o fod, os oedd o'r un oed ag Ilar Gresham bryd hynny.'

Mae Evans yn dawel. Ac Osh yn pwyso.

'Felly be ydi'i enw fo, 'ta, Ron?' Yn ei lais paid-â-meddwl-malu-cachu-ma'-f'amsar-i'n-brin.

'Drake,' medda Evans, ac mae o'n gollwng anadliad hir fatha gwasgu ochenaid allan o falŵn. 'Enw iawn Draco ydi Elis Drake. Hwnnw sy'n gwbod y gwir.'

'Rhaid i mi ofyn, Ron,' medda Osh, er ei fod o'n amlwg wedi penderfynu'i fod o'n credu Evans erbyn hyn, 'er ei bod hi'n long-shot, ond tybed oes gin ti alibei ar gyfer y noson y bu farw Archie Cunningham?'

Ac mae Evans yn ateb Osh heb sychu'i geg, er mawr syndod i ni'n dau:

'Oes, tad. Ffrind. Greta Davies. Mi ddudith hi wrthach chi 'mod i hefo hi drw'r nos.'

'Be am rywun o'r enw Tomos Williams? Neu Tomi, ella? Nabod hwnnw?'

Anwybyddodd Evans y cwestiwn, drwy gynnig deud wrthan ni lle roedd y Greta 'ma'n byw. Doedd dim rhaid i Osh a fi ddwyn cipolwg ar ein gilydd i gadarnhau'n bod ni'n amau'r un peth: roedd Ronan Evans yn gwbod lot mwy nag oedd o'n fodlon ei gyfadda.

* * *

Mae'r cyfarwyddiadau gawson ni gin Evans yn anodd i'w dilyn, a 'dan ni'n mynd ar goll ddwywaith ar y ffordd i dŷ'r Greta 'ma. Gan fod Osh â'i ben yn ei ffôn y rhan fwya o'r amser, does gin i ddim dewis ond trio gneud synnwyr o'r hyn ddudodd Evans, a dwi ddim isio gneud mwy o dwat ohona fi fy hun na dwi wedi'i neud yn barod wrth i ni gychwyn allan heddiw. Mae o'n fy nharo fi, wrth i 'nghar bach druan i gnoi'i hun allan o dwll arall yn y lôn, fod Evans wedi'n hanfon ni yno'n fwriadol ar hyd y ffordd hira a'r fwya dyrys dim ond er mwyn bod yn ffycin ocwyrd eto.

Neu er mwyn rhoi cyfle iddo rybuddio'r ddynas 'ma fod yna ddau dditectif preifat ar y ffordd i'w holi hi. Ia, cofia, dyna ydw inna hefyd erbyn hyn. Mwy o 'ddic' nag o 'breifat' heddiw ella, ond erys y ffaith ...

'Mi fydd hon wedi cael cyfle i'w gluo hi erbyn i ni gyrraedd,' medda fi. Dwi wedi laru, dwi isio bwyd, ac roedd panad Ronan Evans yn shait.

'Mi wnes inna feddwl ei fod o'n cael hwyl am ein penna ni i ddechra drwy'n gyrru ni ffor'ma,' medda Osh, yn syndod o on-ddy-bôl o ystyried ei fod o wedi bod yn tsiecio negeseuon ar ei ffôn ers y deng munud dwytha, 'ond erbyn meddwl, does yna ddim un ffordd arall o gyrraedd y lle, yn ôl pob golwg, 'sti. Mae'i thŷ hi mewn lle diarffordd uffernol. 'Sa waeth iddi fod yn byw drws nesa i Rich ddim, ar ochor y blydi mynydd 'na.'

Ond wedi i ni gael hyd i'r lle o'r diwedd, mae harddwch siabi'r hen dŷ trillawr yng nghanol clwstwr o goed yn dra gwahanol i fwthyn bach clyd Rich T. Mae'r tywydd wedi dechra byta'r paent oddi ar y drws coed, ond mae hynny hefyd yn hardd yn ei ffordd, yn union fel y ferch sy'n ei agor o. Mae hi'n dynn ar ei hanner cant, ond mi fedri di ddeud y bydd rhywun fel hi'n dal i edrach yn dda'n bedwarugain. Dwi'n gweld Osh yn sylwi ar yr un symlrwydd urddasol sydd o'i chwmpas hi: jîns, crys du hir, sgarff yn clymu'i gwallt tywyll, a breichled fach aur ddiymhongar i addurno'r cwbwl. Ond mae ôl gwaith ar ei dwylo – dim gwinadd hir paentiedig, dim modrwyau. Dwylo rhywun sy'n garddio ydyn nhw, yn ôl y myrdd o botiau blodau, y basgedi llwythog o bobtu'r drws a'r tylwythtegwch yn llechu'n amlwg tu ôl i'r giât uchel, gul sy'n arwain i gefn y tŷ.

'Y ddau dditectif,' medda hi'n llyfn, yn amlwg wedi cael yr heds-ỳp gin Evans cyn i ni gyrraedd.

Fedra i ddim peidio chwyddo 'mrest rhyw fymryn fatha robin goch wrth glywed fy swydd-ddisgrifiad yn llithro mor swynol dros wefus y Julia Roberts lwc-aláic yma, dim ond i deimlo'r gwynt yn gillwn ohona i'n syth wedyn wrth i Greta Davies neud y llgada-sbanial y mae'r rhan fwya o ferched yn ei neud wrth gyfarch Osh am y tro cynta. Wn i ddim cweit be sgin y basdad jami, ond mae hi'n amlwg na fydd o ddim gin i byth, ni waeth faint o seboni wna i ar bobol.

Dwi'n meddwl mai *boho chic* ydi'r term y basa Anji'n ei ddefnyddio i ddisgrifio'r decor. Hollol wahanol i chwaeth Gwenith Llynon, gwraig yr actor coll y buon ni'n archwilio i'w ddiflaniad llynedd, pan gafodd hi a fi'n boddi mewn moethusrwydd o hufen a gwyn gwydrog ar ôl camu dros y trothwy. Dydi tŷ Greta ddim yn lle tynnu-sgidia-wrth-y-drws; llai o sglein ond mwy o liw na thŷ'r Llynons 'na. Mae'r hen soffa feddal yn ein llyncu ni ac yn ein lluchio ni at ein gilydd nes bod penna-glinia Osh a fi'n twtshad, ac mae ogla lledar ei siaced o'n fflydio'n ffroena fi. Dwi'n dringo fatha rwbath hefo cragan i ben arall y soffa, sy'n mynnu trio fy nghrafangu fi'n ôl at wres pen-glin fy mòs. Mae o'n sbio arna i trwy gil ei lygad, ac mi faswn i'n taeru fod ynddi dwincl o ddireidi. Dwi'n addoli'r boi, yn ei edmygu o, isio bod 'run fath â fo, ond mae'r cwbwl yn mynd yn un cawdal yn 'y mhen i nes bod o'n teimlo fatha taswn i mewn cariad hefo fo ...

Shit. Ffyc. Ella mai dyna pam fod gin i hanas mor drychinebus hefo genod. O achos dydw i ddim cweit yn teimlo'r hyn ddylwn i fod yn ei deimlo, hyd yn oed pan fydd petha'n mynd yn iawn. Hefo Cat Llywarch. Hefo Nola. Roedd yna rwbath bach ar goll bob tro. Rŵan hyn, dwi'n fy nheimlo fy hun yn mynd yn bob un o'r lliwia sydd ar y glustog tu ôl i mi – gwyrdd, piws, coch – fatha'r genau-goeg mawr hwnnw yn fforestydd glaw Madagascar, a dwi mor uffernol o boeth fasa waeth i mi fod yn fanno ddim. Pam bod y bydysawd wedi dewis y foment hon, lle dwi'n boddi mewn embaras a chlustogau a lle mae yna Fwda aur boliog yn syllu arna i oddi ar garreg yr aelwyd, i mi gael y ffasiwn weledigaeth?

'Mono, sym' i fyny. Ti'n fy mygu fi, mêt.'

Mae Julia Roberts wedi mynd drwodd i neud panad i ni. Mi fydd yn amhosib, o leia, i honno fod yn waeth na'r un ddwytha gafon ni.

'Sori. Y soffa 'ma sy ...'

'Stedda ar y pwffi 'na, yli, i ti gael mwy o le. Ma' hi braidd yn gyfyng i ni'n dau ar hon.'

A jyst fel'na, mae Osh yn sbydu'r chwithdod, a daw Julia – Greta – yn ei hôl hefo rwbath gwyrdd, diarth yr olwg mewn cwpanau gwydr. A dwi'n sylweddoli am yr eildro heddiw pa mor bosib y gall y ffycin amhosib fod wedi'r cwbwl ...

'Te *matcha* hefo lemon,' medda Greta. 'Llawn o antiocsidants.'

Dwi'm yn cofio gofyn amdano fo, ond yng nghanol fy epiffani gynna mi fasa cofio enw fy nain wedi bod yn her.

'Difyr iawn,' medda Osh, a dwi'n sylweddoli bryd hynny na chawson ni ddim dewis.

'Sut fedra i'ch helpu chi, 'ta?'

Mae hi'n ddi-lol, yn dod yn syth at y pwynt, a dwi'n ddiolchgar o achos dwi isio mynd o'ma. Isio aer. Mae ogla rhyw gannwyll neu'i gilydd yn rwla'n dechra catsho 'ngwddw fi. Ac mae hithau'n gwbod yn iawn sut medar hi'n helpu ni. Felly dwi'n rhoi sgwd i mi fy hun, ista cyn sythed ag y galla i ar y pwffi mandala ac yn plymio i'r dwfn ('dangos blaengaredd' oeddan nhw'n ei alw fo ar riports ysgol erstalwm):

'Mae Mr Evans yn siŵr o fod wedi'ch rhagrybuddio chi, Miss Davies,' medda fi, 'nad ydan ni ddim ond isio i chi gadarnhau'i fod o hefo chi ar noson y pymthegfed.'

Mae Osh yn gneud sŵn tagu, ac mae Greta Davies yn gneud sioe fach o sipian ei the gwyrdd – dwi'n siŵr nad ydi hithau ddim mor cîn â hynny ar ei flas o chwaith, dim ond ei bod hi'n gneud ati i fod yn 'amgen' – cyn ateb yn llyfn:

'Doeddech chi ddim yn disgwyl i mi ddeud dim byd gwahanol, debyg?'

Ac yna, ar amrantiad, ei wddw wedi'i glirio, mae Osh yn cymryd rheolaeth mewn llais cyn llyfned ag un Greta'i hun:

'Ydi'r enw Tomos Williams yn golygu unrhyw beth i chi, Miss Davies?'

'Mae o'n enw cyffredin,' medda hi'n amwys. 'Beryg fy mod i'n nabod lot ohonyn nhw.'

O, mae hon yn dda. Yn atab heb symud ei llgada, fatha neidar.

'Traffig warden ydi o. *Oedd* o. Maen nhw newydd ddarganfod ei gorff o dan amgylchiadau amheus iawn.'

Fy nhro fi ydi sbio'n syn rŵan. Dwi'n amau a ydi'i hitio hi hefo'r hyn oedd gan Liam i'w ddeud wrtho ar y ffôn gynnau'n beth doeth. Ond mae Osh yn dal i holi:

'Oeddach chi'n nabod Arthur Cunningham yn bersonol? Neu 'dach chi'n nabod ffrind iddo fo, ella? Elis Drake, neu "Draco" i'r rhai agosaf ato, meddan nhw.'

Dwi'n sylwi nad ydi o'n datgelu pwy ydi'r 'nhw' roddodd y wybodaeth honno iddo fo chwaith.

'Dach chi'n fy mombardio fi hefo cwestiynau na fedra i mo'u hateb, Mr O'Shea. Yr unig beth fedra i ddeud wrthach chi ydi fod Ro ... Mr Evans yma hefo fi drwy'r nos ar y noson maen nhw'n honni i'r Cunningham 'ma gael ei ladd. Mae hyd yn oed fy mhostman i'n dyst i hynny oherwydd mae'n debyg

163

iddo'i weld o yma yn ei byjamas a'i ddresing-gown fore trannoeth. Dwi wedi cadarnhau hynny i chi, felly does yna ddim byd mwy i'w ddeud, mae arna i ofn.'

Mae hi'n codi ar ei thraed wrth ddeud hyn er mwyn ei gneud hi'n berffaith glir – heb cweit ofyn 'Pa ran o ffyc-off 'dach chi ddim yn ei ddallt?' – ei bod hi'n hen bryd i ni'i throi hi.

'Mae hi'n gwbod nad oes raid iddi siarad hefo ni,' medda Osh unwaith y caeodd hi'r drws tu ôl i ni, ei gôt ledar o'n gwichian wrth iddo'i neud ei hun yn gyfforddus yn sedd y teithiwr.

Ac mae 'nghar bach i'n teimlo'n llai fyth, a sgin i nunlla i ddingyd iddo rhag y lobsgows o deimlada sy'n codi i ferwi yn 'y mhen i. Am resymau nad ydw i ddim cweit yn eu dallt, mae 'na beryg i'r berw ddwad allan trwy'n llgada fi, achos dwi'n teimlo y basa hi'n rhyddhad uffernol cael crio.

'Mono?'

'Ia?'

'Be ddudish i ŵan?'

'Be? O, ym ...'

'Be sy? Ma' rwbath ar dy feddwl di, does?'

Shit. Mae o wedi sylwi fy mod i'n bod yn wiyrd. Wrth gwrs ei fod o. Osh ydi o, wedi'r cwbwl.

'Na, wir. Dwi'n ...' Mae'r gair ola'n sticio yn y nghorn gwddw fi. 'Jyst isio mymryn o awyr iach.' Dwi'n parcio'n gam fatha Basil Fawlty yn y lei-bai agosa, ac yn llwyddo i neud twat y ganrif ohona i fy hun drwy neidio allan o'r car, 'y ngheg i'n llyncu gwacter fatha sgodyn ar goncrit, ac Osh yn fy nilyn i fel tasa fo ofn fy mod i'n cael hartan.

'Mono? Ti'n sâl, 'rhen fêt?'

Dwi'n meddwl mai hynny sy'n agor y fflodiat. Y gair 'mêt'. Rwbath na fedra i byth fod i Osh rŵan. Nid a finna'n dechra teimlo fel hyn. Wn i ddim be'n union ydi 'hyn', chwaith; dwi jyst yn conffiwsd i gyd; ddim yn gwbod be dwi isio; ddim yn gwbod pwy ydw i. Ella mai strès ydi o ...?

'Odd hi'n shit meddwl bod chdi 'di marw,' medda fi, yn sychu 'nhrwyn hefo cefn fy llaw ac yn igian fatha hogyn ysgol.

'Mêt ...'

Y gair 'mêt' eto, ac mae o'n camu tuag ata i i afael amdana i a dwi'n bagio'n ôl, hefo fy 'sori' a fy sych drwyn a fy ymddiheuriad cloff:

'Na, paid, fiw i mi ...'

'Be ti'n ...?'

'Mi ... mi laswn i fod yn hoyw!' Dyna fo. Dwi wedi'i ddeud o. Rhyw fath o'i ddeud o ...

'Ty'd yma'r diawl gwirion.'

Ac mae o'n rhoi hỳg i mi eniwe, uffar o man-hỳg mawr saff, y math o hỳg na roddodd Dad i mi erioed, ac mae o'n ganiatâd i mi biso crio'n fregus braf a tsiansio medru meddwl ella nad ydw i'n dwat wedi'r cwbwl.

'Hwda,' medda Osh, yn palfalu ym mhoced ei siaced, 'cỳm hwn, achos sgin i'm tisiw.'

Dwi'n sbio'n sobor ar y J-Cloth glas a gwyn, ac mae 'nghnadu fi'n bygwth troi'n chwerthin ar amrantiad.

'Rhain ma' Rich yn iwsio i godi sglein ar yr *alloys*. Ar ôl golchi llwch brêcs odd'ar olwynion beic,' ychwanegodd. 'Hwn yn 'y mhocad i ers dwrnod o'r blaen, yli, ac mae o'n berffaith lân.'

'Ti'm yn gall, Osh,' medda fi.

'Na chditha, Mons, os oeddat ti'n meddwl am funud y basa be ti newydd ei ddeud yn gneud iot o wahaniaeth i mi, nac i neb arall ohonan ni. Ôn i wedi amau, p'run bynnag ...'

'Be ti'n feddwl?'

'Wel, dydi o ddim yn rwbath sydd wedi taro yn dy ben di dros nos, nac'di? A dio'm yn rwbath i ti fod gywilydd ohono fo. Er dy fod ti wedi bod yn ei gwffio fo.'

'Sut ti'n gwbod?'

'Gwbod faint o ddeinasor ydi dy dad dw i, 'de. Gwranda ...'

'Dwi'm isio cael y sgwrs yma hefo hwnnw.'

'Ffêr-inýff.'

'Dydi o'm fatha chdi.'

'Gymra i honna'n gompliment – dwi'n meddwl.'

A dwi'n deud yr union beth na ddylwn i ddim, nid yn unig am fod Osh yn strêt, ond am ei fod o'n fòs arna i. Mi ddisgynnodd o 'ngheg i fatha tshipsan rhy boeth.

'Dwi hyd yn oed wedi bod yn dy ffansïo di.'

'Wel, wyt, siŵr Dduw! Tydi pawb? Wel, heblaw Rich, ella ...' Ac mae o'n rhoi pwniad chwareus i mi, normaleiddio popeth yn ei ffordd unigryw ei hun, a dwi'n dallt sut basa unrhyw un, yn ddyn neu'n ddynas, yn medru mopio amdano fo. Mae Anji Kiely angen darllen ei phen. Fel y darllenodd yntau fy meddwl inna'r eiliad 'ma.

'Biti ar y diawl na fasa Kiely'n deud yr un peth wrtha i.'

Dwi'n chwythu 'nhrwyn yn swnllyd i'r J-Cloth, yn dechra teimlo'n fi fy hun eto, yn methu'n glir â dallt sut y gallwn i fod wedi bod mor ocwyrd yng nghwmni Osh gynna. Dwi'm yn mynd i stopio'i ffansïo fo dros nos, os wna i byth, ond mae cyfadda'r gwir – neu be dwi'n rhyw amau ydi'r gwir – wedi llacio fy strêt-jacet (pardyn-ddy-pỳn, os mai dyna ydi hwnna) emosiynol i, cyfiawnhau pwy ydw i i mi fy hun, nid yn unig i Osh. Be dwi ddim yn ei ddallt ydi fy mod i'n lecio bod hefo genod hefyd. Mae hynny'n ormod i'w drafod hefo Osh rŵan hyn, er fy mod i'n teimlo bellach y medra i ymddiried unrhyw beth ynddo fo. Ond mae yna rai dirgelion y maen rhaid i mi eu gweithio allan ar fy mhen fy hun hefyd, ac mae hynny'n ocê. Yn fwy nag ocê, deud y gwir, yn enwedig ag Osh yn deud fod Enlli, merch Nicola, yn chwilio am rywun i rannu tŷ hefo hi yn Dre, ac y dylwn i feddwl am ei holi hi, taswn i'n teimlo'r awydd i symud allan i gael mwy o ryddid oddi wrth Dad a'i ragfarnau. Dwi'n teimlo ella bod fy mywyd i'n dechra go iawn, a dwi'n dreifio'n gallach ac yn brecio'n esmwythach ar y ffordd yn ôl. Nes bod Osh yn gweiddi 'Stop am funud!', a gneud i mi fowntio'r pafin o flaen siop Spar wrth i hen gojar hefo pulpud roi'r bys canol i mi, a doedd yr uffar ddim hyd yn oed yn bwriadu croesi'r lôn.

'Ffoc!' medda fi. 'Be sy? Ti'n ocê?'

'Rîfflecs da iawn gin ti'n fanna, Mons. Bac-on-fform, boi.'

'Ia, ond pam y dramatics, a'r imyrjynsi-stop?'

'Isio amsar i feddwl dwi, 'de?'

'Osh, ti'n gwbod bellach 'mod i'n dy ffycin addoli di (dwi hyd yn oed yn medru gneud jôcs am y peth rŵan heb feddwl ddwywaith! Hapi-dês ...) ond ma' gweiddi fel'na a rhywun yn trio cónsentretio'n uffernol o beryg, 'de?'

'Medda'r boi wnaeth ei ora gynna i droi pob cath ar y lôn yn gasiwalti. Gwranda, welist ti'r tships yn y bowlan yn nhŷ Greta Davies?'

'Be? Oedd hi wedi gneud tships i ni ...?'

Roedd clywed hynny'n dipyn o syndod, ond mi fasa'r ddynas wedi medru gneud ffish, pys a chyri sôs i fynd hefo nhw hefyd, a faswn i ddim wedi sylwi yng nghanol y creisus hunaniaeth roeddwn i yn ei ganol o bryd hynny.

'Dim tships fel'na, naci'r mwnc? Tships gamblo. Y petha crwn bob-lliw 'na ti'n eu cael mewn ...'

'Dwi'n gwbod be ydi tships gamblo,' medda fi, chydig yn fwy tytshi nag oeddwn i wedi bwriadu bod, dim ond am fy mod i'n teimlo fel ditectif cachu am beidio sylwi ar y manion.

'Roeddan nhw ar y shilff lyfrau tu ôl i lle roedd hi'n ista,' medda Osh, 'ond roedd hi'n anodd i ti fedru gweld o'r lle roeddet ti ar y pwffi hwnnw, chwarae teg. Jyst meddwl bod llond desgil o betha felly'n anghydnaws â gweddill y tŷ os mai dyna'i syniad hi o ornament. A chofio wedyn am y cardia chwarae ar gorff Cunningham. Mae 'na esboniad syml, ma' siŵr. Fi sy'n gorfeddwl, ella. Dwi'n gweld gormod o arwyddocâd mewn petha weithia ...'

Mae o wedi'i neud o eto: defnyddio'r ddawn honno sydd gynno fo o esmwytho petha, gneud i mi deimlo'n llai chwithig a dwl hefo rhyw sylwadau ffwrdd-â-hi fel'na. Cyn i mi agor fy ngheg i ddiolch iddo, neu ymddiheuro, neu be bynnag ffwc arall fasa wedi gneud i mi edrach yn fwy fyth o ddic-hed, cafodd Osh decst.

'Kiely,' medda fo. 'Awê, Mons. Rhaid ufuddhau i'r alwad. Ma' hi'n disgwyl amdana i yn yr offis 'cw. Tân 'dani.'

A ffwcia'r cathod, medda finna wrtha fy hun, wrth roi bys yn ôl i foi'r pulpud a throed ar y sbardun 'run pryd, gan adael sgrech teiars ar ein holau ni fatha Gene Hunt yn *Ashes to Ashes*. Mae'r un sglein yn llgada Osh ag oedd yn llgada hwnnw pan ddechreuodd o fopio am gymeriad Keeley Hawes yn y gyfres honno, a rhywsut mae hynny'n help i minna gofio fy lle. Yn gosod terfynau ac yn gneud petha'n haws. Mae Osh yn secsi uffernol, ond mae o'n strêt, a cha' i byth mohono fo. Anji mae o'i hisio, a dwi'n gobeithio go iawn y medar o'i hennill hi'n ôl.

Ond dyna lle mae tynnu'r lein yn bwysig, 'de?

Rhwng ffaith a ffantasi. Ti'n cydnabod y ffaith, ac yn byw'r ffantasi.

Wel, yn dy ben, beth bynnag. O achos na ŵyr neb be ti'n ei greu i dy gynnal yn dy ffatri freuddwydion dy hun.

A thanc-ffyc am hynny, dduda i.

Wotefŷr-gets-iw-thrw.

LLYSIAU'R BLAIDD
ACONITUM NAPELLUS

Newydd ddechra mae hi. Mae hi'n lyfli o hogan, ac mae o'n lwcus i'w chael hi i ofalu amdano. Mae hi'n lot haws gwneud hefo hi na'r un o'r merched eraill fuo yno'n gwneud bwyd iddo fo ac yn llnau. Mae hi'n ei atgoffa o rywun, ond fedar o yn ei fyw gofio pwy. Ac mae gan hon amser i siarad hefo fo, yn dod ag ambell deisan mae hi wedi'i phobi'i hun iddo, a phaneidiau o de llysiau mewn fflasg iddo fo drio. Fuo ganddo erioed fawr o fynadd hefo rhyw stwnsh felly. Wastad wedi meddwl amdano fo fatha te dynas. Ddoe mi gafodd deisan lemon a the mintys. Ac mi steddodd hitha a'i rannu o hefo fo. A diawl, mi oedd o'n syndod o dda.

'Ma' isio i chi yfad mwy o hwn,' medda hi. 'Mi neith les i'ch stumog chi. Ma' mint yn help at ddiffyg treuliad.'

Un dda ydi hi. Mae o'n edrych ymlaen rŵan at ei hymweliadau hi. A dydi hi ddim yn gwastraffu amser yn cwcio'i fwyd o yno chwaith; mae hi'n dod â fo hefo hi wedi'i baratoi'n barod.

'Llai o lanast ar eich cegin chi, a mwy o amser i minna ista i gael panad a sgwrs hefo chi, Elis,' medda hi.

Ond iesgob, mae hi'n lanwaith. Yn gwisgo'r menig bach plastig 'na cyn iddi gyrraedd, ac yn dal i'w gwisgo wrth iddi adael.

'Eich cadw chi'n saff rhag unrhyw aflwydd,' medda hi, ac ychwanegu dan chwerthin: 'Beth bynnag, os tynna' i nhw rŵan, fydda i ddim yn medru'u rhoi nhw'n ôl. Fedar rhywun ddim bod yn rhy ofalus. Ma'r hen Govid hwnnw'n dal i lercian o hyd.'

Heddiw, mi ddoth hi ag anrheg iddo fo. Rhyw declyn bach tebyg i ffôn. Ac mi fynnodd ei roi o'n sownd wrth ymyl cloch drws y ffrynt.

'Er mwyn i chi fedru gweld pwy sy 'na,' medda hi.

'Mi fedra i neud hynny wrth sbio drwy'r ffenast, 'mechan bach i,' medda fynta, ond wrth ei fodd yn ddistaw bach fod ganddo fo rywun yn ei fywyd bellach oedd yn malio digon i ddod â phresantau iddo fo.

Mynnodd ei fod o'n mynd allan wedyn, ar ôl iddi wneud yn siŵr fod y lluniau ohono fo'n mynd i'w ffôn er mwyn iddi allu eu dangos nhw iddo fo, a sefyll yno, ar riniog ei ddrws ei hun.

'Er mwyn testio'i fod o'n gweithio,' medda hi. A chwerthin eto. 'Mi gewch chi dynnu stumia doniol os leciwch chi.'

Felly dyna wnaeth o, i'w phlesio hi. Cyn iddo fo ista i gael ei banad.

Mae'r hogyn yn cadw llygad arno fo, wrth gwrs. Dydyn nhw ddim yn perthyn drwy waed, ond mae o'n meddwl amdano fel ei nai. Ddim cweit yn fab, ond y peth agosaf. Mae o'n ei frolio fo wrthi:

'Er ei fod o'n brysur, mi fydd yn fy ffonio fi bob nos a bora fel watsh er mwyn tsiecio fy mod i'n fyw! Ac os na cheith o ateb, mi ddaw yma ar ei union i weld ydw i'n iawn. Ma' hynny'n gysur mawr i mi yn fy henaint.'

'Chwarae teg iddo fo,' medda hitha'n glên, 'mae'n rhaid fod gynno fo feddwl mawr ohonach chi.'

'Fi ddaru'i fagu o, fwy na heb, ar ôl iddo fo golli'i dad yn ifanc,' medda fo, brolio dipyn, yn agor ei galon iddi fesul mymryn bach am fod ganddi llgada ffeind.

'Mi ffonith o chi heno hefyd felly?' medda hi, yn gweld ei llgada fynta'n meddalu am ei bod hi'n dangos consýrn.

'O gneith, tad. Ac os na wna i ateb …'

'O, wnewch chi mo'i siomi o, dwi'n siŵr,' medda hi gan estyn y deisan ffrwyth a'r fflasg te llysia o'i bag.

'Mintys ydi hwn eto, ia?' Achos ei fod o'n dechra arfer, yn dechra edrych ymlaen.

'Syrpréis,' medda hi, yn tywallt i'r gwpan fach tsieina honno mae hi'n ei chario hefo hi, yn mynnu bod cwpan denau'n gwneud y ddiod yn fwy sbesial.

Dydi o ddim yn gwybod pa ddail sydd yn y te, na faint o fêl sydd ynddo i ladd y blas chwerw. Ŵyr o ddim chwaith pa mor hardd ydi'r blodau ar y planhigyn hwnnw, na sut effaith geith y te a wnaed ohono arno fo nes teimlith o'i dafod yn llosgi, a'r chwys yn cronni ar ei dalcen.

Ond mae hi'n gwybod yn iawn. Yn gwybod fod ganddi ddigon o amser i hel ei phac. Yn gwybod y cymrith hi rhwng ugain munud a dwyawr i symptomau'r gwenwyn ddechra'u hamlygu eu hunain, ac yn rhyfeddu eto pa mor addas fydd yr enw 'llysiau'r blaidd' pan ddaw'r dannedd pigfain 'na i'r golwg wrth iddo gwffio am ei wynt am yn ail â chwydu'i berfedd.

Mi adewith hi cyn iddo fo ddechra mynd yn sâl. Mi ofynnith yntau pam ei bod hi'n gadael trwy'r cefn heddiw. Ac mi atebith hi:

'O, rhag i mi ddrysu'r camera newydd sydd yn ymyl y drws. Ma' peth fel'na angen rhyw hanner awr i setlo, heb neb yn mynd a dwad, ylwch.'

A rhyfeddu bod y rhan fwya o hen bobol mor hawdd i'w twyllo, yn enwedig hefo unrhyw fath o dechnoleg. Mae ganddyn nhw ofn hwnnw, felly mi lyncan nhw beth bynnag ddudith rhywun. Ac mi fedar hitha ddiflannu'n dawel, heb adael dim o'i hôl, yn saff y bydd unrhyw ffwtej o'r *doorbell cam* yn dod yn syth i'w phoced hi.

Fydd hi ddim yn disgwyl gweld bod yr ardd gefn wedi tyfu mor wyllt, ac mi fydd hi'n diawlio'n uchel pan fydd y fiaren gynffonnog honno'n codi o ganol y drysi sy'n hanner cuddio'r llwybr ac yn rhwygo ar draws ei garddwrn fatha cripiad cath. Ond fydd hynny ddim yn cyfri; mi fydd hi wedi llwyddo yn yr hyn roedd hi wedi bwriadu'i wneud.

Does ganddi hi ddim euogrwydd. Wel, dim mwy na fasa ganddi tasa hi newydd sathru cocrotshian. Mi fydd yr hen ddyn wedi dechra oeri erbyn daw galwad ffôn y 'nai'. Erbyn cyrhaeddith hwnnw, mi fydd yn oerach fyth. Di-droi'n-ôl. Mae hi'n dychmygu'r sioc ar ei wyneb o pan welith o'r corff. Biti, a dweud y gwir, na fasa hi wedi medru'i osod o ar ei gefn, ei ddwylo ymhleth ar draws ei frest fatha'r Draciwla go iawn. Ond hei-ho, meddylia; fedri di ddim cael popeth. Mae hi'n hollol ffyddiog na cheith neb arall hyd i'r corff am sbel. Mi fydd ei ymwelydd heno'n ddigon call i synhwyro nad trawiad calon oedd achos marwolaeth ei ewyrth mabwysiedig, ac mi fydd yn ei heglu hi cyn i neb ei osod o yn y ffrâm. Fo, wedi'r cyfan, ydi unig etifedd Elis Drake. Ac mi fydd hitha wedi gadael ei marc; cliw bychan, bach na fydd hyd yn oed yr heddlu'n gwybod lle i chwilio amdano.

Ond mi fydd *o*'n gwybod.

Moretti.

Yn gwybod ei fod o wedi colli'i bŵer drosti.

Fod yr esgid ar y droed arall rŵan.

Fydd o ddim cweit yn gwybod chwaith sut afael fydd ganddi arno fo. Mi fydd o wedi sychu olion ei fodiau oddi ar ddyrnau'r drysau ar frys, a mynd heb hyd yn oed sylwi ar newydd-deb cudd y *doorbell cam* sy'n toddi i liw'r brics o'i gwmpas fatha gwyfyn ar risgl.

Ond hwnnw fydd ei hachubiaeth hi: y tamaid bach llgadog 'na o dechnoleg sydd yn cuddio yng ngolwg pawb. Mi dynnith luniau Tony Moretti'n cyrraedd ac yn gadael, heb aros i riportio corff Elis Drake, y dyn a adawodd bopeth iddo yn ei ewyllys. Dim ond disgwyl fydd raid iddi, ac mi welith hitha Moretti toc, wedi'i fframio'n ddel ar gledar ei llaw.

GWYNETH

Mae hi'n sefyll yn y cysgodion, yn disgwyl am gloch y drws. Roedd hi wedi sylwi ar hogan Meirwen yn dod draw, wedi clywed sŵn ei thraed hi'n croesi'r patshyn bach o ro mân rhwng y ddau dŷ, yn hytrach na thrafferthu i gerdded i'r gwaelod a dod i fyny'r dreif yn iawn. Dyna fyddai pawb yn tueddu i'w wneud, y postman, y dyn-darllen-mîtar. Pawb yn rhy ddiog i gerdded dau gam. Roedd hynny'n ei gwylltio hi erstalwm, ond erbyn hyn mae hi wedi dewis be sy'n bwysig. Be i boeni amdano fo, a be i'w stwffio i waelod ei meddwl o dan weddill y jymbl o euogrwydd a dicter a difaru; a hynny'n ddifaru am yr hyn *na* wnaeth hi, gan amlaf, yn hytrach nag am y pethau na ddaru hi ddim.

Mae yna ran ohoni'n gobeithio na wneith Angharad ddim ond stwffio'r amlen trwy'r drws, a mynd. Ond eto, mae rhan arall ohoni wedi'i chymell i sbio yn y glàs yn yr hôl rhag ofn bod ei gwallt wedi pantio yn y cefn ar ôl iddi ista cyn hired yn ei chadair freichia gefnuchel. Ar ganiad y gloch, mae hi'n cau drws y gegin rhag ogla-gneud-bwyd ac yn agor botwm isa'i chardigan er mwyn i honno orwedd yn daclusach dros ei bol. Dydi rhywun byth yn gwybod, nac'di …?

'Mam isio i mi ddwad â hwn i chi. Ddrwg iawn gin i am eich profedigaeth chi, Gwyneth.'

''Dach chi am ddwad i mewn am funud?'

Doedd hi ddim yn disgwyl i Angharad dderbyn y gwahoddiad, a dydi hi ddim yn siŵr ydi hi'n difaru gofyn ai peidio. Ond mae gan y ferch wynab agored bob amser. Clên. Cymell rhywun i gynnal sgwrs, 'lly. Gwahanol iawn i'w mam, meddylia Gwyneth. Mae hi'n gwneud cymwynasau o'i chalon â'i chymdoges oedrannus, ond yr unig sgwrs sydd gan Meirwen Kiely ydi honno amdani hi'i hun. Mae hi'n brolio'i merch byth a hefyd, ond tybia Gwyneth bob amser mai ffordd o'i brolio hi'i hun ydi hynny, yn y bôn, ac nad ydi Angharad yn elwa dim o'r ganmoliaeth honno.

'Gymrwch chi banad?'

Dyna hi eto, ei cheg hi'n cael blaen ar ei synnwyr hi. Pam na fasa hi jyst wedi diolch a chau'r drws? Oes yna ran fach ohoni, tybed, sydd isio ymddiried yn rhywun, yn enwedig ag Arthur wedi mynd? Alwon nhw erioed mohono fo'n Archie adra. Enw a roddodd pobol eraill iddo fo oedd hwnnw. Nid eu bod nhw erioed wedi rhannu'r un 'adra' chwaith. Yr un tad, ia. Yr un aelwyd? Sgersli. Roedd deuddeng mlynedd rhyngddyn nhw. Pan gollodd Arthur ei fam yn ddeg oed, cafodd ei fagu gan ei fodryb, chwaer ei fam. Ddwy flynedd yn ddiweddarach, priododd ei dad – eu tad – hefo'i mam hitha, a oedd eisoes yn feichiog hefo Gwyneth ar y pryd. Roedd Arthur Cunningham felly'n ddyn ifanc yn ei ugeiniau a hithau heb eto gyrraedd ei harddegau, ond roedd bwlch mwy na blynyddoedd rhyngddyn nhw. Chlywodd Arthur erioed eirda am ei mam o enau'i fodryb, a wnaeth joban reit dda o'i droi'n erbyn ei dad hefyd am i hwnnw gymryd gwraig mor sydyn ar ôl colli mam ei blentyn cynta.

'Ma' deinamig pob teulu'n wahanol,' medda'r ymgymerwr wrthi, pan eglurodd hitha nad oedd angen iddo gydymdeimlo'n llaes; necst-o-cìn oedd hi. Bish-bash-bosh. Doedd dim perthnasau eraill ar ôl i'w gladdu o.

''Dach chi isio dewis darlleniad?' medda fo wedyn. A hitha'n ateb:

'Nac oes, pigwch chi rwbath.'

'Mae yna ddarn a gweddi barith saith munud, neu mae yna ddewis o chwarter awr ...'

'Neith saith munud.'

Pigo arch a oedd eisoes mewn stoc. Ia, tad, polishd-ôc a handls bràs yn tsiampion. Na, doedd hi ddim isio'i gweld hi, diolch yn fawr. Na'i weld yntau chwaith. Cariwch ymlaen. Unrhyw beth i gael y cyfan drosodd cyn gynted â phosib. Glan bedd yn unig, a dim byd yn y *Daily Post*. I be, 'de? Pwy arall o'i grônis doji o oedd yn dal yn fyw bellach i falio dim, p'run bynnag? Wsos nesa mae'r cnebrwn. Wneith hi ddim prynu'n newydd: mae ganddi gardigan ddu orau, a chôt nefi-blŵ. Mi wnân y tro. Digon parchus fyth. Ac mi ddangosith hitha fwy o barch nag y mae'r basdad yn ei haeddu ...

Edrycha ar y llawysgrifen ar yr amlen wen a nabod y llythrennau cynffonnog. Dim ond yr hen Elis hwnnw oedd yn ei galw hi'n 'Miss Cunningham' erstalwm. A hynny mewn rhyw hen ffordd smala, drioglyd. Trio'i lwc. Yn gwybod ei bod hi'n hanner chwaer i Arthur. Yn gwenu'r wên fleiddaidd honno nad oedd hi'n cweit cyrraedd ei llgada fo. Mae hi'n taro cardyn Elis Drake ar fwrdd bach yr hôl heb ei agor, â ias yn ei cherdded, yn ymwybodol nad dim ond merch Meirwen drws nesa oedd yn ista drwodd ar ei soffa hi, ond rhywun a oedd yn newyddiadurwraig ac yn dditectif preifat o ryw fath.

'Te 'ta coffi?' medda hi, isio bod yn groesawgar ac eto'n ffluwch o nerfau.

Llwyaid o Gold Blend a dŵr poeth am ei ben o ydi'r coffi du y gofynnodd Angharad amdano. Mae o'n edrych yn beth gwael, rywsut, ond does ganddi hi ddim peiriant i wneud coffi go iawn, ac ar gyfer pobol ddiarth mae'r jariad o graniwls p'run bynnag. Tsiecia'r dyddiad ar bacad o shortbred cyn rhoi hwnnw ar ymyl y tre, ond doedd dim rhaid iddi fod wedi trafferthu.

'Dim ond panad yn grêt, diolch.'

Ac mae Gwyneth yn lleisio'i hamheuon:

'Edrach yn beth ciami fel'na heb sgedan na dim hefo fo ...'

'Mae o'n berffaith. Ac yn fwy na dwi'n cael ei gynnig gan Mam, trystiwch fi.'

Mae Angharad yn dweud hyn yn lled smala, ond hawdd y gall Gwyneth gredu. Teimla bwl sydyn o empathi. Mae Meirwen Kiely'n hen rasal anodd gwneud hefo hi, ond dydi hi ddim am gyfadda hynny wrth ei merch hi'i hun, wrth gwrs. Yn hytrach, teimla gymhelliad sydyn i ddechra ymddiried ei phrofiad ei hun hefo'r brawd roedd hi wedi dod i'w gasáu.

'Hen gythral oedd o, 'chi.'

'Pwy ...?'

'Arthur. Hanner brawd oedd o. Gwahanol fam. Bwlch mawr mewn oedran rhyngon ni. Mi gafodd ei fagu gin ei fodryb ar ôl i'w fam farw. Un o'r petha gwaetha fedra ddigwydd i blentyn, dwi'n gwbod, ond fuo Arthur erioed yn agos ata i. Hen strîc digon hyll yn ei bersonoliaeth o. Doeddan ni ddim yn nabod ein gilydd yn dda iawn, a ninna'n byw ar wahân. Doedd o ddim yn agos at ei dad chwaith. Rhyw hen atgasedd tuag at Mam ar ôl iddo ailbriodi. Ac ataf finna o'r herwydd, siŵr o fod. Fasa fo byth yn cydnabod ein bod ni'n unrhyw fath o berthyn; wel, os nad oedd arno fo isio rwbath gin i ...'

Sylwa fod Angharad yn gwrando'n astud, ei phen ar osgo fatha gwdihŵ fach. Mae o'n beth amheuthun, cael rhywun yn gwrando arni, rhywun â diddordeb go iawn yn yr hyn sydd ganddi i'w ddweud. Dydi hi ddim yn ei holi chwaith, dim ond yn gadael bwlch y teimla Gwyneth reidrwydd mawr i'w lenwi, nid er mwyn Angharad, ond er ei mwyn ei hun. Mae'r cyfan wedi pwyso arni ers blynyddoedd ...

'Pan fydda Arthur yn gofyn – na, yn mynnu cymwynas, doedd o byth yn rhywbeth bach. Mi ddoth ata i unwaith neu ddwy isio menthyg pres. Dyledion gamblo gynno fo, ac roedd yn rhaid iddo fo weithio ymlaen ymhell heibio oed riteirio i gadw'r blaidd o'r drws. Ond stori arall ydi honno. Finna'n deud "na" bob tro, ac wrth gwrs, doedd hynny ddim yn plesio. Mi fyddwn i'n cadw o'i ffordd o, anwybyddu galwadau. Mistêc oedd i mi fynd am job hefo'r heddlu, yn enwedig ag ynta mor uchel yno. Mi ddylwn i fod wedi rhagweld pa mor hawdd fasa hi iddo fo allu fy nefnyddio i.'

'Be? Plismones oeddach chi?'

'Naci, 'ngenath i. Ysgrifenyddes oeddwn i ar y cychwyn. Wedyn mi drodd y clarcio'n rwbath hefo mwy o gyfrifoldeb. Mi ges fy ngneud yn rhyw fath o warcheidwad tystiolaeth.'

'*Evidence custodian* felly?'

Mae hon yn gwybod ei stwff, meddylia Gwyneth, ac mae hynny'n rhoi'r hyder iddi fynd yn ei blaen. Rhywbeth prin y dyddiau hyn ydi cael neb i gymryd gwir ddiddordeb yn yr hyn fydd ganddi i'w ddweud. Teimla'n bwysicach nag y gwnaeth erstalwm, ac mae o'n deimlad cynnes, braf. Yn gwneud iddi ista tipyn sythach yn ei chadair.

'Ia, dyna chi. Mi ddoth yna reolau newydd yng nghanol y nawdegau ynglŷn â diogelu tystiolaeth a gasglwyd yn ystod ymchwiliadau'r heddlu. Roedd hi'n dystiolaeth y byddai ar dwrneiod ei hangen yn aml tasa achos yn mynd i apêl, ond mi gollwyd lot o stwff felly yn y gorffennol oherwydd blerwch. Nid fod yna fawr gwell trefn o dan y rheolau newydd chwaith – gwahanol ffôrsys hefo'u rheolau eu hunain ynglŷn â pha mor hir y dylid cadw hen dystiolaeth, a dan ba amodau – ond erbyn hynny, y ddealltwriaeth oedd bod yr holl dystiolaeth yn achos pobol a ddedfrydwyd i garchar yn cael ei chadw nes iddyn nhw gael eu rhyddhau.'

Mae Gwyneth wedi anghofio am ei the'n oeri yn y gwpan. Dwi'n siarad gormod, meddylia, gan gymryd llymaid o'i phanad llugoer er mwyn ei thawelu'i hun, ond ymddengys fod Angharad yn glynu wrth bob gair.

'Rhag ofn y byddai eu hachosion yn mynd i apêl, fel dudoch chi?'

'Yn hollol. Yr SIO – y Senior Investigating Officer – fyddai'n penderfynu, fel arfer, be oedd yn werth i'w gadw o'i ymchwiliad arbennig, a'i anfon i archifydd fatha fi i'w gofnodi a'i ddiogelu.'

'Fatha DCI? Ond pa hyfforddiant fforensig ac ati fyddai gan dditectif i neud penderfyniadau mor bwysig i achos apêl rhywun? Bach yn hit-an-mis, doedd?'

'Wel, oedd, i fod yn onest. Mater o lwc oedd hi, be gafodd ei gadw a be gafodd ei luchio. Wrth gwrs, roedd ambell dditectif yn fwy ffwrdd-â-hi na'i gilydd. Ac ambell un jyst yn hen gena diegwyddor.'

Methodd â chadw'r chwerwedd o'i llais, a rŵan sylwa fod Angharad yn darllen ei gwynab hi'n ofalus, yn chwilio am gliwiau. Mae hi'n penderfynu dweud y cyfan wrthi'n un rhuthr. Onid ydi o wedi bod yn pwyso arni ers blynyddoedd maith? A be ydi'r ots rŵan, beth bynnag, â'r 'cena diegwyddor' y soniodd hi amdano wedi marw? Edrycha i fyw llygad y ferch 'ma. Mae yna ryw ddiffuantrwydd-traed-ar-lawr o'i chwmpas hi sy'n ei chymell i ymddiried ynddi, rhyw ddyfnder yn ei llgada hi na fasa fo'n bodoli oni bai'i bod hitha hefyd, meddylia Gwyneth, yn gynefin ag ysgwyddo baich.

'Gymrwch chi banad arall, Angharad? Mae gin i angen top-ỳp. Hon wedi oeri braidd gin i, a finna'n siarad cymaint. Hynny ydi, os nad oes gormod o frys arnach chi ...?'

'Dim o gwbwl. Ddo i â'r cwpanau 'ma drwodd hefo chi, ylwch.'

Doedd Gwyneth ddim wedi disgwyl hynny, ond cyn iddi allu protestio, mae Angharad ar ei thraed ac yn barod i'w dilyn i'r gegin. Mae o'n deimlad rhyfedd, rhywun arall yn ei thŷ hi yn bihafio mewn ffordd mor ffamiliar, ac eto, dydi o ddim yn beth cwbwl annymunol chwaith. Chafodd hi erioed neb o'r blaen yn dotio at ei gardd lysiau hi trwy'r drysau gwydr sy'n agor allan arni o'r gegin.

'Esgob, wyddwn i ddim fod gynnoch chi gymaint o libart yn y cefn 'ma, Gwyneth. Gwahanol iawn i ardd Mam. Ac mi ydach chi'n dipyn o lysieuydd hefyd, yn ôl pob golwg.'

Mae Angharad wedi sylwi ar y bwnsheidiau o rosmari a theim yn crogi ben-ucha'n-isa uwchben y Rayburn, ac ar y jar o ddail yn gwaedu'i gwyrddni i'r hylif maen nhw wedi eu trwytho ynddo. Gŵyr Gwyneth fod ei chegin yn debycach i gegin tŷ ffarm nag i gegin mewn bynglo, ond fel hyn mae hi wedi arfer erioed. Fan hyn mae'i hafan hi.

'Llysiau'r cwlwm. Neu gomffri, fel mae rhai'n ei

ddeud, wedi'i fenthyg o'r Saesneg. Dŵr comffri'n lles at anhwylderau'r stumog. Dyna fydda Mam yn ei ddeud. Mae modd gneud eli cricmala ohono fo hefyd. Dwi ar ganol gneud batsh i hen wraig yn y pentra 'ma. Dyna ydi hwnna. Cymysgedd o ddŵr ac olew côconỳt.' Gwên fach gynllwyngar. 'Fydda i ddim yn rhannu'r rysáit hwnnw hefo pawb chwaith.'

'Argian, Gwyneth, 'dach chi'n dipyn o wrach wen, yn dydach?'

Jôc ydi hi, ac mae Gwyneth yn gwenu'r wên ddisgwyliedig. Ŵyr Angharad ddim faint o gompliment iddi ydi hynny, meddylia. Yr ardd fach brydferth 'ma, a'i chyfrinachau persawrus, ydi'i byd hi. Mae blodau'n well gwrandawyr na phobol. Wel, tan rŵan, p'run bynnag. Maen nhw'n ista o'r newydd, wrth fwrdd y gegin y tro hwn, ei gnotiau a'i geinciau wedi eu hadfer yn annwyl gan flynyddoedd o gariad a chŵyr gwenyn. Meddylia sut i droi'r sgwrs yn ôl at drywydd gynnau, ond mae Angharad yn ei gwneud hi'n rhwydd iddi.

'Mae'r ardd 'ma'n llawn cymaint o syndod ag oedd eich gyrfa chi hefo'r heddlu. Roeddach chi'n sôn gynnau am gadw tystiolaeth ...?'

Mae'r te'n boeth rŵan a Gwyneth yn cael ail wynt.

'Mi fuo 'na achos gafodd dipyn o sylw ar y pryd, ac Arthur oedd y DCI yng ngofal y cês. Lladrad mewn siop jiwlar, a'r perchennog yn cael ei saethu.' Mae Angharad yn ista fel delw, felly mae Gwyneth yn bwrw yn ei blaen. 'Mi gafodd dyn ifanc yn ei dridegau ei ddedfrydu i ddeunaw mlynedd o garchar, ac mi fuo yna lot o sibrydion bryd hynny nad oedd Arthur wedi ymchwilio'n ddigon trylwyr, ond wrth gwrs, wyddai neb yn y gwaith ei fod o'n hanner brawd i mi. Doedd o ddim yn rwbath roedd arna i awydd ei frôdcastio. A doeddwn i ddim yn arddel yr enw Cunningham chwaith. Gwyneth Penrhyn ydw i i bawb.'

'Enw priod?'

'Enw canol. Does neb yn fy ngalw'n Cunningham. Wel, ar wahân i ryw ffrind i Arthur erstalwm ...'

Ychwanega hyn yn sydyn, yn boenus o ymwybodol ei bod hi'n bur debyg fod Angharad wedi sylwi ar yr enw hwnnw ar yr amlen sy'n dal heb ei hagor. Mae hi wastad wedi bod yn ofalus o'r hyn a ddywedai wrth bobol. Ac mae hi'n gwylio'i chefn o hyd ...

'Nid Ronan Evans oedd ei enw fo? Y boi gafodd ei garcharu?'

Mae'r cwestiwn yn taflu Gwyneth am eiliad. Dydi hi ddim yn disgwyl i Angharad fod mor wybodus. Ac eto, oni fuo hi'n newyddiadurwraig? Serch hynny, mae'n rhaid fod ganddi go' da, a phrin y byddai hi wedi cyrraedd ei hugeiniau pan oedd y stori yn y newyddion. Ond anghofith Gwyneth mo'i enw fo byth.

'Ia, dyna chi. Doedd gan y dyn Evans 'ma ddim record blaenorol o drais na dim byd arall o'r fath. Ond i Arthur roedd hi'n ddu a gwyn. Opyn-an-shỳt-cês. Arthur Cunningham – 1, Evans – 0.' Mae hi'n drachtio'i the er mwyn dod â'r cryndod yn ei llais o dan reolaeth. 'Roedd Arthur yn defnyddio'r system er ei les ei hun. Mo ddoth ata' i unwaith i ofyn am dystiolaeth o archwiliad i rywun a oedd yn y jêl am GBH. Mynd i apêl, medda fo. Mi gerddodd y dyn hwnnw'n rhydd ar ôl ymyrraeth Arthur.' Dydi Gwyneth ddim yn ychwanegu mai Elis Drake oedd y boi hwnnw, y sglyfath ofynnodd iddi fynd ar ddêt hefo fo am ei fod o wedi meddwl tsiansio'i lwc hefo 'chwaer fach Archie', a'i chornelu wedyn yn fygythiol wedi iddi hithau ei wrthod droeon. Mae'r ymosodiad hwnnw'n dal i fyw yn ei hunllefau hi.

'Felly Arthur ddoth â thystiolaeth achos Ronan Evans i chi i'w chadw, ia?'

'Wel, dyna fyddai wedi digwydd fel arfer, ond y tro hwn doedd Arthur ddim ar gael, a'r DI ifanc 'ma ddaeth hefo pethau mewn bocs: doedd yna ddim recordiad o unrhyw gyfweliad, dim ond y dillad roedd Evans yn eu gwisgo, ac ati, a'r arf …'

'Be? Y gwn a ddefnyddiwyd yn y saethiad?'

'Ia, ond …'

'Ond?'

Pam fod Angharad mor cîn i wybod y manylion? meddylia Gwyneth. Daw eiliad o banig drosti.

'Wnewch chi mo fy riportio fi, na wnewch? Os duda i wrtha chi …?'

Sylwa ar Angharad yn tyneru'i llais, ond mae hi'r un mor benderfynol o gael ateb.

'Ond be, Gwyneth? Dowch. Mae'n rhaid i chi ddeud wrtha i rŵan.'

'Mi landiodd Arthur ychydig oriau'n ddiweddarach,

yn mynnu bod camgymeriad wedi digwydd, a'i fod o isio'r dystiolaeth i gyd yn ôl.'

'Felly mi aeth â phob dim?'

'Naddo. Mi ddudish fod popeth eisoes wedi'i gatalogio rhag llygru unrhyw beth, ac os oedd o isio unrhyw beth yn ei ôl y byddai'n rhaid iddo fo lenwi ffurflen, a chael rhywun uwch na fo'i hun i'w seinio hi. Mi ddudodd wrtha i am beidio malu cachu, ond mi sticiais at fy stondin. Pan ddoth o'n ôl ddyddiau'n ddiweddarach, roedd y dystiolaeth wedi diflannu. Roedd pethau'n mynd ar goll o hyd, pobol eraill yn symud bocsys, yn lluchio petha mewn camgymeriad ... Ac nid fi oedd yr unig un a oedd yn gweithio yno.'

Dydi Angharad yn coelio dim arni. Mae hynny'n amlwg o'r olwg ar ei gwynab hi. Ac mewn ffordd, mae Gwyneth yn falch. Fydd ganddi ddim dewis rŵan ond cyffesu. Mi ysgafnith hynny lot arni, hynny a gwybod na cherddith Arthur Cunningham, fel gweddill ei grônis o'i flaen o, mo'r ddaear 'ma eto. Bron na ddywedai iddi weld fflach o rywbeth tebyg i ddireidi yn llgada Angharad wrth iddi ddweud:

'A'r gwir, Gwyneth?'

'Rôn i'n gwbod fod Arthur ar berwyl drwg, ac na fyddai dim daioni'n dod ohono fo'n cael ei facha'n ôl ar y dystiolaeth honno. Doedd o ddim wedi breuddwydio y byddai'r DI newydd wedi cael blaen arno drwy ddod â phopeth ata i'n gyfreithlon. Roedd popeth ynglŷn â chês Ronan Evans yn drewi, ac mi wyddwn na châi'r creadur byth gyfiawnder tasa hynny o dystiolaeth oedd ar ôl yn mynd i'r dwylo rong. Doedd Arthur ddim yn credu am funud, ddim mwy nag ydach chitha, fod y stwff ar goll, ond doedd dim arall y medra fo'i neud.'

'Be ddaru chi hefo'r bocs, Gwyneth?'

'Y mochyn iddo fo. Mi wnes i'n iawn ...'

'Gwyneth?'

'Ei guddio fo.'

'Nid ei luchio fo.'

'Mi ges fy nhemtio, ond naci ...'

'Felly ...?'

'Mae o yma gin i, yn y groglofft, ers deunaw mlynedd, os nad ydi'r llygod wedi'i gael o.'

'Dwi'n eitha siŵr, Gwyneth, y basa hyd yn oed llgodan yn cael trafferth byta gwn.'

Mae'r cymylau wedi clirio o'r jar lle mae llysiau'r cwlwm yn mwydo, yr hylif yn wyrdd tywyll, clir, a'r olew ynddo wedi codi i'r gwynab fatha gwirionedd.

Fatha cyfrinachau pobol eraill, meddylia Angharad.

ANNI CHISHOLM

Mae'r diwrnod y landiodd Lena Moretti yng Nghornel Felys wedi'i serio ar ei cho'. Fatha'r diwrnod y doth y mab hwnnw sydd ganddi i fwrw golwg dros y lle. Mi wnaeth yn glir o'r dechra nad oedd talu am foethusrwydd ychwanegol ddim yn broblem, er eu bod nhw'n bwriadu talu trwy'u trwyna am ei lle hi fel oedd hi. Hitha'n trio egluro mai'r un gofal oedd pawb yn ei dderbyn. Doedd talu mwy ddim yn golygu gwell lle. Doedden nhw ddim yn gwahaniaethu. Ond mynnu tynnu'n groes ddaru Tony Moretti pan ddywedodd hi hynny wrtho.

'Ddim yn gwahaniaethu? Pam, felly, bod Mam mewn stafell fatha bocs sgidia, a rhai eraill hefo lot mwy o le? Dim lle i chwipio cath. Un gadair? Lle dwi i fod i ista felly pan dwi'n dod yma i edrach amdani? A be am yr olygfa trwy'r ffenast?'

'Pa olygfa?'

'Hollol.'

Mi'i daliodd hi yn fanna, do? Tasa fo wedi sticio hefo'r stafell y cafodd hi'i chynnig ar y cychwyn, mi fasa ganddi olygfa fach neis o goed y Fron a'r mynyddoedd tu hwnt i'r rheiny. A digon o le i chwipio teigar, tasa'r uffar yn dymuno. Roedd meddwl am ei ben o'n sownd yn safn un o'r rheiny wedi rhoi'r pleser rhyfedda i Anni Chisholm ar y pryd.

'Dwi isio iddi gael stafell fwy, hefo golygfa o'r ardd, ar y llawr cynta. Ddefnyddiodd hi erioed stêr-lifft, a dydi hi ddim yn bwriadu dechra.'

O'r hyn welodd Anni ar yr hen wraig pan aeth i'r ysbyty yn rhinwedd ei swydd fel rheolwraig y cartra i wneud ei hasesiad ohoni ar gyfer dod i Gornel Felys, doedd gan y gryduras fawr o farn ynglŷn â dim byd. Doedd y dementia ddim cweit wedi'i meddiannu'n llwyr, ond roedd o'n ddigon i bylu'i diddordeb hi ym mhopeth, a pheri'i bod hi'n ailadroddus. Os gofynnodd hi unwaith i Anni pam ei bod hi yno'n edrach amdani, mi ofynnodd hi ganwaith. Bechod. Syllai Lena i'r gwagle heibio'r teledu bach ysbyty'n hytrach na sbio ar y lluniau ar y sgrîn, a phan ddywedodd yr hen wreigan fach, wedi i Anni dynnu'i sylw hi at y ffenast lle roedd mynyddoedd Eryri yn eu pellter niwlog, fod 'yr hen fôr 'na'n edrach yn rŷff heddiw', roedd yn ddigon i argyhoeddi unrhyw un nad golygfa oedd isio'i flaenoriaethu'r munud hwnnw. Oedd, roedd yr olygfa'n ddifyrrach o ambell ffenast yng Nghornel Felys fel ym mhobman arall, ond nid ei bai hi, Anni, oedd hynny, naci?

'Ella basach chi'n lecio dod â rhai o'i hoff luniau hi'w rhoi ar y wal, Mr Moretti? Gneud y lle'n fwy cartrefol, 'lly ...?'

Ac mi ddifarodd yn syth wedi iddi agor ei cheg.

'Be am stafell naw?' medda fo, y daith o gwmpas

y cartra'n amlwg yn fwy ffresh yn ei feddwl na'r hyn ddywedodd hi wrtho lai nag eiliad yn ôl.

'Mae yna rywun yn honno'n barod ...'

'Welish i neb. Ac roedd hi'n rhy daclus o lawer i neb fod yn byw ynddi, 'swn i'n deud.'

Roedd o'n llgadog, roedd yn rhaid iddi roi hynny iddo fo. Neidio ar y manion fatha barcud.

'Mae arna i ofn fod Evelyn wedi bod yn yr ysbyty am rai wsnosa rŵan ...'

'Wel, dyna chi 'ta.' Cododd ei ên gan gymryd anadliad hir i mewn, a chyrlio'i wefus fatha maharan trahaus. 'Mae yna jans go dda na ddaw hi ddim yn ei hôl, felly, does? Rhaid i rywun fod yn realistig, ym ... Anni. Mi ffeiriwn ni'r ddwy stafell.'

Fatha tasa pia fo'r lle. Fedra hi ddim credu nid yn unig tshîc y boi, ond ei ddiffyg empathi llwyr. Roedd o'n ei hatgoffa o raglen ddogfen welodd hi ar seicopaths.

'Ond ...' Ac mae hi'n tagu ar y gair dan lach oer ei lifeiriant yntau.

'Mi fedra i adael i chi sortio hynny felly, medra', Anni?' Fel tasa fo'n gofyn iddi drefnu platiad o sandwijis. ''Ta fasa'n well i mi ffonio Illtud?'

Oedd hi i fod i gymryd hynny fel bygythiad? Roedd hi'n amlwg fod Moretti'n nabod Illtud Lewis, cyfarwyddwr cartra Cornel Felys, wrth ei enw cynta. Ynteu ai blyffio oedd o? Oedd hi'n fodlon cymryd y tsians? Er mor ddidrugaredd oedd ei eiriau gynnau, roedd ei synnwyr oer yn nes ati nag y basa Anni byth wedi'i gyfadda. Roedd teulu Evelyn Lomax wedi ffonio'r bore hwnnw i ddweud eu bod nhw wedi cael eu galw i'r ysbyty, a'i bod hi'n debyg mai mater o oriau fyddai hi ar y gryduras fach honno. Doedd Lena Moretti ddim yn cael ei rhyddhau o ofal y meddygon nes byddai'i thriniaeth yn dod i ben mewn ychydig ddyddiau. Digon o amser iddi gael stafell Evelyn yn barod petai honno'n ...

Fedrai hi ddim hyd yn oed ei ddweud o yn ei meddwl, er mor gwbwl debygol oedd marwolaeth Evelyn Lomax cyn diwedd y dydd. A fedrai hi ddim hyd yn oed credu chwaith ei bod hi wedi gadael i'r dyn ofnadwy 'ma reoli'r sefyllfa fel hyn. Ond roedd rhywbeth ym mêr ei hesgyrn, hyd yn oed bryd hynny, yn ceisio'i darbwyllo na fyddai tynnu Tony Moretti yn ei phen yn syniad da.

Erbyn hyn, mae o'n dychryn Anni Chisholm pa mor agos at ei lle oedd y reddf honno. Nid fod cowtowio iddo wedi gwneud rhyw lawer o wahaniaeth. Dydi o byth, hefo pobol fatha fo. Nid pryder am ei fam oedd yn ei wneud o mor anodd i'w blesio chwaith. Tasa fo'n caru lles Lena, mi fasa'n dod i edrych amdani'n amlach. Sioe fawr oedd mynnu'r stafell orau, a chwilio am feiau lle nad oedd yna ddim. Ffordd o sefydlu'i gadernid, o hawlio'i le ar y gadwyn fwyd. Control-ffrîc ydi Moretti. Narc. Bwli. Popeth nad ydi Gari, ei gŵr. Popeth nad oedd hithau. Dyna pam y cafodd o'r ddau ohonyn nhw o dan ei fawd mor handi. Roedd o'n snwyro gwendid, ac yn ei droi i'w felin ei hun.

Er gwaetha'r dirywiad yn ei meddwl, daeth y gwir amdano o enau'i fam fregus ei hun.

'Faddeuodd o erioed i mi, 'chi.'

'Pwy rŵan, Lena?'

'Antonio.'

Ar y dechra, bu Anni'n hiwmro'r hen wraig. Ia, ia, dyna chi. Gymrwch chi banad ffresh? Troi'r stori, gan gredu'i bod hi'n mwydro. Roedd enw'r Antonio 'ma'n dod i fyny o hyd. Swniai'n debycach i gymeriad mewn ffilm i Anni, nad oedd hi wedi arfer ag enwau mor egsotic ar bobol go iawn. Nes iddi sylweddoli mai at ei mab, Tony, roedd Lena'n cyfeirio. A dechreuodd Anni roi mwy o sylw i'r hyn a ddywedai bob tro y soniai amdano. Roedd y 'methu maddau' yn dipyn o diwn gron. Dechreuodd Anni fanteisio ar y cyfnodau pan oedd Lena'n gliriach ei meddwl i fynd i ista ati hefo dwy banad a bisgedi siocled. Doedd hel atgofion byth yn broblem; cofio'r hyn gafodd hi i ginio awr yn ôl oedd yn drysu Lena; cofio enw'r ferch a'i helpodd i godi o'i gwely a 'molchi'r bore hwnnw. Roedd erstalwm yn fyw o hyd iddi, ar rîl yn ei cho', dim ond bod y rhuban yn sticio weithia, a'r un olygfa'n chwarae ar lŵp: yr un stori, yr un geiriau, dwywaith dair yn olynol, nes bod Anni'n medru adrodd ei hatgofion yn ôl wrthi'n union fatha tasa hi wedi bod yn rhan o'r cyfan ei hun. Mater o ddisgwyl oedd hi. Byddai golygfa Antonio'n gwrthod maddau'n siŵr o ddod rownd yn ei hôl. Mi ddaw, meddyliodd Anni. Mynadd pia hi. Mi ddaw.

Ac mi ddoth.

'Faddeuodd o erioed i mi, 'chi.'

A'r tro yma, roedd Anni'n barod i bromptio.

'Pwy? Antonio, ia?'

'Hogyn am ei fam, meddan nhw, 'te? Ond hogyn ei dad fuo fo erioed. Ei addoli o. Pan farwodd hwnnw'n ifanc, mi chwalodd bob dim.'

Oedd hynny'n egluro rhywfaint ar ddiffyg cydymdeimlad Tony tuag at bawb a phopeth? Ond doedd pawb oedd yn colli rhiant yn ifanc ddim yn troi allan i fod yn gymaint o fasdad â Tony Moretti chwaith, meddyliodd Anni. Aeth yr hen wraig yn ei blaen i siarad yn hiraethus am golli Islwyn wedyn, a rhoddodd Anni'r gorau i brocio pan welodd y dagrau'n cronni. Y tro nesa y gwelodd hi Moretti, tybiodd iddi gyfleu'n ddigon annwyl iddo faint roedd Lena'n dal i hiraethu am ei dad ar ôl yr holl flynyddoedd:

'Mae hi'n dal i golli'ch tad yn arw, bechod,' medda Anni, yn gwneud ymdrech i gyrraedd rhyw ganol meddal ynddo roedd o'n llwyddo i'w guddio rhag y byd. 'Yn sôn yn dyner iawn am Islwyn o hyd.'

Bu bron iddi glywed rhywbeth yn cracio tu mewn iddo fel brigyn yn torri, a chymrodd gam yn ôl oddi wrtho'n reddfol fatha ci o dan draed, yn gwybod ei bod hi wedi gwneud rhywbeth o'i le ac eto'n methu'n glir â dallt be oedd o. Yn ei chasáu'i hun am fod isio'i gymeradwyaeth o. Ond gwyddai nad oedd modd iddi'i hadfer ei hun yn ei olwg o rŵan; roedd ei llgada fo fel cnapiau o lo:

'Frank oedd enw 'nhad, Mrs Chisholm.'

Nid Anni rŵan. Ac mi ffurfiolodd o'i henw hi mor rhwydd, fel tasa fo wedi bod yn disgwyl am y foment yma i dynhau rhaff am ei gwddw. Anni oedd hi i bawb yno, nid Mrs Chisholm. Ychydig iawn o gleientau a theuluoedd oedd yn gwybod ei chyfenw hi beth bynnag. Deallodd Anni wedyn mai gwneud ei bwynt oedd o'r diwrnod hwnnw: dwi'n gwybod pwy wyt ti. Gwraig Gari Chisholm, swyddog yn y carchar lle mae yna rywun o ddiddordeb i mi'n cael ei gadw. A'r munud y ca' i unrhyw beth arnat ti, mi fydda i'n ei ddefnyddio fo yn dy erbyn di i berswadio'r gŵr 'na sydd gin ti i fy helpu fi hefo un neu ddau o betha. Wan-off fydd y joban fach gynta, hawdd, a'r tâl yn dda. Mi fydd yn falch o'r pres. Yr eildro, ti'n gweld, mi fydd o'n gweld peryg, yn trio cachu allan, a dyna pryd fydda i'n deud wrtho fo'i bod hi'n well iddo fo wrando neu mi fydd ei wraig o nid yn unig yn colli'i job ond o bosib yn cael ei harestio am ei chamweddau.

Na, dim ond wedyn y dalltodd hi hynny.

Rhoddodd Tony Moretti ei gynllun ar waith yn fuan iawn. Pan ddaeth i ymweld â Lena nesa, roedd hi'n ddiwrnod poeth, braf. Diwrnod perffaith i bobol fynd allan hefo'u perthnasau i ista o dan un o'r byrddau ambarél yn yr ardd ffrynt lle'r oedd y dreif coediog a arweiniai i'r lôn. Dim ond fod pawb arall yn hebrwng eu mamau a'u neiniau a'u teidiau yn eu holau'n ddiogel ar ôl seinio allan ac i mewn drachefn. Llwyddodd Moretti i fynd â'i fam allan heb i neb sylwi, a'i gadael hi yno wedyn ar ei phen ei hun i grwydro. Cafwyd hyd i Lena wedi cerdded hanner ffordd i lawr y dreif ac yn anelu am y fynedfa. Ac Anni Chisholm gafodd y bai, ynghyd â'i rhybudd cynta gan Illtud Lewis. Aeth adra yn ei dagrau'r noson honno'n methu profi dim.

Yr eildro i rywbeth styrblyd arall ddigwydd oedd pan ddaeth Moretti ati hefo gwên saith gwaeth na gwg, a 'riportio' iddi'n ddiniwed fod watsh aur ei fam wedi mynd ar goll.

'Dwi'n siŵr y daw hi i'r fei,' medda fo'n drioglyd, 'ond rôn i'n meddwl ei bod hi'n bwysig i chi gael gwbod.'

Wrth balfalu ym mhoced ei chôt am oriadau'i char y noson honno, cafodd Anni hyd i'r watsh. Rhybuddion oedden nhw, yr holl driciau dan-din 'ma. Ond ar gyfer be, ni wyddai. Ac yna, dechreuodd mwy o amser fynd heibio rhwng ymweliadau Tony a'i fam. Aeth unwaith yr wythnos yn unwaith y mis, ac yna'n bob rhyw ddeufis. Dechreuodd Anni ymlacio. Roedd ganddi sofft-sbot ar gyfer yr hen wraig, a byddai'n mynd i mewn hefo'i phanad ei hun at Lena'n aml, ac yn dal pen rheswm hefo hi. Yn amlach na pheidio, doedd yna fawr o synnwyr i'w gael, a Lena'n 'methu'n glir â chael hyd i'r amser i roi'r teledu bach 'na ymlaen wir'. Dro arall, roedd ddoe yn ôl yn ei phen, ei llgada hi'n gwreichioni rhwng chwerthin a chrio, a fesul darn – ac ambell un yn dod ben-ucha'n-isa fatha jig-sô hefo lot o dameidiau'r un lliw – daeth Anni i ddallt pwy oedd Islwyn, ond roedd Lena'n ddryslyd ac yn cynhyrfu'n arw wrth drio esbonio iddi be ddigwyddodd iddo fo. Yn troi at yr un truth ailadroddus eto fyth:

'Faddeuodd o erioed i mi, 'chi.'

Ac Anni'n holi fel erioed:

'Pwy? Antonio?'

A dechreuodd Lena Moretti siarad fel tasa dim byd yn bod ar ei hymennydd hi o gwbwl.

'Mi farwodd y briodas ymhell o flaen Frank,' medda Lena, yn sbio'n ddi-weld ar yr olygfa o'r ardd y mynnodd ei mab ei bod yn ei chael. 'Dim byd ar ôl. Doedd o ddim yn ŵr da.'

Ddywedodd hi ddim mwy am Frank, a phwysodd Anni ddim, ond roedd hi isio rhywbeth, unrhyw beth, i drio dallt cymhellion Moretti.

'Ond roedd o'n dad da i Tony?'

'Pwy ydi Tony?'

'Antonio?'

'Faddeuodd o erioed i mi, 'chi.'

Ac Anni'n meddwl: Jîsys, Lena, paid â gadael i mi dy golli di rŵan. Roedd hi fel trio cael signal ffôn hefo mynyddoedd bob ochor. Ond rhoddodd yr ateb disgwyliedig fel tasa hi'n rihyrsio'i llinellau ar gyfer pantomeim:

'Pwy, Antonio?'

'Mi oedd y gŵr yn bengalad. Be oedd ei enw fo eto, 'dwch? Y dyn 'na briodish i?'

'Frank, ia ...?' Yr enw y llwyddodd Moretti'i losgi ar ei hymennydd.

'Frank? Ia, Frank. Pengalad. Ei ffordd o oedd yr unig

ffordd. Antonio'n union 'run fath. Fedra'i dad o neud dim o'i le yn ei olwg o. Fel'na maen nhw. Eidalwyr. Y dynion sy'n rheoli. Fatha'r Maffia.'

Yn ddirybudd, mi ddechreuodd yr hen wraig biffian chwerthin, fel tasa hi'n credu iddi ddeud jôc. Ond peidiodd hynny'r un mor ddisymwth, a llenwodd ei llgada.

'Y llall ddaru 'ngneud i'n hapus ...'

Ac mi ddalltodd Anni. Ei tsiansio hi:

'Islwyn?'

'Is ... ? Ia, Izzy. Ond mi welodd Antonio ni ... hefo'n gilydd ... miri mawr ... gweiddi a rhegi ... Faddeuodd o erioed i mi ...'

Yn ei heuogrwydd, estynnodd Anni hancas bapur yn dyner at llgada Lena. Roedd hi'n ei chasáu'i hun am groesholi'r gryduras fel hyn, ond rŵan ei bod hi'n dechra cael rhyw lun o synnwyr, roedd yn rhaid iddi gael gwybod mwy. A beth bynnag, cysurodd ei hun, fydd Lena'n cofio dim am y sgwrs 'ma o fewn munudau. Dewisodd beidio meddwl ei bod hi'n gwneud yr union fath o beth y basa Moretti'i hun yn ei wneud, arteithio hen wraig at ei ddibenion ei hun. A bu bron iddi roi'r gorau i'r cwestiynu yn y fan a'r lle, ond cydiodd Lena'n grynedig yn ei thisiw, ei rowlio'n belen yn ei dwrn, a chario ymlaen i siarad.

'Mi laddon nhw Izzy 'chi, Anna.'

'Anni.' Mistêc. Ei chywiro hi fel'na. Dyna'r cyfan fasa'i isio i'w thaflu oddi ar ei hechel. Shit.

'Anni ...?'

'Lena, pwy laddodd Islwyn? Izzy? Pwy laddodd Izzy?'

'Draciwla,' medda Lena, a theimlodd Anni'i chalon yn plymio rhyw dwtsh, a chrogi'n is yn ei brest fel tasa hi'n hongian wrth lein bysgota: roedden nhw'n symud yn eu holau i dir yr abswrd a'r mwydro eto, a fyddai dim sens i'w gael ...

'Mi oedd o'r un ffunud â Draciwla, beth bynnag. Yr hen Elis Drake hwnnw. Ac Antonio'n meddwl ei fod o'n dduw. Hogyn heb dad, 'te? Isio dyn i droi ato fo. Mae o'n dal i ffonio hwnnw bob un dydd, gneud yn siŵr ei fod o'n iawn yn ei henaint.' Ac am y tro cynta, roedd tinc o chwerwedd yn ei llais: 'Fasa fo byth yn rhoi Elis y Draciwla i bydru mewn hôm fel gnath o hefo fi.'

Roedd Lena wedi cael gormod. Rhoddodd ei phen yn ôl yn erbyn cefn uchel y gadair freichiau a gofyn a oedd y caffi yma'n gwneud coffi llaethog hefo lot o siwgwr ynddo fo, er mwyn iddi gael panad neis cyn dal y trên adra.

Felly, meddyliodd Anni wrth lyfnu'r garthen dros liniau Lena cyn mynd i 'morol am y coffi drwy lefrith, roedd gan Tony Moretti ei fan gwan wedi'r cyfan. Roedd stori am hogyn yn ei arddegau'n trefnu i ddyn hefo gwynab Draciwla ladd cariad ei fam yn ffârffetshd ar y gorau, ond ei chlywed gan hen wraig hefo dementia ... ? Eto i gyd, cadwodd Anni enw Elis Drake yn daclus ar ei cho', jyst rhag ofn.

Feddyliodd hi erioed mai ddoe fasa diwrnod y 'rhag ofn' hwnnw. Roedd ddoe'n ddiwrnod arferol, normal, ar wahân i'r ffaith ei bod hi wedi cael ei galw i mewn i'r gwaith yn gynnar i ddelio hefo ambiwlans yn nôl rhywun o'r cartra. Bu'n fore hirach o'r herwydd, a phenderfynodd bicio adra am frêc yn ystod ei hawr ginio. Daliodd ei merch ar yr un perwyl yn creu'r llanast rhyfedda wrth drio gwneud bechdan gaws.

'Duw a ŵyr sut cest ti joban yn gweithio mewn caffi, Lîs, a chditha'n medru gneud cymaint o olwg wrth neud un sandwij.'

'Mi fedra i neud dwy, os ti isio un fach hefo lot o salad-crîm, jyst fel ti'n lecio?' medda honno'n wên deg i gyd, yn gadael i'r sylw gwirion fflio'n braf dros ei phen, a thrin ei mam yn union fel basa hi'n trin un o drigolion ei chartra preswyl ei hun. 'Ac mi dorra i'r crystia i ffwr' i gyd, yli. O, ac rôn i'n meddwl basat ti'n lecio cael hon. Byth yn ei gwisgo hi rŵan. Ma' hi bach yn rhy fregus a delicet gin i rŵan yn fy *Goth Phase*.'

Y freichled fach aur brynodd Lisa hefo'i chyflog cynta o'r caffi.

Gwyddai fod Lisa'n ffalsio, yn ei pharatoi ar gyfer rhywbeth, a theimlodd Anni bwl o nerfau sydyn. Oedd ei merch am roi'r gorau i'w chwrs coleg? Neu'n cael ei hambygio gan rywun? Neu – Dduw Mawr – yn feichiog? Fuo yna erioed sôn am gariad chwaith ...

'Be sy, Lîs? Be sy'n dy boeni di? Achos mae yna rwbath. Dwi'n dy nabod di'n rhy dda.'

'Ti'n gaddo na wnei di'm mynd off-on-won?'

Doedd hynny ddim yn arwydd da. Am y tro cynta

erioed teimodd y stôl wrth far brecwast y gegin yn rhy uchel iddi fedru dringo arni.

'Jyst deud wrtha i, Lisa.'

A chafodd ateb cwbwl annisgwyl.

'Ma' gin Dad ffôn arall.'

'Be ti'n feddwl "arall"? Un newydd, 'lly? Ond mi faswn i'n gwbod ...'

'Naci, Mam. Un arall sbâr. Un pê-as-iw-go, fatha'r un oedd gin Taid erstalwm. Hen-ffash crap, 'lly. Ond cyn ti ddechra panicio, dydi o ddim yn cael affêr, 'de.'

'Wel, nac'di, gobeithio.'

A wyddai Anni ddim a oedd hi wedi siarad yn uchel ai peidio, o achos bod y geiriau fel tasan nhw'n disgyn yn ei holau i gefn ei gwddw.

'Mam? Ti'n gwrando arna i? Nid hefo dynas oedd o'n siarad. Glywish i o'n glir bora 'ma, er ei fod o'n siarad yn isel. Mi oedd o'n meddwl 'mod i'n ista yn y car yn disgwyl amdano fo, ond mi droish i'n ôl. Rhyw ddyn oedd ar y pen arall. Rhyw Mr Moretti, dwi'n meddwl. 'Mr Moretti, ma' gynnon ni broblem.' Rwbath fel'na ddudodd Dad wrtho fo. Dwi wedi sylwi ar y ffôn bach digri 'na o'r blaen, ac mi ddudodd bryd hynny ma'i ffôn gwaith o oedd o. Mi anghofish i bob dim amdano fo tan i mi'i weld o'n ei ddefnyddio fo i siarad hefo rhywun heddiw. Ac mi oedd o'n wiyrd i gyd, 'sti, fel tasa fo ofn trwy'i din i neb ei glywed o, fatha maen nhw mewn ffilms.'

Doedd hi ddim yn cymryd jîniys i roi'r cyfan at ei gilydd. Daeth y sylweddoliad dros Anni fel cawod oer ei bod hi'n bosib nad mwydro fuo Lena Moretti wedi'r cyfan pan ddywedodd fod yr Elis Drake hwnnw, arwr a mentor ei mab, wedi lladd ei chariad. A swniai Elis Drake nad oedd o mo'r math o ddyn i ollwng yr awenau, ni waeth pa mor oedrannus oedd o bellach. Hwnnw oedd y brêns o hyd, felly, tu ôl i holl symudiadau doji'r Tony Moretti anghynnes 'ma. Mi fasa cael warden carchar fel ei Gari hi o dan ei fawd fatha Dolig a phen blwydd yn landio hefo'i gilydd. Hyd yn oed a nhwtha mor sgint, gwyddai Anni na fasa Gari byth yn derbyn breib, ond pe bai'i deulu dan fygythiad ... Bu'r gawod oer o nerfau honno gynnau'n hir iawn yn sychu ar ei chroen wrth iddi ddallt rŵan holl bwrpas y gemau chwaraeodd Moretti hefo hi wedi i'w fam ddod i Gornel Felys. Ei defnyddio hi oedd o i 'ddwyn perswâd' ar ei gŵr i gario clecs iddo o'r carchar, a Duw a wyddai be arall.

Mae Anni Chisholm wedi cadw'r cyfan dan ei het. Wedi torri rheol aur y rhiant da drwy dawelu Lisa hefo'i 'paid â deud wrth dy dad be ti wedi'i ddeud wrtha i'. Wedi ymddwyn fel pe na bai dim byd yn bod.

Tan heddiw.

Mae hi wedi creu sawl ffantasi yn ei phen ynglŷn â sut i dalu'r pwyth yn ôl i ddyn mor smỳg o anorchfygol â Tony Moretti. Darllenodd mewn rhyw nofel neu'i gilydd – ynteu ai mewn ffilm glywodd hi rywun yn dweud? – nad dial yn uniongyrchol ar berson oedd y ffordd orau i fynd o'i chwmpas hi, ond dial yn hytrach ar y person agosa atyn nhw. Roedd hynny'n brifo mwy.

Nid Lena druan, yn amlwg, sydd agosa at galon Moretti (nid yn unig oherwydd yr hyn a ddywedodd hi wrth Anni bryd hynny, ond yn bennaf oherwydd y ffaith nad oedd o byth bron yn dod i edrych amdani erbyn hyn) ond yr Elis Drake 'ma. Ym mhyllau dyfnaf a thywyllaf ei hymennydd, mae Anni eisoes wedi caniatáu i'w dychymyg gonsurio pob math o sefyllfaoedd lle y gall ddial ar Tony Moretti am fod yn gymaint o fasdad hefo hi yn ei gwaith. Ond nid y hi ydi'r unig un yn y mics bellach, naci? Tasa hi'n mynd i hynny, fuo hyn erioed yn ddim byd i'w wneud hefo hi. Ei defnyddio oedd Moretti i gael at Gari. Cofia rŵan iddi sôn wrth Gari am y dyn annifyr 'ma oedd wedi mynnu bod ei fam yn cael y stafell orau yn y cartra, ac am ei fistimanars i gyd, a chael fawr o glust ganddo. Erbyn hyn mae hi'n gwybod pam ei fod o wedi'i chynghori i 'jilio a go-wydd-ddy-fflo'. Does neb, yn amlwg, yn dweud 'na' wrth Tony Moretti.

Ella'i bod hi'n hen bryd i rywun dorri'r arferiad hwnnw, meddylia Anni, yn byseddu ac yn tynnu'n nerfus ar y freichled fach aur sydd dwtsh yn rhy dynn iddi, nes bod y blewyn o gochni ar ei garddwrn a adawyd lle rhwbiodd y tshiaen yn edrych yn boenus o debyg i ôl rasal.

OSH

Mae hi'n rhyddhad cael cyrraedd yn ôl, a gweld y Ninja fel newydd ar lawr y garej. Roedd o wedi derbyn y tecst gan Rich gynnau, ac mae o'n ysu ers hynny i fynd â'r beic am sbin. Dyna'i ddihangfa; fo a'r beic a'r lôn agored. Mae o wedi cael digon ar gael ei gau mewn car am un diwrnod, yn enwedig hefo Mono heddiw. Roedd y cwbwl braidd yn inténs, a chreisus Mono wedi gwthio popeth arall o'r neilltu: Ronan Evans a'i bwl sydyn o'i dweud hi fel oedd hi yng nghanol y chwithdod, a Greta Davies a'i the diarth, a'r atebion llyfn oedd yn glwydda i gyd.

Mae'r garej ar agor, ond does dim golwg o Rich, dim ond Dwynwen yn ista tu mewn i'r drws, ei maint yn ddigon o rybudd i bawb, ac yn fwy na digon i berswadio unrhyw dresmaswr i newid ei feddwl a throi ar ei sawdl.

Ar wahân i hon.

Mae'r ferch yn sefyll â golau dydd tu ôl iddi, fel na fedar Osh weld ei gwynab yn glir, ond mae rhywbeth yn gyfarwydd yn hyder ei hosgo. Mae hi'n gwbwl cŵl o flaen cenllysg o gyfarth a dwy res o ddannedd y byddai crocodeil yn falch o'u harddel.

'Elenid?'

'Iesgob, am groeso llugoer. Mi fasa unrhyw un yn meddwl nad ydw i ddim yn un o dy hoff bobol di.'

'A be sy'n gneud i ti feddwl dy fod ti?'

'Hârsh.' Mae hi'n sbio heibio i'w glust chwith o heb symud ei phen, fel tasa hi'n ufuddhau i orchymyn optisian. 'A hwnna ydi'r Ninja, felly?'

Fel tasa Elenid Wyn yn gwybod y peth cynta am foto-beic. Dydi o ddim isio'r bantar, yn enwedig hefo hon, felly mae o'n trio troi'r sgwrs i dir saffach.

'Ches i'm cyfla i ddiolch i ti am ddod â fy ffôn i'n ôl.'

'Lwcus na wyddwn i ddim be oedd dy bàs-wŷrd di, neu mi faswn i'n gwbod dy sîcrets di i gyd.'

Mae hi wedi gadael agoriad iddo eto, ac mi fedar Osh feddwl am ddigon o atebion smala i'w rhoi i hynna tasa fo isio fflyrtio. Yn hytrach, mae o'n taflu bwcad o chwd dros ei hymdrechion er mwyn gweld oes ganddi gydwybod, ac yn gofyn:

'Lle ma' Eds heddiw, 'ta? Liam wedi deud na cheith o'm awr i ginio, 'ta be?'

'Wedi dod draw dipyn cynt dwi heddiw. Mam isio i mi ddanfon presant i ryw hen gefndar i'w thad sy'n byw rownd ffor' hyn yn rwla. Dim syniad lle mae o, chwaith. Fydd raid i mi ofyn i ddynas y *satnav*.'

Ddylai o ddim bod wedi gadael iddo fo'i hun ddisgyn i'r fagl.

'Lle mae o'n byw 'ta?'

'Ceiri Gwynion? Neu ar gyrion fanno.'

'Dydi o'm yn bell ...'

Ac mae o'n meddwl wrtho'i hun: shit, Osh. I be oeddat ti'n ...?

'Fasat ti ddim yn dod hefo fi, ma' siŵr? Dim ond piciad fydda i. Ddaru Mam drio ffonio, ond chafodd hi ddim atab. Dwi'm yn nabod y boi fy hun, wel, ddim go iawn. Rhyw go' plentyn. Felly dwi ddim yn bwriadu gneud pnawn ohoni.'

Fedar o ddim gwynebu taith arall yn gaeth mewn car hefo neb eto heddiw. A fedar o ddim meddwl am lawer o esgusion dilys. Heblaw am un ...

'Dwi angan rhoi rỳn i'r beic i destio'r egsôst newydd ac ati, er mwyn i mi roi gwbod i Rich ydi o'n iawn. Felly ma' arna i ofn ...'

'Ddo' i hefo chdi, yli.'

'Be ti'n ...?'

'I roi rỳn i'r beic. Waeth i ni bicio i Geiri Gwynion ac yn ôl ddim, yn enwedig os ti'n deud nad ydi fanno ddim ond i fyny'r lôn.'

'Gwranda, Elenid, fedar rhywun-rhywun ddim jyst neidio tu ôl i reidar moto-beic heb ddallt be maen nhw'n ei neud, 'sti.'

'Cytuno. Ti angan helmet, menig, sgidia call a chôt fedar dy arbad di mewn codwm. Gwbod lle i afael, pryd i symud, pryd i beidio. Dydi o'm yn rwbath i'r dibrofiad, nac'di?'

'Yn hollol.'

'Mae hi'n dda fy mod i wedi gneud fy nhrêning hefo'r MRU felly, dydi?'

'Pwy?'

'Y Motorcycle Response Unit. Ti wedi clywed am baramedics ar gefn moto-beics, debyg? Mi ydan ni wrthi ers y Rhyfel Byd Cynta, cofia. Wel, nid fi'n bersonol ...'

Ond mae hi'n jôc wan, a dydi o ddim yn y mŵd.

' ... a dyna pam fod gin i helmet a siaced ym mŵt y car. Handi, 'de? Mi fedran ni ffeirio llefydd, os leci di. Chdi ar y sgîl, a finna'n llywio.'

'Ti ddim yn gwbod y ffor'.'

Dyna'r cyfan sydd ganddo fo, ymateb hogyn ysgol yn colli dadl sydd tu hwnt iddo. Wedyn mae hi'n dweud rhywbeth sy'n peri iddo foeli'i glustiau.

'Dim ond i Yncl Elis beidio cael ffit biws o weld rhywun mewn dillad paramedic ar stepan ei ddrws o, wrth gwrs. Mae'r hen foi mewn gwth o oedran erbyn hyn. Rhyw olwg llwydaidd fu arno fo erioed, yn ôl Mam. Digon tebyg i Draciwla erstalwm, medda hi. Crîpi, 'ta be? Ella mai dyna pam fy mod i awydd cael rhywun yn gwmni ... Be sy?'

'Nid Elis Drake ydi dy "Yncl Elis" di?'

'Ia. Pam? Ti'n nabod o?'

Ond mae o'n cerdded oddi wrthi, yn estyn ei helmet a'i fenig ac yn tynnu'r beic oddi ar ei stand.

'Dos i nôl dy gêr, 'ta,' medda fo. 'Sgin i'm trwy'r dydd.'

Ond tu mewn i'w siaced ledar, mae'i galon o'n curo rhyw dwtsh yn gyflymach. Dydi o ddim yn nabod Elis Drake, ond mae o'n nabod gwres yr adrenalin yn ei wythiennau, yn gwybod yn reddfol ei fod o ar drywydd atebion mae arno wir eu hangen os ydi o'n mynd i gracio'r cês 'ma, a chael tawelwch meddwl iddo fo'i hun yn ogystal ag i Ronan Evans.

Dydi cael pasinjýr ddim yn aidíal er mwyn testio'r beic. Bu tro byd ers iddo gario neb arall, ac mae pwysau Elenid yn gwneud gwahaniaeth. Mae hi'r un taldra â fo, ac yn gweithio allan yn y *gym* yn rheolaidd yn ôl ei golwg, felly dydi hi ddim yn ysgafn. Ond gŵyr sut i handlo'i chorff, sut i gymryd y troeadau hefo fo. Sut i ddal yn dynn am ei ganol.

Dydi o ddim yn hollol siŵr sut mae o'n teimlo ynglŷn â hynny.

Nac yn siŵr faint o dai mewn llefydd anial fedar o'u gwynebu chwaith mewn un diwrnod. Mae yna ardd nobl yn y fan hyn hefyd, ond yn fwy amlwg i olwg llygad nag un Greta Davies, yn strwythuredig a thaclus, fel tasa rhywun yn ei thendiad a'i thorri'n rheolaidd. Mwy o drefn, yn sicr, ond llai o ddychymyg. Llai o ddirgelwch iddi.

'Dim atab,' medda Elenid dros ei hysgwydd. 'Ella basa hi'n well i mi jyst gadael y pecyn 'ma gin Mam ar stepan y drws …?'

Dyna'r peth ola y mae Osh isio iddi'i wneud, rŵan ac yntau'n gwbod pwy sy'n byw yn y tŷ. Nid gollwng parsel a mynd, fatha dreifar Evri, ydi'i fwriad o bellach.

'Be am drio rownd y cefn?' medda fo, yn boenus o ymwybodol o llgada Elenid Wyn arno, a'i gwên fach awgrymog, gam, ac isio gweiddi: naci, 'mechan i; *nid* esgus i dreulio mwy o amser yn dy gwmni di ydi hwn …

Mae hi'n flerach rownd cefn y tŷ, fel tasa yna fawr o ddefnydd ar y drws yn fanno, ac mae'r llwybr at y giât wedi tyfu braidd yn wyllt, ac ambell fiaren yn cyrlio'i choflaid gwrach am eu fferau.

'Go brin ei fod o'n defnyddio'r drws cefn o gwbwl,' medda Elenid, 'yn enwedig bod y biniau yn ffrynt y tŷ, ac yn cael eu casglu o'r lôn bost.'

Mae Osh yn eitha imprésd hefo'i sylwgarwch, ac ar fin dweud wrthi mai ditectif ddylai hi fod, nid paramedic, nes iddo ailfeddwl. Byddai bwydo mwy ar ei hego hi'n arwain yn anorfod at fwy o bowldrwydd tuag ato ar ei rhan hi. Er basa Aled O'Shea'n medru fflyrtio hefo'i gysgod ei hun pe bai'r angen yn codi, dydi o ddim am fynd i fanno hefo hon. Mae o'n digwydd meddwl fod yr hen Gwyn Eds yn foi iawn, a fuo dwyn cariadon pobol eraill erioed ar ei agenda, hyd yn oed pe bai o'n eu ffansïo nhw fwya'r erioed. Ond tasa Eds wedi bod yn canlyn Anji Kiely ar y llaw arall, wel, ella basa hynny'n fater gwahanol ...

'Osh? Dydi'r drws cefn ddim wedi'i gloi. Be wnawn ni? Fedran ni ddim jyst cerddad i mewn ...'

A dyna sut na wnei di byth dditectif, meddylia Osh. O achos iddo fo, golyga'r drws heb ei gloi fod rhywun wedi bod drwyddo'n lled ddiweddar. Oes, mae gan Elenid y bôls rhyfedda'n gwneud y gwaith mae hi'n ei wneud, ond mae angen gwahanol fatha o geillia yn ei job o. Yr hyfdra i ddilyn greddf, ac ystyried y canlyniadau wedyn. Mi fasa Anji trwy'r drws ac yn y parlwr erbyn hyn. Gresyn na fedra hi fod yr un mor fyrbwyll yn ei bywyd personol ...

'Sefa'n ôl. Mi a' i i mewn gynta.'

Er ei syndod, mae hi'n gwrando am unwaith, yn ei ddilyn yn betrus fel rhywun yn cerdded ar wydr. Ond ar ôl agor drws y gegin sy'n arwain at weddill y tŷ, mae hi'n cydio yn ei fraich i'w dynnu'n ôl, ac mae'r ddau'n nabod y drewdod.

'Paid â mynd dim pellach,' medda fo.

'Paramedic ydw i, Osh. Fydd 'na'm byd nad ydw i wedi'i weld o'r blaen.'

A fydd yna ffyc-ôl fedri di'i wneud i hwn chwaith yn ôl ei ogla fo, meddylia Osh, ei barch tuag at gorff marw wedi'i gymylu braidd gan rwystredigaeth oedd bron yn gignoeth. Cheith o ddim cyfle i holi'r basdad yma rŵan.

'Paid twtshad yn ddim byd, dyna'r cyfan rôn i'n feddwl,' medda Osh, yn gwybod ei fod o'n swnio'n biwis, 'nid â'r cops ar *speed dial* gin y ddau ohonan ni.'

Ond fo sy'n gwneud yr alwad.

Mae Liam O'Shea'n croesawu newyddion ei frawd gyda'i frwdfrydedd arferol:

'Ffycin hel. Be ti'n da'n fanna'n busnesu? Paid â hel dy fodia ar lembyd. Fyddan ni yna mewn ugian.'

Mae hynny'n golygu deng munud, os ydi Osh yn nabod ei frawd. Mi roith y fflashars glas ymlaen, a stopio mwy o draffig na ddaru cnebrwn y Cwîn yn ei frys i gyrraedd yma cyn i Dafydd Dau Flewyn landio a dechra clymu rhubana ar draws pob dim.

Gwyn Edwards sy'n cerdded i mewn gynta, ac mae Elenid yn syndod o amhroffesiynol yn rhedeg i'w freichiau.

'Len, dwi'n gweithio. Callia.'

'Yncl Els 'dio,' medda hi'n snifflyd, lled ddagreuol a hollol allan o gymeriad.

Yncl Els o ddiawl, meddylia Osh. Roedd hi'n nabod mwy ar Santa Clôs nag oedd hi'n ei nabod ar hwn. Sylweddola'n sydyn mai perfformiad ar ei gyfer o ydi hyn i gyd, am na chafodd hi'r sylw roedd hi wedi gobeithio'i gael ganddo; rhyw sbia-arna-fi-ma'-'nghariad-i'n-dditectif-go-iawn, a does ganddo fo ddim mynadd. Mae o isio ista i lawr hefo Anji a gwneud sens o bob dim, isio'i biti-parti bach ei hun er mwyn cael tantro hefo rhywun sy'n dallt faint o *biss*-têc ydi rhywun yn marw cyn i ti gael gwybod y gwir ganddyn nhw.

Dydi treulio amser mewn stafell lle mae corff wedi dechra dadfeilio'n barod ddim yn beth pleserus o bell ffordd, ac mae gwynab DI Gwyn Edwards ei hun yn dechra troi'n shedan digon piwclyd o wyrdd pan glyw, drwy'r drws ffrynt agored, sŵn car arall yn tynnu at flaen y tŷ. Mae Liam yn gwneud stumia-tynnu-llaw-dros-ei-gorun arno fo, ac ar y gair – neu'n hytrach, ar yr ystum – daw Daf Dau Flewyn i'r fei, ei gôm-ofŷr, diolch i Dduw, bellach yng nghudd o dan gwfl ei siwt *hazmat*, a datgan, hefo diffyg amynedd ymgymerwr mewn te parti mwncwns:

'Be 'di hwn, cwarfod gweddi? Cerwch o'ma rŵan, 'dach chi'n contaminetio'r craim-sîn.'

Does ar Gwyn Eds ddim angen i neb ei wadd ddwywaith i fynd i ddrachtio awyr iach, ac er gwaetha'i harbenigedd digymar mewn delio â chyrff, dydi Elenid Wyn ddim yn gwastraffu dim amser yn ei ddilyn allan chwaith. Mae Dau Flewyn yn sbio ar Osh a'i frawd fel tasa fo'n credu mai nhw ill dau oedd yn creu'r ogla drwg.

'A does dim isio i chi'ch dau fod yn sefyll yna fel Ant a Dec chwaith nes bydda i wedi gorffan yn fama.'

Teimla Osh ei hun yn cael trafferth mygu gwên, tra bod Liam a Daf yn gwneud gwyneba tin ar ei gilydd fatha dau fwch gafr. Fasa dim gwahaniaeth ganddo yntau gael mymryn o awyr lân yn ei ffroenau, ond mae'i frawd yn bengaled ac yn gwrthod ildio'i reolaeth o'r sefyllfa. Tecst a galwad ffôn gan Anji, un ar ôl y llall, yn dweud wrth Osh am symud ei din yn ei ôl i'r swyddfa ar frys, sy'n tynnu sylw Liam oddi ar symudiadau Daf Dau Flewyn, ac yn peri i hwnnw wgu arno yntau rŵan fatha tasa fo wedi anghofio diffodd ei fobeil mewn cnebrwn. Ond gan Osh mae'r llaw ucha – a'r abwyd i ddenu Liam oddi yno ar frys:

'Choeli di byth be ddudodd Kiely rŵan.'

Mae Liam yn codi'i aeliau mewn ystum ti-isio-bet, ond mae'r bomshel nesa'n trympio popeth a glywodd gan Kiely ac O'Shea yn y ddwy flynedd ddwytha. Mae Osh yn trio peidio dangos gormod o gyffro yng ngŵydd y SOCOs sy'n sisial o gwmpas yn ddi-sgwrs yn eu siwtiau gwynion fel ysbrydion wedi eu clymu hefo felcro:

'Gwranda, Liam. Ma hyn yn ffycin *hiwj*.'

'Paid â siarad fatha hogyn ysgol.'

'Ti'm isio gwbod, 'ta?'

Liam erbyn hyn sy'n gwthio Osh allan trwy'r drws gan fod hyd yn oed Dafydd Dau Flewyn yn cogio nad ydi o'n trio moeli'i glustiau o dan ei hwd cemegol.

'Ty'd 'laen, 'ta. Be sy mor bwysig ynglŷn â brêcing-niws Anji Kiely?'

'Ma' hi wedi cael hyd i hen dystiolaeth all brofi bod Ronan Evans wedi cael bai ar gam.'

'Nefar! Yn lle?'

A rŵan mae Osh yn dechra'i fwynhau'i hun wrth weld fod llgada Liam fatha dau nionyn picl yn ei ben o.

'Wn i'm fedra i ddeud wrthat ti a chditha ddim yn ista i lawr. 'Cofn i ti gael gormod o sioc, yn dy oed ti, 'lly, 'de?'

'Rho'r gora i falu ...'

'Yn atig chwaer Archie Cunningham.'

Maen nhw'n sefyll ar dir neb drafftiog rhiniog drws y ffrynt tra bod Gwyn ac Elenid mewn sgwrs o'u blaenau ar y dreif tu allan, a Daf Dau Flewyn a'i ysbrydion mud yn symud llanast o un lle i'r llall tu ôl iddyn nhw. Teimla Osh y bybl o ddistawrwydd syfrdan yn cau'n grwn amdanyn nhw ill dau, a chanslo synau pawb arall fel tasa ganddo fo ddŵr yn ei glustiau. Liam sy'n rhoi pìn yn y swigan honno, ond fedar o ddim celu oddi wrth ei frawd fod darganfyddiad Angharad fel siot o rywbeth go bwerus yn ysu trwy'i wythiennau. Ymateb hogyn ysgol sydd ganddo yntau rŵan:

'Osh, chdi oedd yn iawn, boi. Ma' hyn *yn* ffycin hiwj.'

MONO

Dwi'n rhyfeddu at allu Rich i dy gael di i jilio mwy. Mae bod hefo Osh am gyfnod hir yn gneud i mi deimlo ar biga; pan fydd o ar drywydd rwbath mae o fatha tasa fo wedi'i weirio. Ond Rich? Dwi wedi deud o'r blaen, 'de – mae o wedi'i wastraffu'n trin moto-beics. Mae o mor *zen* weithia, mae o'n insên. Nid y fo, Rich yn insên, dwi'n ei feddwl – wel, ia, ella'i fod o, erbyn meddwl – ond yr holl feib cŵl o fod yn ei gwmni o. A feddylish i erioed pa mor ddifyr fasa 'hongian' (blydi hel, dwi hyd yn oed yn meddwl mewn termau hipïaidd rŵan) hefo cyn-Hells Angel a chanddo feddwl mor ddadansoddol. Mi wnâi uffar o Ddî-Ai heblaw am y poni-têl 'na. A dyna ddrwg yr holl jobsys sefydliadol 'ma lle mae confensiwn yn rheoli, 'de, lle mae'n well ganddyn nhw ddynion gwallt byr i gyd-fynd â'r weledigaeth-gocrotshian sy'n byw o'dan y siort-bac-an-saids. Ond dyna fo, 'de? Mi oedd gin Iesu Grist wallt hir a brên, ac yli be ddigwyddodd i hwnnw. A dyma ni yn yr un lle: dont-get-mi-startyd eto ar betha o'r Beibil, neu mi fydda i angan rwbath cryfach na pheint ar ôl gwaith …

"'Bob ydi Robat, Jac ydi John, *stone* ydi carrag a *stick* ydi ffon,'" medda Rich, ag un llygad amheus ar beiriant coffi Nicola, sy'n mynd i'r afael â'r llwyth newydd o ffa coffi hefo *finesse* injan ddyrnu.

'Asu, Rich, ti 'di bod ar y myshrwms 'na eto, dwa?'

Mae fy mantar i angen practis pnawn 'ma; mae hi'n hwyr yn y dydd, ac mae bod mor hands-on heddiw wedi fy nacro fi. Bron bron *bron* na faswn i'n deud ei bod hi'n haws pan *nad* oedd Osh o gwmpas. Nid wedi *marw*, naci, siŵr Dduw, jyst ddim yma, 'lly. Mae'i frwdfrydedd o bron yn ADHD-aidd weithia. Ond be ydi'r dewis, 'de? Bod yn bôrd, 'ta bod yn nacyrd? Tỳffcôl. Ond mae Anji'n hapusach, o leia. 'Ta ydi hi ...? Ffycnôs be ddudith hi pan ffendith hi'i fod o wedi diflannu i rwla hefo'r Elenid Wyn honno gynnau ar ôl i ni gyrraedd yn ein holau o dŷ Greta Davies. Wnes i ddim ond troi 'nghefn am ddeng munud ...

'Ti'm yn canolbwyntio, Mono.'

Mae o'n iawn. Meddwl am Anji'n gweld Osh yn dod yn ei ôl yma hefo Elenid ar gefn y beic ydw i, a'i breichiau'n dynn am ei ganol o. O achos mai'r cwbwl glywson ni o'r fan hyn oedd rhu'r Ninja'n gadael iard y garej, a char Elenid wedi'i barcio ar frys pan biciodd Rich draw i tsiecio. LEN11 WYN. Leni mae'i ffrindia agosa hi'n ei galw hi. Ac mae'r plât rhif 'na wedi costio ceiniog a dima hefyd, yn ôl Rich.

'Be? Yndw, tad. Chdi oedd yn mwydro rwbath am "Dic ydi Richard" ...'

'Naci, "Bob ydi Robat, Jac ydi John". Hen rigwm o rwla. Rwbath fydda Mam yn arfar ei ddeud,' medda Rich, ei dro fo am unwaith i ddod i seiadu i swyddfa newydd Osh, yn hytrach na bod hwnnw'n dianc i'r garej bob gafael i guddio oddi wrth Nicola. Mae o newydd orffen gosod yr egsôst ar y Ninja, medda fo, ac wedi rhoi gweddill y pnawn i ffwrdd iddo fo'i hun, gan wybod na cheith o ddim tâl fel arall am y job.

Mae yna bost-its pob lliw ar hyd y ddesg, yn gybolfa o enwau a phytiau o nodiadau, fatha jig-sô hôm-med â'i ddarnau'n dechra cyrlio.

'Dwi'n crafu 'mhen yn fama,' medda fi, ddim cweit yn siŵr i le mae Rich yn mynd, ac yn syllu o un i'r llall ar bost-its yn dwyn y sgribls *Jac o Galonnau, Oh Shish = Gresham's* ac *Evans hefo GD ar y noson y lladdwyd AC*. 'Dwi'n mynd i nunlla hefo'r cardia 'ma.'

'Dyna dwi'n ddeud,' medda Rich wedyn. '"Bob ydi Robat, Jac ydi *John*", felly ella mai am John rydan ni'n chwilio, ac nid Jac?'

Mae 'mhen i'n slwj, ac mae'r injan goffi newydd orffen dyrnu. Fel dwi'n codi i nôl jòch o rwbath i gaffineiddio 'mrên, mae Anji'n cyrraedd fatha tasa corwynt wedi'i gwthio hi drwy'r drws, ac yn sodro'r bocs mae hi'n ei gario ar ymyl y ddesg.

'Pwy ydi Leni Wyn, 'ta?' medda hi.

A dwi'n gweld yr esgusodion posib er mwyn cadw cefn Osh yn ffrŵt-mashînio drwy llgada Rich T un ar ôl y llall. Mae'r holl ddynwared y CID fuon ni'n ei neud gynna wedi mynd yn angof ar amrantiad.

'Coffi?' medda fi.

'Oes rhywun yn gwbod pryd daw Nicola yn ei hôl?'

medda Rich, yn rhoi esgus i'r ddau ohonon ni edrach i'w gyfeiriad o rŵan, â'n cega fatha dau gyw deryn.

Weithia, ma' petha jyst yn digwydd yn un rhibidires, dydyn? Cyn i mi gael cyfle i losgi 'ngheg ar y coffi du, mae yna dwrw moto-beic tu allan, ac mae 'nghalon i'n brathu 'mrest i fatha lastig band yn pingio. Lle bynnag y buo Osh ac Elenid, fuon nhw ddim yn hir. Mae yna glep drws car, ac mae'r ail gorwynt yn chwythu i mewn i'r swyddfa. Neu gorwyntoedd. Mae yna ddau ohonyn nhw'n does? Ond nid yr un dau ag oeddwn i'n eu disgwyl. Dwi'n dal i gadw llygad ar y drws, ond does 'na'm golwg o 'Leni', diolch i Dduw. Nid rŵan ydi'r adeg i Anji fynd yn jelÿs i gyd eto, yn enwedig a phopeth yn dal i'w weld yn reit fregus o hyd rhwng Osh a hitha. Ac mae hi'n deg deud, y munud hwnnw, na fush i erioed yn falchach o weld corun moel a sgwydda wardrob Liam O'Shea wrth iddo fo ddilyn Osh drwy'r drws.

'Fedra i ddim aros yn hir,' medda Liam, cyn i neb ofyn a oedd o'n aros o gwbwl, a chwalu lle gwag iddo fo'i hun rhwng y post-its ar y ddesg. 'Be ydi hyn, hogia? Wedi bod yn chwarae CID 'dach chi?'

Trio bod yn ddoniol mae o, ond mae gynno fo waith practisio'i fantar, 'de. Ac mi fedra i ddallt Osh isio tagu'i frawd weithia. Ond nid bai Liam ydi o, chwara teg. Mae o wedi treulio'r rhan fwya o'i oes yn sbio i lawr ar bobol, a chodi ofn arnyn nhw, dydi? Anodd dod i lawr i lefel meidrolion wedyn. Fatha cath yn dal llgodan, 'de? Chwara hefo hi a'i dychryn i ffitia nes ei bod hi'n hannar marw, ac wedyn deud: jôc oedd hi, mêt! Ti isio rhannu fy Dreamies i? Trîts ydi'r rheiny. Yn ôl yr adfyrt ar y teli, mae cathod yn eu lluchio'u hunain drwy walia er mwyn eu cael nhw. Ond fy mhwynt i ydi na fedri di ddim bod yn fasdad bygythiol un munud, ac wedyn ...

'Mono? Rho dy hîring-êd i mewn.'

'Sori, Anji ...?'

'Fel y dechreuish i ddeud,' medda Osh, yn dwyn fy mhanad oddi arna i hefo winc gynllwyngar, 'ma' na farwolaeth amheus arall wedi digwydd. Liam ac Eds a fi newydd ddod o'na rŵan.' Neb yn sôn am Elenid Wyn. Dwi'n anadlu eto. Mi aeth adra hefo'i chariad, ma' raid ...

'Boi o'r enw Elis Drake,' ychwanega Liam. 'Ac ma' gin i reswm i gredu fod gin hwnnw gysylltiad ag Archie Cunningham.'

Os ydi o'n disgwyl standing-ofêshon, dydi o ddim yn cael un. Mae Anji'n tynnu'r gwynt o'i hwylia fo.

'Mi oedd Archie a fo'n fêts,' medda hi. 'Dw i newydd gael gwbod hynny gynna gin chwaer Archie. Ac ma' be dwi'n mynd i ddeud wrtha chi rŵan yn ffrwydrol.' Distawrwydd llethol. 'A dyna pam nad ydw i'n siŵr a ddylai Liam fod yma i glywed hyn ...'

Dyna fo. Be ddudish i? Ddim cweit yn un ohonan *ni*, rili, nac'di? Ddim yn rhywun fasat ti isio rhannu dy Dreamies hefo fo ...

'Braidd yn hwyr,' medda Osh. 'Dwi wedi deud wrtho fo fod gin ti dystiolaeth alla glirio enw Ronan Evans.'

Be? Ocine ...e ...el ...!

'Ia, ond dwyt ti ddim wedi deud yn union be, naddo, O'Shea?'

'Wel, ddim yn union, ond ...'

Mae Anji'n troi at Liam, yn pwsiffwtio o'i gwmpas o – pam fod cathod yn cael rhan mor flaenllaw yn fy niwrnod i heddiw? – fel tasa hi'n cynghori Prif Weinidog – ac yn deud:

'Os wyt ti'n aros i glywed hyn, Liam, ma' raid i ti anghofio mai DCI wyt ti.'

'Neu mi fyddi di isio gneud riport, a rhyw falu cachu fel'na,' medda Osh, 'a'n dobio ni i gyd i fewn.'

'Malu cachu fel'na, fel ti'n cyfeirio mor delynegol at waith plismona, ydi'n job i, Osh.'

'Hollol,' medda Anji. 'Dyna pam ddudish i y dylat ti fynd o'ma, no-offéns, 'lly.'

Mae Osh yn cuddio'i wên yn ei banad – sori, fy mhanad i – a dwi'n ista'n ôl i wylio'r ddrama. Ma' hyn yn well na dim byd ar y teli.

'Dwi'm yn mynd i nunlla nes bydda i'n cael gwbod pa firi 'dach chi ar fin eich cael eich hunain iddo fo,' medda Liam. 'Ac os 'dach chi am ddefnyddio'r dystiolaeth newydd 'ma, beth bynnag ddiawl ydi hi, i drio clirio enw Ronan Evans, lle 'dach chi'n mynd i ddeud y cafoch chi hyd iddi? Ar ochor lôn?'

'Naci,' medda Anji'n llyfn, 'yn atig Gwyneth Cunningham.'

Ac mae hi'n adrodd yr hanes, sut y bu iddi ddanfon post at Gwyneth, cymdoges ei mam a oedd newydd golli'r brawd, a thros banad, mi agorodd honno'i chalon iddi.

'Lle mae'r stwff rŵan?' medda Liam.

Rydan ni i gyd wedi sadio rhywfaint ar ôl dallt fod y gwn a saethodd Ilar Gresham y jiwlar yn rhan o'r dystiolaeth 'goll' roedd Gwyneth wedi'i chuddio oddi wrth ei brawd.

'Be arall oeddach chi'n feddwl oedd yn y bocs 'ma, 'ta?' medda Anji.

'Iesu Gwyn,' medda Liam, tra bod llgada Osh yn tanio fatha dwy fatshian.

'"Bob ydi Robat, Jac ydi John",' medda Rich, sydd wedi bod mor dawel cyhyd nes ein bod ni wedi anghofio'i fod o yna, ac amneidio at y llythrennau breision ar ochor y bocs: B.O.B.

'Bartlett's of Birmingham,' medda Anji. 'Rhyw gwmni llestri erstalwm. Fasach chi ddim yn disgwyl iddi labelu'r bocs yn STOLEN EVIDENCE, na fasach, a hitha'n trio'i guddio fo?'

'Ond be oedd hwnna ddudist ti rŵan, Rich?' medda Osh. 'Y peth "Bob ydi Robat" 'na?'

'O, rhyw hen bennill fach smala'n egluro enwa,' medda Rich, ac ailadrodd yr hyn y buo fo a fi'n ei drafod cyn iddi fynd yn gwarfod cyhoeddus yma.

'Trio datrys ystyr cardyn y Jac o Galonnau oeddan ni,' medda finna'n meddwl y dylwn i roi fy mhwt i mewn.

'Ddylwn i ddim deud,' medda Liam, 'ond roedd yna

un felly ym mhocad Tomi Williams y traffig warden hefyd. Cysylltu'r ddau, tydi?'

'Côling-card,' medda fi.

'Ti'n gwatshiad gormod o delifision, Mono,' medda Liam. Braidd yn hârsh, ôn i'n meddwl, nes dudodd Anji:

'Ma' Mono'n iawn, Liam. Yr un llofrudd ydi o, 'de?'

'Neu hi,' medda Rich.

'Hollol,' medda Anji, fel tasa hi'n rhoi nòd anaddas o frwd i gyfeiriad ffeministiaeth o dan yr amgylchiadau.

Roedd Rich yn dal i fwydro:

'"Jac ydi John." *John* of Hearts ...'

A dyna barodd i Liam ddyrnu'r bwr' a gweiddi dros y lle:

'Ffycin hel, ia, siŵr Dduw! John ydi o. Rich, ti'n athrylith ...'

'Mae o wedi cael ei ddeud ...' medda Rich.

'*Hearts*,' medda Liam wedyn. 'Y gamblo. Johnny Hart, 'de? Godffaddýr Gogledd Cymru. Perchennog y clybiau nos. A phwy welish i yn ei gnebrwn o, larj-as-laiff ...'

A dwi'n meddwl: ydi o'n trio defnyddio eironi'n fanna?

'... ond Archie blydi Cunningham.'

'A oedd yn fyw o ddyledion gamblo, yn ôl ei chwaer,' medda Anji.

'Ac mi fydd yna fwy fyth o atebion yn y majic-bocs 'na,' medda Osh. 'Gynta'n byd gawn ni fforensics ar be sy yn hwnna ...'

Ond mae Liam, er ei fod o'n siarad sens, yn tywallt jòch o ddŵr oer dros gyffro'i frawd unwaith yn rhagor:

'Osh, ma'r Gwyneth 'ma'n mynd i fod mewn uffar o le am gelu tystiolaeth fel hyn.'

'Celu, 'ta *dio*gelu? Mae yna wahaniaeth,' medda Osh. 'Dan glo oedd y dystiolaeth i fod, a hynny ar adeg pan fydda pob matha o ddarnau o dystiolaeth yn mynd ar goll, neu'n angof, neu'n cael eu lluchio, hyd yn oed. Roedd y cyfan yn saffach yn nwylo Gwyneth, yn doedd? Yn enwedig â Cunningham yn prowla o gwmpas y lle'n amlwg isio dinistrio popeth er mwyn cyfro'i dracs. A hitha'n gwbod erbyn hynny, cofia, ei fod o'n fêts hefo'r gangstars lleol. A rŵan mae'r stwff wedi dod i'r fei, ar yr union adeg y mae ar Ronan Evans ei angen o.'

Mae Liam yn taflu golwg sychedig i gyfeiriant y jwg goffi cyn chwarae'i gardyn ola, fel petai, a ninna ym myd gamblo bellach:

'Os defnyddiwch chi'r dystiolaeth, mi fyddan nhw isio holi Gwyneth yn dwll.'

'Wel, fydd dim rhaid iddi chwilio'n bell am dwrna, na fydd?' medda Osh wedyn.

A'i gardyn o sy'n ennill y gêm, yn fy marn i. Mi fedra i dystio, o brofiad personol, fod Osh mewn lledar motobeic yn ddigon o gorwynt cyfreithiol pan fo angen. Ond Aled O'Shea LLB Hons mewn siwt? Anorchfygol. Mi fedrwn i werthu ticedi.

'O? A ti'n mynd i amddiffyn fy job inna hefyd, wyt, Mickey Haller?' Ond does yna ddim brath yn y geiriau bellach, a dwi wedi clywed Liam yn tyneru'i lais fel'na o'r blaen: mewn edmygedd mae o, ond fasa fo byth yn cyfadda hynny.

'Wnawn ni mo dy implicêtio di, siŵr iawn,' medda Osh, yn synhwyro'r meddalu sydyn. 'Mi ofynna i i Elwyn Llgodan (hen ffrind ysgol i Liam hefo'i gwmni fforensics ei hun yn Llundain). Fo ddaru'n helpu ni llynadd, 'de, pan aeth Arawn Llynon ar goll? A does gynnon ni ddim wsnosa, nac oes, i ddisgwyl am ganlyniada fforensig? Wel, does gan Ronan Evans ddim, beth bynnag, os ydan ni isio iddo fo fyw i weld ei enw'n cael ei glirio.'

Mae brawddeg ola Osh yn ein sobri ni i gyd.

'Ro i ganiad i Elwyn,' medda Liam. 'Ond dydw i ddim wedi clywed hyn heddiw, ti'n dallt? Ydi hynna'n glir i bawb?'

'Hollol glir,' medda fi, er nad arna i oedd o'n sbio.

'Fatha jin,' medda Rich.

'Diolch, Liam,' medda Anji.

Er mai Osh ydi'r ola i ateb, mae'r ffordd mae'r ddau frawd yn cofleidio'i gilydd yn sydyn cyn i Liam adael yn deud y cyfan:

'Nais-won.'

ANJI

'Be ti'n feddwl "stêc-owt"?'

'Dipyn o waith syrfeilans go iawn, 'de, Kiely? Mi gawn ni fenthyg fan Rich. Awn ni ar ôl iddi dwllu, yli. Welith neb mohonan ni.'

Symudodd gudyn o wallt o'i llygad yn dyner hefo ymyl ei fawd. Esgus o gyffyrddiad oedd o, ond digon i yrru cryndod drwyddi oedd yn cyrraedd ei henaid.

'Welith neb mohonan ni yn fama chwaith,' medda hi, yn teimlo'n hy wrth gofio'r ffordd yr edrychodd o arni gynnau wrth iddi gyflwyno'r bocs â'r holl dystiolaeth ynddo; yr edmygedd yn ei llgada fo'n gymysg â rhywbeth arall anghenus a mwy cyntefig.

Fedrai Osh ddim celu faint roedd arno fo'i hisio hi, ac roedd hynny'n uffernol o secsi. Yn rhoi hyder iddi. Yn ei hatgoffa o'r hyn fuo rhyngddyn nhw cyn i bethau chwalu.

Cyn iddi hi ganiatáu i bethau chwalu.

Roedd y swyddfa'n wag fel eglwys erbyn hynny, a dim ond mygiau coffi budron a chadeiriau ar draws ei gilydd i dystio fod y giang i gyd wedi bod yno lai nag awr yn ôl. Yn wag fel roedd hi ar ôl i Nicola adael ganol y bore i fynd at y 'deintydd' a'i gadael hithau rhwng chwerthin a chrio, y gyfrinach fach a adawodd ar ei hôl yn wers mewn bywyd ynddi'i hun, yn ei hargyhoeddi nad ydi hi byth yn rhy hwyr i fynd ar ôl hapusrwydd:

'Dwi'n blydi nỳts am rywun, 'sti, Anj. Methu'n glir â'i gael o allan o 'mhen, cofia. Fatha blydi hogan ysgol, 'ta be?' Roedd y sglein yn ei llgada hi'n gwneud iddi edrych hanner ei hoed.

'Mae o'n sbesial, ma' raid, Nic, iddo fo roi twincl fel'na i ti.'

'Dwi'm yn blydi dallt fi fy hun, 'sti, Anj, taswn i'n onast. Dwi'n blydi difôrsd ers blydi blynyddoedd, dydw? A rhyngot ti a fi, 'de, fush i 'rioed yn rhy cîn ar blydi secs. Oni'n ei weld o'n debyg iawn i garthu catsh y blydi hamster. Rwbath diddiolch oedd raid i rywun neud unwaith yr wsos; lot o duchan a chwthu, a gorffan y job hefo blydi llwyth o gitshin-rôl.'

'Ond ti'n lecio secs hefo hwn?'

'Dwi'n meddwl lot am *gael* secs hefo fo, 'de.'

'Be? 'Dach chi ddim wedi ...'

''Di o'm hyd yn oed yn blydi gwbod 'mod i'n ei ffansïo fo, nac'di? Er 'mod i'n ei blydi weld o bob blydi dydd.'

Damia chdi eto, O'Shea, meddyliodd Angharad, ac roedd hi'n flin hefo hi'i hun wrth ddarganfod ei bod hi hyd yn oed yn jelỳs o Nicola druan. Yr uffar digywilydd, yn fflyrtio ac yn torri calonnau pawb ...

'A dim Osh ydi o'r hulpan,' medda Nicola'n darllen ei meddwl, 'felly llai o'r gwynab tin. Chdi ma' hwnnw isio eniwe, ond dy fod ti'n rhy blydi bengalad i wbod be sy'n dda i ti.'

'Pwy, 'ta?'

Plis Dduw, paid â deud 'Mono'...

'Rich T, 'de? Mae o'n blydi gorjys, a dwi'n mynd fatha blydi tomato bob tro mae o'n dod i fewn i fama. Paid â deud wrth Osh, ond nid at dentist dwi'n mynd bora 'ma, ond cael hei-leits yn 'y ngwallt. Am sbriwsio mwy arna fi fy hun a trio blydi rhegi llai, edrach be ddigwyddith.'

'Ti *yn* dallt y bydda inna'n fòs arnat ti hefyd yn o fuan, dwyt? Felly dyma'r tro cynta a'r dwytha gei di sgeifio, neu mi fydda i'n dy yrru di'n ôl i'r *Herald* at Dei Cemlyn.'

A hyd yn oed pe na bai hynny'n dynnu coes rhwng ffrindiau, byddai Angharad wedi rhoi'r wythnos gyfan iddi heb golli tâl dim ond am iddi gael clywed yr un frawddeg honno: *Chdi ma' hwnnw isio eniwe...*

Hi oedd yn rhy bengaled, yn rhy 'blydi' bengaled – roedd Nicola'n iawn – i wybod be oedd yn dda iddi. Agorwyd ei llgada. Fyddai'i balchder a'i phengaledwch yn dda i ddim iddi bellach lle roedd Osh yn y cwestiwn.

'Dwi'n cael mynd at Leon i neud y blydi gwallt 'ma, 'ta?'

'Dos, y gloman, cyn i mi newid fy meddwl. A phryna lipstic newydd tra ti wrthi. Diolch, Nic.'

'Nid fi sydd i fod i ddiolch i chdi, Miranda Priestly?'

'Nic, mi fasa Rich yn lwcus i dy gael di. Dos amdani, ia?'

'Ar un blydi amod,' medda Nicola'n syth. 'Dwi isio i

titha neud yr un peth. A'r twincl 'ma? Mi oedd o yn dy llgada ditha'r munud y cerddodd Aled O'Shea i mewn i swyddfa'r *Herald* ddwy flynedd yn ôl. Cer i chwilio amdano fo eto.'

'Osh, 'ta'r twincl?'

'Y blydi ddau!'

A diflannodd Nicola mewn chwa o sent newydd, a'i gadael yn teimlo'n fwy gobeithiol ynglŷn ag O'Shea a hithau nag y bu ers tro. Mae hi wedi ista yng nghanol ei thywyllwch emosiynol ei hun yn rhy hir. Ond ambell waith, mae hi'n cymryd rhywun arall i agor y llenni drostat ti, meddyliodd.

Rŵan, mae hi'n nos, ac mae hi'n ista hefo Osh mewn fan hefo blew ci ar hyd y sêt a'i bysedd yn rhewi, a fasa hi ddim yn dymuno bod yn nunlla arall. Dyma'r math o dywyllwch y medar hi gôpio hefo fo, er bod ei choesau hi'n cyffio a'i thraed hi fatha brics. Mae hi wedi bod yn ddiwrnod a hanner, rhwng popeth, ac mae cyffro darganfod tystiolaeth achos Ronan yn dal yn dân yn ei gwythiennau. Hynny a'r twincl.

'Ydi fy llgada fi'n twinclo yn y twllwch 'ma, O'Shea?'

'Wel, mi oeddan nhw'r pnawn 'ma, beth bynnag, pan roist ti glo ar ddrws y swyddfa.'

Maen nhw'n closio at ei gilydd yn y fan oer, ac wrth iddo ollwng cusan i'w gwallt, teimla Angharad y dagrau'n cronni. Shit, Anj, paid â difetha pob dim rŵan. Ac eto, nid difetha pethau ydi bod yn onest, naci? Bod yn hi'i hun am unwaith. Rhoi'i theimladau ar y lein iddo fo gael gwneud be fynno fo hefo nhw. Siarad heb guddio tu ôl i'r bantar o hyd.

'Dwi mor sori, Osh.'

'Am be?'

'Am wastraffu cymaint o amser yn cwffio be ôn i'n wbod ar hyd yr amser.'

'Sef?' Fo sy'n twinclo rŵan; yn y llafn o olau lleuad sy'n chwarae rhwng brigau'r goeden maen nhw wedi parcio o dani, mae'i llgada fo fel tasan nhw'n llawn o bryfed tân.

'Go iawn? Ti am fynnu mai fi fydd y gynta i'w ddeud o, wyt?'

'Gei di ddeud be leci di.'

'Ocê, 'ta. Dwi'n meddwl 'mod i'n dy garu di.'

'Nais-won, Anj. A dwi'n *gwbod* 'mod i'n dy garu di.'

'Ma' raid i ti gael mynd un yn well bob tro, does, Osh?'

A dyna'r tro cynta erioed iddyn nhw'u galw'i gilydd wrth eu henwa cynta. Ac ella'r tro ola.

'Cuddia, Kiely! Gola car!'

Ar yr ochor arall i'r lôn, yn is i lawr gyferbyn â thŷ Draco, mae car yn arafu, ei olau'n diffodd, ac mae rhywun yn dod allan ohono, ac yn cerdded mewn tywyllwch llwyr i fyny at y tŷ.

'Pwy bynnag ydi o,' medda Angharad, 'dydi o ddim yn fodlon mynd â'i gar i fyny'r dreif.'

'Rhag gadael olion teiars, ella.'

'Dim otsh am olion ei draed o, 'ta?'

'Paid â bod yn glyfar, Kiely. Ti 'di cael dy siâr o'r

leimleit heddiw. Gwranda, dwi am ddreifio heibio'r car, a gei ditha nodi'r rhif, a'r mêc. A'r lliw, os fedri di.'

Plât rhif personol ydi hwn hefyd. Roedden nhw'n bethau digon prin erstalwm. Ond rŵan, meddylia Angharad, maen nhw gan bob Twm, Dic – a Leni. Mae hi eisoes wedi gweithio allan mai Elenid y paramedic, cariad DI Gwyn Edwards, ydi'r Leni Wyn oedd wedi gadael ei char tu allan i'r garej pan gyrhaeddodd hi yn ei hôl yn y swyddfa'r pnawn 'ma. Dydi hi erioed wedi cyfarfod yr hogan, dim ond clywed ei henw hi pan soniodd Liam mai hi oedd yr un i ddychwelyd ffôn Osh ar ôl y ddamwain ar y Cat and Fiddle. Ac mae hi'n amlwg fod Osh a hitha hefo'i gilydd yn rhywle. Ond y tro yma, wneith hi ddim sôn am y car diarth. Mi geith Osh egluro yn ei amser ei hun os ydi o'n ddigon pwysig. Rên-it-in, Anj, meddylia wrthi 'i hun. *Chdi ma' hwnnw isio eniwe ...*

'Kiely? Ydi o'n catshing?'

'Be?'

'Chdi a Mono. Yn mynd i drans o hyd ac yn clywed dim byd. Gest ti'r rhif?'

'Chrysler 300 coch. TM 40. Fatha car pêl-droediwr. Neu ffilm-stâr.'

'Neu fòs y Maffia. Sôn am gar i neud datganiad. Mi awn ni rownd y bloc unwaith neu ddwy, rhoi cyfle iddo fo fynd cyn i ni fynd yno i fusnesu.'

'Eitha syniad,' medda hithau. 'Dwi'm yn cîn ar ddod wyneb yn wyneb â Lucky Luciano yn y twllwch 'ma ar stumog wag. Gawn ni stopio am tships?'

Ac ar eu ffordd rownd yn ôl, mi ddywedodd o wrthi am Elenid Wyn.

'Faswn i byth wedi cytuno i ddod yma hefo hi oni bai 'mod i wedi cael gwbod mai Elis Drake oedd yn byw yma. Yn ôl Ronan Evans, fo oedd y brêns tu ôl i bopeth.'

'Dydi hynny ddim yn golygu y basat ti wedi cael atebion gynno fo, cofia. Felly, be ti isio'i neud rŵan bod y gangstar wedi mynd?'

'Hyn.'

Mae'i gusan yn hir ac yn gynnes, un y mae'n rhaid iddi orffen neu droi'n rhywbeth mwy, ond maen nhw mewn lle rhy gyhoeddus ac mae yna joban i'w gwneud.

'Blas halan arnat ti,' medda hi.

'Blas mwy arnat titha,' medda fynta.

Mae gorfod dowcio'u pennau i lawr rhag golau car sy'n pasio heibio'n gwneud y penderfyniad drostyn nhw.

'Ty'd, O'Shea. Mi ddo' i â'r fflashlamp.'

Maen nhw'n cerdded rownd y cefn a thrwy'r brwgaitsh y bu i Osh geisio osgoi'i grafangau'n gynharach, ac mae llwybyr malwen o rywbeth yn sgleinio'n fyw yng ngolau'r tortsh. Yn twinclo, meddylia Angharad.

'O'Shea? Be 'di hwnna?'

'Rwbath fethish i pnawn 'ma, mae'n amlwg. Dal y gola i mi, Kiely.'

A fedar hi ddim peidio anwesu cefn ei wallt, ei

wegil lle roedd cudyn o wallt bron, bron â chyrlio'n erbyn ei goler, hefo golau'r tortsh; i lawr, lawr ei feingefn hefo'i chyffyrddiad anweledig ...

'Kiely? Dal y gola'n llonydd ... !'

'Sori.'

Ond tu ôl i'w gefn, mae hi'n gwenu'n gyfrwys, yn laru ar y stelcian a'r tywyllwch, yn meddwl yn hytrach tybed yng ngwely pwy fyddan nhw heno ... ? Ac yna daw darganfyddiad Osh â hi'n ôl at ei choed.

'Breichled fach aur,' medda fo, 'un fregus, yn ôl ei golwg hi.'

'Breichled merch ifanc, yn ôl ei golwg hi,' medda Angharad, yn dal y golau am unwaith yn lle y dylai o fod. 'Un i ffitio garddwrn go fain.'

Mae'r ddau ohonyn nhw wedi bod yn ddigon hirben i wisgo menig gleision.

'*For medical use and food preparation*,' medda Osh pan ddarllenodd o'r bocs gynna ar ôl ei ddarganfod ymysg y rhyfeddodau eraill yng nghefn y fan, 'ond dwi'n meddwl mai i godi cachu ci mae Rich yn eu defnyddio nhw.'

'Braf cael gwbod,' medda hithau'n dal y bag plastig i gynnwys y tsiaen aur. 'Sbia da ydan ni. Daf Dau Flewyn yn cael dylanwad arnan ni i gyd.'

'Tasa hwnnw heb ddechra hel pawb o'r stafell heddiw a rhoi tâp ar draws bob dim fatha tasa fo mewn parti Halowîn, mi fasa Liam a fi wedi cael mwy o stelc o gwmpas.'

Liam a fi. Nid Liam a fi ac *Elenid*. Callia, Anj. *Chdi mae o isio ...*

'A toedd Gwyn Eds yn da i ddim byd. Fo oedd y cynta allan, yn llowcio awyr iach fatha sgodyn aur. Lwcus bod gynno fo baramedic i afael yn ei law o. Honno'n blydi iwsles heddiw 'fyd, 'mond dan draed. Ond hi oedd yr unig bàsbort oedd gin i i fewn i'r lle, 'de? Finna'n meddwl: Iesu, tasa Kiely yma hefo fi mi fasan ni'n cael dipyn o drefn ...'

Ia, siŵr Dduw. Neb ond chdi, Anj. Ac medda hi'n fyrbwyll, ffwrdd-â-hi, mewn llais sgin-i'm-ofn-dim-byd i dwyllo'r cryndod ym mhwll ei stumog:

'Wel, gan na chest ti gyfla i chwilio'r tŷ, ella cawn ni stelc tu mewn i'r sied 'na ...?'

I ddangos ei bod hi'n gêm, yn gaffaeliad ym mhob ffordd, cystal ag unrhyw baramedic mewn argyfwng, er ei bod hi'n oer, isio pi-pi, a bod yr hyn mae hi'n breuddwydio am ei wneud yn golygu bod hefo lot llai o ddillad amdani a gwydraid o goch yn ei llaw.

Mae Osh yn mynd o'i blaen hi, a hithau'n rhyw lun o ddal y golau'n stedi, dim ond i ddarganfod homar o glo clap ar y drysau dwbwl.

'Rhyw fath o garej ydi o,' medda Osh, 'neu pam fasat ti'n rhoi dwy ddôr fel hyn os nad oeddat ti am ddreifio rwbath i mewn i'r sied?'

'Mae yna ddrws arall yn fama,' medda Angharad yn sydyn, yn llusgo golau'r tortsh ar hyd ochor yr adeilad.

Drws bach isel, pydredig ydi o, tebyg i ddrws hen gwt glo, wedi hanner ei guddio gan y prysgwydd.

Does dim golwg bod neb wedi'i ddefnyddio ers tro, yn ôl trwch y tyfiant gwyllt o'i flaen, a does dim clo i'w weld arno chwaith, heblaw am follt rhydlyd yn ei gau o'r ochor allan.

'Mae'r bar 'ma wedi rhydu yn ei le,' medda Osh, yn cael ychydig iawn o lwyddiant wrth drio'i dynnu'n ôl. 'Gwranda, Kiely, mi ddyla bod yna WD40 yn y fan ...'

Ond yn y fan honno y tynnodd hi'r lein.

'Drîm-on, O'Shea. Dwi'm yn mynd yr holl ffor' yn ôl drwy'r drain 'ma yn y twllwch ar 'y mhen fy hun, waeth i ti hynny mwy na chwanag. Symud i'r ochor!'

A chydag un waldan sydyn hefo'r garreg mae hi wedi'i chodi o'r clawdd, mae'r coedyn pwdwr o gwmpas y bollt yn malu'n siwrwd.

'Arglwydd, cofia f'atgoffa fi i beidio dy dynnu *di* i 'mhen eto,' medda Osh, ei wên o'n gwynnu yng ngolau'r tortsh, a chyn iddi gael amser i bendroni a gorfeddwl ynglŷn ag arwyddocâd yr 'eto' ddaru o'i hongian ar ddiwedd ei frawddeg, mae o wedi rhoi cic i'r drws ac arwain y ffordd i mewn i fath gwahanol o dywyllwch lle mae'r düwch yn crogi'n llonydd ac yn cau amdanyn nhw.

Mae o'n cymryd y fflashlamp oddi wrthi, ac yn saethu'r golau i wahanol gyfeiriadau nes bod llinynnau o we pry cop yn cynnal dawns yn y distiau uwch eu pennau. Am unwaith, mae Angharad yn falch o anghofio brafado'r munudau cynt ac yn nythu i gesail Osh wrth iddo daflu'i fraich amdani. Math amrwd iawn o garej ydi hwn, ond mae horwth o rywbeth yn llenwi'r lle bron i gyd, a tharpôlin wedi'i dynnu drosto.

'Beth bynnag sy o dan hwnna, dydi o'm 'di bod yna'n hir,' medda Osh, 'o achos bod yna lot llai o lwch a budreddi drosto fo nag ar bob man arall yma.'

A chan lacio'i afael yn Angharad, mae o'n rhoi plwc sydyn i gornel y tarpôlin. Hyd yn oed yn y mwrllwch o olau tortsh a phryfaid marw, mae hi'n sylwi fod syndod Osh o weld yr hyn sydd yn cuddio odano fo wedi'i rewi i'r llawr.

'Y ffôr-bei-ffôr du ddaru drio dy ...'

Ond fedar hi mo'i ddweud o, ac mae Osh yn bagio'n ôl rhyw fymryn, yn amlwg yn meddwl yr un peth. Mae'r tolciau ar y car yn amlwg o dan olau'r tortsh, er eu bod nhw'n nythu o dan y cris-croes o grafiadau dieflig sydd reit ar hyd ochor y pasinjỳr. Dydi hi'n ddim syndod nad ydi'r drws hwnnw ddim yn agor chwaith, ag ystyried yr holl golbio a fu i'r ochor honno gan i'r gyrrwr ddefnyddio'r cerbyd fatha Challenger-2 wrth geisio gwthio Defender Osh i'w dranc.

'Mi dria i fynd i mewn o'r ochor arall ...'

'Na,' medda hi'n sydyn, yn synhwyro'i anesmwythyd o fod mor agos at rywbeth a ddefnyddiwyd gyda'r bwriad o'i ladd, ac a fyddai wedi llwyddo, oni bai ... 'Gad i mi sbio tu mewn iddo fo.'

Ac nid trio ymddangos yn ddewr mae hi. Nid ei phrofi'i hun y tro yma. Rhywbeth greddfol ydi o, yr angen cyntefig 'ma i arbed rhywun mae hi'n ei garu rhag poen. Dydi cusanau sbwci'r gwe pry cop ar hyd ei gwallt ac o dan ei dwylo'n ddim byd, meddylia Angharad, o'u cymharu â'r iasau sy'n bownd o fod yn anwesu meingefn Osh rŵan.

Os oedd hi'n disgwyl darganfod y nialwch arferol a geir yng nghar rhywun – papurau petha-da, hoff CD's, log-bwc yn y dash, unrhyw beth sy'n adrodd dipyn o hanes ei berchennog, neu'r gyrrwr dwytha i fod ynddo, o leia – caiff ei siomi. Mae'r tu mewn yn lân ac yn wag; mae hi fatha bod yng nghrombil rhyw greadur oer, anghofiedig, ac yn ei brys i ddod allan, mae godre'i throwsus yn bachu yn rhywbeth o dan sêt y gyrrwr. Yn ei phanig sydyn, mae'i llaw hi'n pwyso i lawr ar y lîfar sy'n gwthio'r sêt yn ei hôl. A dyna pryd mae hi'n gweld y sgwaryn plastig, tebyg i gerdyn banc, yn sgleinio fel cragen yn nhywyllwch dyfrllyd golau tortsh a'i fatri'n gwanio.

'Ty'd o'ma, O'Shea, cyn i'r blydi fflashlamp 'ma ddiffodd. Mi gawn ni olwg ar be ydi hwn pan fyddan ni'n ôl yn y fan.'

Hi sy'n rheoli, a dydi yntau ddim yn dadlau, dim ond yn ei dilyn yn ufudd fatha hogyn bach wedi cael digon ar reid trên sgrech.

Mae dychwelyd i ddiogelwch fan Rich yn gysur anghyffredin iddi, ac er nad ydi Osh yn mynd i gyfadda, gŵyr ei fod yntau'n teimlo'n union 'run fath. Mae ganddyn nhw olau uwch eu pennau rŵan, ac mae'r injan yn troi ac yn cnesu'i thraed hi. O feddwl ei bod hi mor obsésd gynnau ynglŷn â'i llgada hi'n 'twinclo', gresyn nad ydi hi'n sylweddoli faint o wreichion sydd ynddyn nhw rŵan wrth iddi droi at Osh yn ei hanghrediniaeth lwyr:

'Wnei di'm coelio, O'Shea. Wnei di'm blydi coelio.'

'Cardyn be ydi o?' Mae'n amlwg o'i lais bod ei gymalau o'n gynhesach erbyn hyn, a beryg fod hyd yn oed y sylweddoliad o'r hyn mae o newydd ei weld, a oedd yn bownd o fod yn teimlo fatha darn o eis-loli'n sownd yn ei glag gynnau, meddylia Angharad, yn dechra dadmer rownd yr ochra.

'Nid cardyn. Linshans dreifio. Ond nid un Elis Drake. Un rhywun o'r enw Tomos Williams. Nid hwnnw ydi un o'r tri gafodd eu lladd? Y traffig warden …?'

Mae o'n fwy na chyd-ddigwyddiad. Hyn, o'r diwedd, sy'n clymu'r tri yma: Archie Cunningham, Elis Drake a Tomi Williams. Ac uwch eu pennau nhw i gyd, mae enw'r hen gangstar hwnnw y bu Liam yn ei gnebrwn o – y Johnny Hart 'ma – yn hofran fatha bwgan. Mae'r dolenni i gyd yn clecian yn ddel wrth hel at ei gilydd fel gollwng cadwyn i jar.

Pan daniodd Osh injan y fan gynnau, daeth y radio ymlaen, a hyd yn hyn, fuo'i sŵn yn ddim byd ond cwmni yn y cefndir, fatha pobol ar fyrddau eraill yn siarad mewn caffi. Wedi i'r ddau ohonyn nhw ddistewi, daeth y bwletin newyddion yn gliriach.

'Tro hwnna i fyny, wnei di?'

Ac mi glywson nhw hefo'i gilydd fod yr heddlu, o'r diwedd, wedi rhyddhau enw'r dyn y cafwyd hyd i'w weddillion rai wythnosau'n ôl mewn coedwig leol.

Gyrrwr lori o'r enw Islwyn Pritchard a aeth ar goll yn niwedd yr wythdegau.

'Y corff yng nghoed Foty Lleian, 'de?' medda Osh. 'Mi fydd Liam wrth ei fodd. Cnebrwn arall.'

'Cold-cês arall,' medda Angharad.

'Wel, nid i ni, gobeithio. Ma' gynnon ni ddigon ar ein platia, ddudwn i, hefo'r tri chorff amheus sydd gynnon ni'n barod. Gyda llaw, Kiely, lle 'dan ni'n mynd i glwydo heno. Adra pwy? Erchwyn 'ta Dre?'

'Lle bynnag sy agosa,' medda hitha.

Ond rŵan ei bod hi wedi cnesu, mynd i glwydo ydi'r peth ola ar ei meddwl hi.

ANNI CHISHOLM

Dydi Anni ddim yn cael diwrnod da. Mae hi wedi colli'r freichled fach aur roddodd Lisa iddi oddi ar ei garddwrn yn rhywle, ac mae'r ffrae gafodd hi a Gari'r bore 'ma wedi gadael ias yn ei pherfedd a blas drwg yn ei cheg. Roedd darganfod ei fod o dan fawd Tony Moretti wedi bod yn ddigon anodd i'w stumogi, ond rŵan dydi Gari ddim yn fo'i hun. Y ffordd y siaradodd o'r bore 'ma. Nid ei Gari hi ydi o ers sbel, ers iddo ymddiried y cyfan ynddi am gysylltiadau Moretti â rhyw isfyd tywyll, a hen gangstar a fu farw o'r enw Johnny Hart, ac am ryw ladrad flynyddoedd yn ôl lle cafodd y boi roedd o wedi bod yn gyfrifol amdano yn y carchar fai ar gam, a jêl am ddeunaw mlynedd.

Cofia i gyfaddefiad Gari chwalu'i phen hi, sut bu i Moretti dalu iddo am wybodaeth am y carcharor hwnnw, rhyw Ronan Evans, sut bu i Gari wrthod cydweithredu'r eildro, a Moretti wedyn yn bygwth ei deulu a'i 'berswadio' i ailfeddwl. Ond rŵan, mae meddyliau Gari bob amser yn rhywle arall, ar rywbeth arall, ac nid oherwydd fod Moretti'n pwyso arno fo. Mae hi fel tasa'r pŵer mae Moretti wedi bod yn ei roi yn ei ddwylo fo wedi mynd i'w ben o. Mae Gari ar drywydd arall, ond erbyn hyn mae o'n gwrthod ymdiried dim byd arall ynddi. Yn cau'i feddwl oddi wrthi.

Fel cloi drws cell.

Mae Anni'n dal arno:

'Mi oedd Lisa'n deud mai *chdi* oedd yn ei ffonio *fo*, nid y ffordd arall rownd. Fel tasat *ti*'n galw'r siots ...'

'Be ma' Lisa'n ei wbod? Be mae'r un o'r ddwy ohonach chi'n ei wbod, tasa hi'n mynd i hynny? Dwi 'di gneud 'y ngora i'ch cadw chi'n saff ...'

'Wel, wnest ti ddim joban rhy dda o hynny, naddo? Fedrat ti ddim stopio Moretti rhag cael hyd i mi yn fy ngwaith, fy mygwth i, fy *nefnyddio* fi, Gari, er mwyn trio cael atat ti.'

'Arnat ti mae'r bai dy fod ti mor hawdd cael hyd i ti.'

'Be? Fedra i ddim coelio dy fod ti newydd ddeud hynna ...'

'Doedd dim rhaid i ti fynd yn d'ôl i weithio i'r hôm 'na, nag oedd? Mi oeddan ni'n iawn fel oeddan ni.'

'Mi oeddan ni'n blydi sgint, Gari, yn enwedig â chditha wedi dangos cyn lleied o gefnogaeth i mi yn fy menter newydd ar-lein ...'

'Y blydi hocỳs-pocỳs 'na'n gneud eli at hyn, a hylif at y llall, ia? Berwi ryw ffycin ddail ar y stôf 'ma'n dragwyddol, a dim sosban lân i rywun fedru cael wy cyn mynd i'w waith y bora wedyn o achos bod bob dim yn y gegin yn llawn o ryw gachu gwyrdd i neud crîm gwynab na faswn i'm yn ei roi ar dwll 'y nhin ...'

Aeth hi'n glep ar ddrws y cefn wedyn, a hithau yn ei dagrau fel arfer, dagrau o rwystredigaeth am fod ei gŵr mor ddall i'w hofnau, mor amharod i drafod dim byd yn rhesymol yn ddiweddar, ac yn amlwg wedi cael ei frên-washo gan y mochyn Moretti 'na. Meddylia sawl gwaith mae'i chalon hi wedi neidio i'w chorn gwddw hi bob tro y gwelai hi hwnnw'n gyrru i fyny dreif Cornel Felys yn ei gar gangstar coch. TM 40. Y pôsar diawl. Mi fasa'n rhaid iddi hi'i hun godi morgais i fedru talu am blât rhif personol fel'na. A meddylia Anni hefyd sawl gwaith mae'i stumog hi wedi dechra corddi bob tro y meddyliai faint o ran gafodd Moretti yn nhor-calon ei fam ei hun. Ella nad oedd o'n ddim ond pymtheg oed ar y pryd, pan gafodd hyd i'w fam ym mreichiau Islwyn, ond roedd o'n ddigon hen i wybod be fyddai'r canlyniadau wedi iddo riportio hynny i Elis Drake. Roedd Moretti'r bachgen yr un mor euog o ladd y dreifar a weithiai i Moretti Haulage ag oedd y dyn hefo'r dannedd Draciwla.

Mae'r stori ar led bellach am farwolaeth Elis Drake, ac i goroni'r cyfan, mae'r bwletinau radio'n berwi ers neithiwr hefo stori'r gweddillion dynol a ddarganfuwyd yng nghoed Foty Lleian sbel yn ôl. Mae hynny'n hen hanes erbyn hyn, ond y diweddariad sy'n gyrru iasau drwy Anni Chisholm: Islwyn Pritchard ... gyrrwr lori a ddiflannodd yn niwedd yr wythdegau ... beryg mai dyma fyddai'r hoelen ola yn arch rhywun fel Moretti pe deuai'r heddlu i wybod am stori'i fam ...

Mae meddwl am shopio Tony Moretti am ei ran ym marwolaeth Islwyn Hughes yn gwneud Anni'n nerfus. Ond wedyn, mae holl ymwneud Gari â Moretti'n gwneud iddi gael palpitêsions go iawn. Does wybod faint o drafferth y gallai'i gŵr fod ynddo oherwydd ei gysylltiad â Tony Moretti. Faint o drafferth mae o wedi'i gael ei hun iddo eisoes …

Ond dydi mynd yn syth at yr heddlu ddim yn opsiwn. Fedar hi ddim trystio neb. Wedi'r cwbwl, onid gweinyddu cyfraith a threfn ydi job ei gŵr hi'i hun, ond fedar hi ddim trystio hwnnw'n bellach nag y medar hi'i daflu o'r dyddiau yma. Mae meddwl am hynny'n ddychryn iddi rŵan, y sylweddoliad nad ydi byw hefo rhywun am flynyddoedd ddim yn garantî dy fod ti'n eu nabod nhw o gwbwl mewn gwirionedd.

Mae hi wedi ista yn ei char am hydoedd tu allan i swyddfa Kiely ac O'Shea, yn ei chael hi'n rhyfeddol o anodd, unwaith ei bod hi wedi cyrraedd yma, i fagu'r hyder i ddod allan ohono fo a cherdded trwy'r drws hefo enwau'r ddau arno. Oni bai am y boi ifanc clên – ac efallai dwtsh yn hy'n cnocio ar ei ffenast – sydd newydd ofyn a fedar o helpu, a'i fod o'n gweithio yno'i hun – ella na fasa hi wedi mentro o gwbwl.

Y peth cynta i'w tharo ar y ffordd i mewn ydi'r ogla coffi bendigedig, a'r cwpwl canol oed sy'n cael panad hefo'i gilydd bob ochor i ddesg fechan yn y gornel; y dyn mewn gwasgod ledar, a chanddo farf a phoni-têl a ffunen am ei wddw, a hithau'n bwtan fach gartrefol yr olwg hefo bochau sgleiniog a hercan bron yn rhy ffasiynol i gyd-fynd â'r legins a'r tiwnic-cuddio-popeth a'r Crocs a wisga am ei thraed. Felly'r rhain ydi'r enwog Kiely ac O'Shea. Dydyn nhw ddim cweit fel roedd Anni wedi eu dychmygu nhw, ond mae hi'n ymlacio'n syth yn eu cwmni, ac yn sgwrs fyrlymus y dyn ifanc ddaru'i hebrwng hi i mewn ac sydd bellach yn rhoi'r dewis iddi o *latte* neu Americano.

'Ma' Mono'n fwy o farista nag o dditectif y dyddia yma,' medda O'Shea gan godi ar ei draed, dros chwe throedfedd ohono, ac mae'n gysur i Anni sylweddoli na fasa fawr o neb isio gorfod trio'i amddiffyn ei hun yn erbyn hwn.

'Dwi'n falch o'ch cwarfod chi a Miss Kiely hefo'ch gilydd,' medda Anni, yn cael hyd i'w llais o'r diwedd. 'Mae hi'n haws dod atoch chi'ch dau na mynd at yr heddlu. Pawb yn deud eich bod chi'n gneud gwell job na'r rheiny, beth bynnag ...'

A dyna pryd mae'r boi o'r enw Mono'n piffian chwerthin.

'Kiely ac O'Shea? Y ddau yma ...?'

'Nicola ydw i, 'mechan i,' medda'r bwtan fach.

'Y ddynas sy'n gneud y coffi go iawn,' medda'r cawr.

'Ymysg petha eraill,' medda hithau. 'Atab ffôn, gneud apwyntiadau. Ffeilio ...'

'Dy winadd, ia, Nicola yn ôl yr olwg sydd yn y drorau 'ma?' medda Mono, gan ychwanegu: 'A Rich ydi o.'

'Ymgynghorydd troseddol,' medda Rich fel mae'r drws yn agor, a'r ddau y tybia Anni ydi'r Kiely ac O'Shea go iawn yn dod i mewn yn fôr o fân siarad a hwyliau da. Sylwa ar yr olwg-codi-aeliau sy'n pasio rhwng Mono a'r Rich 'ma ynglŷn â'r ddau sy'n dod drwy'r drws.

'*Pwy* sy'n ymgynghorydd troseddol?' medda'r ferch yn chwerthinog, a dydi hi ddim yn edrych yn ddim byd tebyg i dditectif mewn mac hir, olau, sgini-jîns a thrênyrs.

Ond os ydi Angharad Kiely'n wahanol i'r hyn roedd Anni'n ei ddisgwyl, mae Aled O'Shea'n debycach i dditectif mewn ffilm, hefo'i siaced beicar a'i stybl a llgada sy'n lluchio gwreichion i bob cornel o'r stafell. Mae o'r math o foi sy'n gwneud iddi fod isio tsiecio nad oes ganddi lipstic ar ei dannedd. Ac mae o'n estyn ei law:

'Sori, 'dan ni rhyw fymryn ar ei hôl hi'r bora 'ma.' (Yr olwg yna eto rhwng Rich a Mono.) 'Sut fedran ni'ch helpu chi ...?'

'Anni Chisholm.'

Mae'i chyfenw hi'n amlwg yn canu cloch yn ôl y ffordd yr edrycha O'Shea arni, felly mae hi'n manteisio ar y cyfle i'w oleuo, a'i osod yn syth ar y trywydd iawn.

'Mae 'ngŵr i, Gari, yn swyddog carchar. Fo fu'n gofalu am ddyn o'r enw Ronan Evans.' Mae'r distawrwydd yn canu. 'Dwi'n gwbod sut cafodd Mr Evans fai ar gam. Ac mae gin i wybodaeth a all fod o ddefnydd i chi yn achos y corff yng nghoed Foty Lleian. Islwyn Pritchard, y gyrrwr lori? Dwi'n meddwl 'mod i'n gwbod pwy lladdodd o.'

DCI LIAM O'SHEA

Mae dawn ei frawd i allu bod un cam ar y blaen wastad yn syndod ac yn boen-yn-din i Liam ar yr un pryd. Wrthi'n gwylio'r ffwtej-cloch-drws-ffrynt a gafwyd oddi ar ffôn Elis Drake mae o pan ddaw'r tecst brys gan ei frawd:

> *ti di clwad am foi or enw tony moretti os wti tynna fo i mewn asap mae on gwbod am weddillion y dreifar lori*

Mae o ar fin tecstio'n ôl i ofyn i Osh a ydi o wedi clywed am rywbeth reit handi o'r enw atalnodi pan ddaw'r alwad bron ar sodlau'r neges destun.

'Liam? Ti'n brysur, 'ta be?'

'Nac'dw, 'sti. Meddwl rhoi 'nhraed i fyny ar y ddesg am hanner awr i watshiad rî-rỳn o *Z-Cars* ôn i ...'

Mae'n rhaid fod gan Osh ormod i'w ddweud i anwybyddu honna, oherwydd powlia yn ei flaen:

'Ma' gin Tony Moretti gysylltiada hefo Elis Drake ers pan gollodd o'i dad yn bedair ar ddeg oed. Mab Frank Moretti, Moretti Haulage ydi o. Ma'r cwmni'n mynd ers blynyddoedd, er gwaetha marwolaeth Frank, dim ond bod yr hogyn yn rhy ifanc i gymryd drosodd ar y pryd. Elis Drake ddaeth i gymryd yr awenau, a hynny ar gais tad bedydd Moretti, neb llai na dy Johnny Hart di. Ac ma' Anji a fi wedi bod yn rhoi dau a dau at ei gilydd ...'

'Yndach, mwn.'

'Ac os oedd Archie Cunningham yn fyw o ddylêd i Johnny Hart oherwydd y gamblo a hynny yn un o'i glybia nos o, ma' siŵr, a hwnnw'n deud y basa fo'n chwalu'r ddyled tasa Cunningham yn gneud yn siŵr fod Evans yn mynd i lawr am saethu Gresham ...'

'Wô, howld-on. Os? Tasa? Sbéciwletio 'dach chi, Osh bach ...'

'Wel, dyna lle ti'n rong, yli. Newydd ei gael o o le da ...'

'Sef?'

Mae Osh yn cymryd saib er mwyn effaith, ac er mwyn ei wylltio, garantîd, cyn ymhelaethu.

'Gwraig Gari Chisholm, y wardar oedd yn gyfrifol am Ronan Evans pan gafodd o'i dransffyrio'n ôl i garchar yng Nghymru ...'

'Dwi'n gwbod am Chisholm.'

'Ti'n gwbod felly'i fod o'n dipyn o lo gwlyb yn ei job, y carcharorion erill yn ei drin o, gwrando dim ar be oedd o'n ddeud. Nes aeth hi'n ffeit ar y wing rhyw noson, ac mi fasa Chisholm wedi cael ei ladd oni bai bod Ronan Evans a rhyw fêt lloerig oedd gynno fo o'r enw Aron Bocsar wedi camu i ganol y gyflafan a'i achub o. Mi watshodd Chis gefn Evans wedyn, y ddau'n dod yn rhyw fath o ffrindia, ac mi ddoth i gredu'r stori ddudodd hwnnw wrtho fo am y cam gafodd o ...'

'Medda fo.'

'Hen sinig uffar wyt ti, Liam.'

'Naci, Osh. Plisman ydw i.'

''Run peth. Ond mi dduda i gymaint â hyn: mi welish i'r gyfeillgarwch rhwng Chis a Ronan hefo fy llgada fy hun. Fo oedd y swyddog ddoth hefo fo i gnebrwn ei fam. Ei drin o'n barchus. Dim cyffion na dim. Mi oedd yna drỳst rhyngddyn nhw, Liam. Ac Anni, ei wraig o, gafodd y stori am ran Moretti yn llofruddiaeth Islwyn Pritchard.'

'Cold-cês arall ydi hwnnw, Osh ...'

'Naci. Yr un potas ydi o i gyd.'

Ac mae Osh yn mynd yn ei flaen i egluro sut cafodd Anni Chisholm y gwir gan Lena Moretti. Hen wreigan yn diodda hefo dementia. Jîsys. Faint o goel fedra neb roi ar beth felly? Ac eto, mae'r hyn mae'i frawd newydd ei ddweud yn dechra gwneud lot o synnwyr. Y cysylltiad rhwng Moretti a Draco. Mae hynny'n amlwg o'r ffwtej o Moretti'n gadael tŷ hwnnw rai oriau ar ôl iddo fo farw, yn ôl yr adroddiad fforensig. Sy'n golygu y basa fo wedi dod â Moretti i mewn i'w holi, p'run bynnag. Er mor gyndyn ydi Liam i gyfadda'i bod hi'n bur debyg fod Osh yn llygad ei le unwaith yn rhagor, mae o'n dal i ryfeddu at y ffordd mae o a Kiely'n baglu ar draws y gwir yn y llefydd mwya annhebygol, a chan y bobol fwya randỳm. Mewn pwl o edmygedd – neu ella mai gwendid ydi o – mae o'n penderfynu rhannu manylion y riport mae Daf Dau Flewyn newydd ei e-bostio ato:

'Ma'r fforensics yn ôl ar y tri gafodd eu llofruddio,

Osh. Neith hi banad yn rwla? Dwi'm isio deud dros y ffôn ...'

Ac mae o'n gwybod nad oes angen dweud ddwywaith.

Mae Osh wedi awgrymu Oriel Lleuar. Sylwa Liam yn syth wrth gerdded i mewn fod ogla'r coffi'n ddrutach, a'r cwsmeriaid a chanddyn nhw dwtsh yn fwy o glàs na'r rhai sy'n mynychu eu mannau cyfarfod arferol – caffis bach seimllyd a byrddau tu allan i faniau hot-dogs.

'Asu, coffi posh a *pain au chocolat*. Yr arwydd cynta dy fod ti'n dechra parchuso, Osh 'rhen foi. Neu'n heneiddio ...'

'Cau hi, neu mi gei di dalu am d'un di,' medda Osh, yn swyno dwy hen ledi ar y bwrdd agosa hefo'i wên Prins Tsharming ac yn gwneud i Liam fod isio'i dagu o. 'Ty'd 'laen, 'ta. Tollta'r ffa.'

'Be?'

'Sbùl-ddy-bins, 'de? Ti'n gwbod bod chdi'n sâl isio rhannu.'

Penderfyna Liam ddod yn syth i'r pwynt, er ei fod o isio gofyn pam fod Osh yn yfed te mintys yn lle coffi. Ond mi geith hynny aros.

'Eu gwenwyno gafon nhw i gyd, Osh.'

'Dynas ddaru eu lladd nhw, felly.'

'Be?'

'Ma' merchaid saith gwaith yn fwy tebygol o ddefnyddio gwenwyn na dynion i ladd pobol.'

'Deud ti. Sôn am wenwyn, be 'di'r shit 'na ti'n yfad?'

'*Peppermint tea*,' medda Osh. 'Dyna ofynnodd Anni Chisholm amdano fo pan gynigion ni banad iddi. Ac mi gesh i beth yn nhŷ'r ddynas 'na sy'n ffrind neu'n gariad neu rwbath i Ronan Evans. Neis. Ond doedd Mono ddim yn cîn ...'

'Ti isio'r manylion fforensig, 'ta be? A dydi'r ffaith dy fod ti'n dewis dwad am banad i ganol lot o hen ferchaid ddim yn golygu fod yn rhaid i ti ddechra siarad fel un.'

'Ocê, 'ta. Mi siarada i fel ditectif. Y tri wedi eu gwenwyno. Ydi hynny'n golygu mai'r un person ydi'r llofrudd?'

'Pur debygol, ddudwn i. Ond doedd o ddim cweit yr un gwenwyn bob tro, er ei fod o'n dod o'r un math o le, i bob pwrpas.'

'Dwi'm yn dallt.'

'Yn ôl riport Daf,' medda Liam, 'roedd yna rwbath o'r enw *oleandrin* yng ngwaed Archie Cunningham, ac mae o'n cynnwys *cardiac glycosides* ...'

'Arafu'r galon?'

'Yn hollol. Mae o'i gael mewn gwenwyn llygod mawr hefyd.'

'Felly dyna gafodd Cunningham? Dôs o wenwyn llygod mawr?'

'Nid o angenrheidrwydd,' medda Liam. 'Ma' dail rhyw goedan neu'i gilydd yn cynnwys y *glycosides* 'ma.'

'Sut ffwc fasa fo'n byta dail? Nid jiráff oedd o ...'

'Mewn panad wedi'i gneud hefo nhw, 'de?'

A mygodd wên wrth i Osh sbio ddwywaith i'w banad werdd ei hun.

'A be am Tomos Williams?' medda Osh. 'O, ac anghofish i ddeud: mi gafodd Kiely a fi hyd i'r ffôr-beiffor du hwnnw ddaru drio'n lladd i. Neithiwr. Mewn rhyw hen sied tu ôl i dŷ Elis Drake. A Tomos Williams oedd y dreifar. Mi oedd ei linshans o ar lawr dan y sêt ...'

Mae Liam yn tagu ar friwsion ei *groissant*.

'Mi *anghofist* di ddeud ...?'

'Mi ôn i *am* ddeud, doeddwn, siŵr Dduw? Chdi ddechreuodd dy druth am y gwenwyn 'ma. Bod yn boléit ôn i. Gadael i chdi ddeud gynta.'

'Iesu Gwyn!'

'Mi gafon ni hyd i freslet yn sownd yn y drain hefyd ... ond ddown ni at hynny wedyn. Ty'd. Pa goctel gafodd yr hen Domos?'

Mae Liam yn mygu ochenaid. Byth ers pan oedden nhw'n blant, mae Osh yn ei atgoffa o bêl mewn peiriant pìn-bôl, yn saethu syniadau i bob cyfeiriad ond yn cyrraedd lle mae o i fod er gwaetha popeth.

'*Oenanthotoxin*.'

'Deud eto.'

'Gwenwyn nerfau. Achosi confylsions diawledig sy'n arwain at farwolaeth anorfod. Uffar o ffor' i fynd. Ti wedi clywed am y *rictus grin*?' A chofia Liam, wrth ddweud hynny, eiriau DI Gwyn Edwards am yr olwg 'fatha 'sa fo'n gwenu' ar wyneb Tomos Williams. 'Mae o'i gael mewn planhigyn o'r enw cegid y dŵr. Y gwreiddia'n beryclach na dim, yn ôl Daf. Mi fasa powltis ohono fo'n medru lladd drwy'r croen ...'

'Felly mae pwy bynnag laddodd Archie a Tomos yn rhywun sy'n eitha hyddysg yn ei blanhigion?'

'Neu ei phlanhigion.'

'Be?'

'Dynas ydi hi, medda chdi, Shyrloc.'

A sylwa Liam eto ar Osh yn syllu'n fyfyrgar i waelodion ei banad perlysieuol, y peiriant-pìn-bôl 'na o ymennydd sydd ganddo'n saethu damcaniaethau i bob cyfeiriad.

'Ac Elis Drake? Wyddost ti, Liam, mae'n rhaid fod y Moretti 'ma tu ôl i'r ymdrech i gael gwared arna inna hefyd, os oedd o wedi cuddio'r cerbyd yn sied hwnnw. A Moretti gafodd afael ar Tomos Williams i fy nilyn i.'

'Ma' Eds newydd dynnu Moretti i mewn,' medda Liam, yn darllen y tecst hirfaith sydd newydd gyrraedd ei ffôn. 'A wyddost ti'r Greta Davies honno, "mêt" Ronan Evans? Greta Moretti ydi hi. Merch Johnny Hart. Mae hi'n mynd drwy ysgariad oddi wrth Moretti ar hyn o bryd. Yn defnyddio'r cyfenw "Davies".'

'Newid fy enw faswn inna tasa fo'n swnio fatha diod Eidalaidd,' medda Osh. 'Ma' Eds wedi bod yn brysur, chwara teg. Ond be am "Draco" Drake, 'ta? Y fforensics ar hwnnw?'

'Llysiau'r blaidd,' medda Liam. 'Addas iawn, o feddwl am y dannedd Draciwla. Maen nhw'n cynnwys *aconite*. Cael effaith ddigon tebyg ar y galon â'r dail rhoswydd.'

'Dim ond fforensics Elwyn Llgodan ar ôl rŵan,' medda Osh, yn sbio'n lled obeithiol i gyfeiriad ei frawd.

'Rhyngot ti ac Elwyn – a dy gydwybod – ma' hynny, Osh. Fedra i'm mo'i dwtshad o, os nad ydi Gwyneth Cunningham yn fodlon cyfadda'r cwbwl. Ti'n dallt?'

'Dallt.'

'O, ia, Osh. Un peth bach – doedd yna ddim cardyn calonnau ar gyfyl Elis Drake. Ond roedd rhywun wedi gadael rwbath yn ei bocad o.'

'Be?'

'Tship gamblo. Mi *anghofish* i ddeud, yli.'

Mae Liam yn ei throi hi i gyfeiriad y drws, yn eitha bodlon ei fyd ar waith ditectif Gwyn Eds, ac yn cofio dim am y freichled fach aur sydd eisoes yn nythu ym mhoced siaced ei frawd bach ers neithiwr.

GRETA

Dwi wedi mynnu erioed nad ydw i'n un sy'n arfer siarad hefo cerrig beddi. Wel, dwi wedi newid arfer oes rŵan, ond rhaid cyfadda'i bod hi'n anos fyth trio siarad hefo twmpath o bridd sydd isio 'amser i setlo'. Cymryd chwe mis i hynny ddigwydd, meddan nhw. Dim ond i ti beidio disgwyl i mi roi carreg arnat ti. Mi geith Tony sortio honno, yn enwedig a chdi a fo wedi bod yn gymaint o lawia dros y blynyddoedd. Mi fuo'n fwy o fab i ti nag y bûm i o ferch, yn do? Hynny ydi, os bydd o'n dal yma i neud, 'de? Dibynnu'n union sut bihafith o yn y cyfamser. Mae o wedi cael ei rybuddio. O, ia, dyna pam ddoish i yma heddiw, yli. I ddeud wrthat ti fod Tony a fi wedi cael – be fasat ti wedi'i galw hi, dwa? 'Sgwrs fach'? Ia, dyna gafon ni. Sgwrs fach, fel y bydd yr un sydd â'r llaw ucha'n galw'r rhybudd bydd o'n ei roi i'r un nad ydi o'n ddim uwch ei barch na'r baw o dan ei sawdl.

Mi gafodd dipyn o sioc pan gerddish i i mewn i'r swyddfa ddi-chwaeth honno sgynno fo, yn ddu ac yn grôm ac yn goman o grand. Ac mi ges i'r union groeso y basat ti'n disgwyl i mi'i chael, ei eiriau'n fy mhledu i fatha cawod o gerrig. Mi fasat ti wedi bod yn browd ohono fo.

'Gwna'n fawr o dy amser hefo'r blydi Gwyddal 'na,' medda fo, y casineb yn ei llgada fo mor amlwg o weladwy fel y baswn i wedi medru tynnu'i lun o hefo pensal blwm. 'Ti'n gwbod bod gynno fo un droed yn y bedd bellach, dwyt?'

'Hanner Gwyddal,' medda fi, yn cadw fy nerf a rhoi gwên gam, dim ond er mwyn tynnu arno fo. 'Ac mae o'n well yn ei wely hefo un droed yn y bedd nag y buost ti yn dy breim.'

Roedd o'n beth hyll i'w ddeud, mi wn i hynny. Yn amharchus o Ro, dwi'n ei feddwl – er mai chwerthin fasa hwnnw wedi'i neud – o achos nad oedd diawl o ots gin i faint roeddwn i'n ei frifo ar Tony. Mae o, fatha chditha, wedi poenydio gormod arna i ar hyd y blynyddoedd. Ond mae hynny i gyd yn gorffen rŵan. Am mai fi sy'n cael deud y tro hwn. Fi, am unwaith yn fy mywyd, sy'n rheoli. Ond chafodd o ddim gwbod hynny am funud bach chwaith. Rôn i isio cael gwerth fy mhres yn ei blagio fo. Isio'i weld o'n codi i'r abwyd, a tasa fo'n codi'i law'n ogystal i 'nharo fi fel y gwnaeth sawl tro yn ystod ein sham o briodas, rôn i'n barod i'w stopio fo yn ei dracs, ei hitio fo'n gynta hefo rwbath lot peryclach na dwrn.

'A finna'n meddwl dy fod ti wedi dwad yma i ddeud wrtha i dy fod ti wedi ailfeddwl ynglŷn â'r ysgariad wedi'r cwbwl,' medda fo, a finna'n nabod yr hen strîc 'na fu ynddo fo erioed wrth iddo benderfynu chwarae'r gêm-lluchio-slùms cyn troi arna i'n sydyn yr eiliad roedd o'n blino ar y bantar.

'O, ti'n mynd i gytuno i'r difôrs 'ma yn y pum munud nesa, dallta,' medda finna.

O, mi roedd hi'n job galed, 'de, cadw fy llais yn llyfn gan fod pob sill yn cwafro yng nghefn fy ngwddw i cyn i mi'i phoeri hi tuag ato fo.

'Neu ...?'

'Neu mi wna i'r un peth i chdi â ddaru dy annwyl dad bedydd di i Ronan.'

Dim ond ennyd o ddistawrwydd fuo yna nes iddo ddechra chwerthin, gneud ati i biso chwerthin go iawn.

'Be? Fy rhoi fi yn y jêl? A be ti am neud felly? Trefnu *heist* arall er mwyn fy fframio fi'r tro yma, ia? Oes yna siopa jiwlar yn dal i fod ar y stryd fawr bellach, dwa? Heblaw am y siop Pandora honno ar stryd Fangor. Duw, ia, pam lai? Rho gynnig ar honno â chroeso, Greta Garbo!'

Dyna fydda fo'n fy ngalw fi erstalwm, am fy mod i'n hardd fatha hi medda fo i ddechra. Yn *class act*. Ac wedyn am fy mod i wedi deud unwaith fod arna i isio bod ar fy mhen fy hun weithia. Mi dalish i'r pris am ddeud hynny mewn mwy nag un ffordd, ac mi gymrodd sbel i mi weld yr eironi yn y blasenw roddodd o arna i. Enw actores y *silent movies* na chafodd ddefnyddio'i llais ei hun. Ond dwi'n lecio fy enw, 'sti, Dad. Yn ei lecio fo'n fwy am fy mod i'n gwbod mai Mam fynnodd fy ngalw fi'n Greta. Ac nid ar ôl Greta Garbo chwaith, ond ar ôl cymeriad mewn llyfr. Y nofel Gymraeg orau erioed, medda hi. Ac mi ôn i'n gwbod bryd hynny'i bod hi'n deud y gwir, na chest ti ddim rhan yn fy enwi fi, achos na ddarllenaist ti erioed lyfr Cymraeg yn dy oes. Na llyfr mewn unrhyw iaith arall chwaith, am wn i, naddo? Dyn gweithredoedd oeddat ti, 'de? Fuo geiriau erioed yn uchel iawn ar dy restr di. Wel, nid y rhai a oedd yn cyfleu unrhyw fath o emosiwn, beth bynnag. Dyna pam dy fod ti a Tony Moretti'n eneidiau mor gytûn. Gan nad oedd o'n fab go iawn i ti, mi fynnaist gael y peth agosa'n do, a'i gael o'n fab-yng-nghyfraith. Yr etifedd perffaith, a finna'n rhan o'r pecyn.

Mae o'n beth rhyfedd 'sti, Johnny – dim ots gin ti fy mod i'n dy alw di'n 'Johnny' rŵan, nac'di, Dad? Nac'di, siŵr, o achos na fuost ti erioed yn dad i mi, naddo? Ddim mewn unrhyw ystyr o'r gair. Mi ges i hyd i'r llythyrau, yli, ymysg pethau Mam, pan oedd hi'n lot, lot yn rhy hwyr. Pan oedd hi eisoes wedi cymryd ei bywyd ei hun ar ôl be ddigwyddodd i Yncl Ilar. Ilar Gresham oedd fy nhad iawn i, ac mi drefnaist ti iddo gael ei ladd, a fframio Ronan am y lladrad er mwyn gadael y ffordd yn glir i Tony. Finna'n ddigon gwirion i ddisgyn i freichiau hwnnw'n falch, gan feddwl mai dyna fy mhàsbort oddi wrthat ti fasa fo. Faswn i ddim wedi medru'i chael hi'n fwy rong, naf'swn? Ei garcharor o oeddwn i, dan glo mewn cawell aur. Fasa waeth i mi fod wedi bod yn y jêl ddim, am ddeunaw mlynedd fatha Ro.

Ond cawell aur neu beidio, ti'n cael digon o amser i hel meddyliau pan wyt ti 'dan glo'. Digon o amser i bendroni ynglŷn â sut i unioni'r cam rwyt ti wedi'i gael. Pan laddist ti Ilar, mi laddist ti Mam. Ti'n dallt hynny, dwyt? Ti'n gwbod sut beth ydi gorfod tyfu i fyny heb y rhiant oedd yn dy garu di, Johnny? A chael dy adael hefo'r un nad ydi o'n malio'r un rhech? Ti'n gwbod sut beth ydi rhoi genedigaeth cyn pryd i blentyn marw'r unig berson rwyt ti wedi'i garu erioed, a sylweddoli na weli di mohono fo eto am oes gyfan? A gorfod wynebu hynny i gyd heb fam i ymddiried ynddi? Sawl cam sy'n fanna, dwa? Faint o waith 'unioni', tybed? Ond mi ddoth fy nghyfle i, yn do, ymhen hir a hwyr? Ac mae'r pethau gorau'n cymryd amser, meddan nhw. Pwy, tybed, fydd ar ei ennill erbyn hyn, 'ta, Johnny? Pwy sydd o dan dwmpath o bridd heddiw'n disgwyl am ei garreg fedd? Pwy arall o dy grônis di sy'n cael ei fesur am arch rŵan hyn? Ond mi ddown ni at hynny yn y man. Achos pan alwodd Tony fi'n Greta Garbo am y tro ola y byddai'n meiddio gneud hynny, mi ddechreuais inna biso chwerthin nes bod fy senna fi'n bynafyd.

'*Heist?*' medda fi. 'Paid â gneud i mi chwerthin. I be faswn i'n mynd i'r fath drafferth, a rhyw fymryn o dechnoleg yn medru dy ddal di mewn chwinciad?'

Er ei fod o'n sbio'n fygythiol arna i, symudodd o'r un gewyn.

'Be ti'n feddwl?'

'Faint gymrith hi, tybed, iddyn nhw gael hyd i gorff dy annwyl Draco?' medda fi, gan neud yn siŵr bod ei ffôn o'n pingio i gyfeiliant fy nghwestiwn.

'Be wyddost ti am ...?'

'Ella basa hi'n well i ti sbio ar be dwi newydd ei yrru i ti,' medda fi cyn llyfned ag y medrwn i a finna'n crynu fel deilen ar y tu mewn.

Dwi ddim fatha chdi, yli, Johnny: ddim cweit yn ddigon o gangstar i fod yn amddifad o bob emosiwn. Rhyfedd hefyd, erbyn meddwl, dydi? Mi feddyliet y baswn i wedi cledu ar ôl gorfod byw hefo dau ohonyn nhw. Ta waeth, mi gliciodd Tony ar y fideo ohono fo'i hun yn gadael tŷ Elis Drake ac mi aeth y lliw i gyd o'i wynab, cofia, yn union fel tasat ti'n gwasgu cadach llestri.

'Chdi? Be wnest ti iddo fo'r bitsh?'

Mi faswn i wedi taeru bod dagrau yn llgada'r basdad caled pan ddudodd o hynny. Pawb â'i fan gwan, 'de? Ac roedd Draco'n dduw i Tony. Yn fwy felly nag oeddet ti, os nad wyt ti'n meindio i mi ddeud. Ac os wyt ti – yn meindio, 'lly – be ydi'r otsh, 'de, Johnny? O achos na fedri di neud ffyc-ôl ar gownt y peth o fanna, na fedri?

'Rwbath tebyg i be wnes i i'r hen Archie,' medda fi. 'A deud y gwir, ar ôl i mi gael practis-rỳn ar hwnnw, mi oedd offio Draco'n pîs-o-*piss.*'

Ella nad oeddwn i ddim yn *teimlo* fel gangstar, ond mi synnais fi fy hun o 'nghlywed fy hun wedi dechra siarad fel un. Bai Tony oedd hynny. Neu'n hytrach, ei ddawn o fedru tynnu'r gwaetha o bobol. Rwbath ddysgodd o gin ti, sgin i ddim dowt.

'Be wnest ti iddo fo?' medda fo wedyn, y sylweddoliad o'r amser a'r dyddiad ar fideo'r *doorbell cam* yn golchi drosto fo nes bod ei wynab rŵan yn wynnach na gwyn, a'i llgada fo'n pefrio'n dduach.

Mi 'anghofiais' i ddeud fod yr un ffwtej erbyn hyn ar ffôn yr hen Draco hefyd. Welith hwnnw mohono fo bellach, os welith unrhyw un. A tasa'r heddlu'n edrach drwy'r ffôn hwnnw rywdro, wel, pwy a ŵyr, 'de? Dyna sy'n ychwanegu at y cyffro, fel y gwyddost ti'n iawn: gadael ambell beth i siawns.

'Panad,' medda finna, 'dyna be wnes i iddo fo.'

Mi gododd ar ei draed wedyn, ei ddyrnau'n glymau ond am y tro cynta erioed, wnes i ddim bagio'n ôl. Roedd yr olwg ar ei wyneb o'n deud yn amlwg iddo sylweddoli nad am PG Tips roeddwn i'n sôn. Roish i ddim cyfle iddo ymateb, dim ond powlio ymlaen. Fy mhuro fy hun. Bwrw 'ngalar. Fy rhwystredigaeth. Bwrw deunaw mlynedd o hiraeth.

Bwrw 'ngwenwyn.

'Coed rhoswydd, Tony. *Nerium oleander* i roi iddyn nhw eu henw cywir.' A dwi'n fy nghael fy hun yn dyfynnu oddi ar fy ngho' fatha cyflwynwraig rhaglen arddio. 'Coed bytholwyrdd eithriadol o hardd sy'n dwyn clystyrau o flodau pinc neu goch. Ac weithiau gwyn. Mae'r ardd yn un o'r rhesymau pam y dewisais y tŷ dwi'n byw ynddo fo rŵan, ti'n gweld. Llond pobman o harddwch – a phlanhigion gwenwynig.'

Saib am effaith. Wyddost ti, Johnny, dwi bron â deud fod golwg wedi dychryn arno fo erbyn hynny. Ond unwaith y dechreuais i fynd i stêm, fedrwn i ddim stopio:

'Hefo dail y rhoswydden – yr *oleander* – y gwnes i de i Archie Cunningham. Cogio mai fi oedd yr hôm-help newydd. Gneud ei fwyd o. Gneud ei baneidia fo. Oeddet ti'n gwbod eu bod nhw'n defnyddio'r gwenwyn *oleandrin* mewn stwff lladd llygod mawr? Wel, maen nhw. Arafu'r galon, ti'n gweld. Ei stopio hi'n stond o fewn dwyawr. Job-dỳn. Fel dwi'n deud, practis-rỳn. Te o lysiau'r blaidd gafodd yr hen Ddraco. Gwahanol wenwyn – *aconite* – ond yr un effaith, fwy neu lai. Ôn i'n lecio'r enw, yli. Gweddu'n well. Blodau bach del ar y planhigyn hwnnw hefyd. Eironig, dwyt ti ddim yn meddwl, Tone? Petha mor hardd yn lladdwrs mor effeithiol ...'

Wir yr, Johnny, petawn i'n marw'r munud 'ma (sori, methu madda i honna!), mi edrychodd Tony i gyfeiriad y peiriant coffi fatha taswn i wedi sleifio i mewn yn y nos i roi dôs o rwbath yn hwnnw hefyd.

'*Chill*, Tone,' medda fi wedyn, yn ymlacio rhywfaint erbyn diwedd fy llith o achos – ac mae'n gywilydd i mi 'mod i'n cyfadda hyn, cofia, Johnny – roeddwn i'n dechra mwynhau fy hun. Anfaddeuol, 'ta be? Ond wedyn, doedd 'na neb oedd yn dallt y teimlad hwnnw'n well na chdi, nac oedd? 'Yr unig beth dwi isio gin ti'n gyfnewid am beidio anfon y fideo 'ma at Aled O'Shea ydi ysgariad. A hynny cyn gynted â phosib, ti'n dallt? Mae mwrdro tri'n fwy na digon, p'run bynnag ...'

'Tri? Pwy ydi'r ...?' Ac yna mi ddoth y bylb ymlaen yn ei benglog o. 'Tomi? Chdi laddodd Tomi Wich hefyd? Ffyc-mî ...'

'Na, mi fasa'n well gin i beidio, diolch 'run fath, ond ia, fi laddodd Tomi. Cegid y dŵr. Parlysu'r cyhyrau ma' hwnnw. Ti 'di clywed am y *rictus grin*? Y confylsions, yli. Ond o leia, mi farwodd hwnnw hefo gwên ar ei wyneb.'

'Ti'm yn gall.'

Oedd yna'r tinc lleia o ofn yn ei lais o rŵan, tybed? Dyna fasa'r bonỳs-bôl. Fi, o bawb, yn medru dychryn Tony Moretti.

'Ti'n synnu?'

'Sut symudist ti o? Archie? I iard gefn y ... y siop ...?'

'Paid â bod ofn ei ddeud o, Tony. Safle hen siop Gresham's. Ac mi wyddet ti o'r dechra mai Ilar Gresham oedd fy nhad i. Mi wyddet ti bopeth.'

'Doedd gen i ddim rhan yn y lladrad, Gret.'

A finna'n meddwl: 'O? "Gret" dwi rŵan eto?' Roedd y ffalsio sydyn yn troi arna i. Fo oedd yr un ddaeth allan ohoni orau, 'de, pan gafodd Ronan garchar am y peth? Wel, ar wahân i ti'n cael y pleser o fwrdro'r dyn gafodd affêr hefo dy wraig di. Fo gafodd fi, a thrwy hynny droed yn nrws dy deyrnas lwgwr di.

'Nid y fi laddodd Ilar, naci?'

'Nid Ro ddaru chwaith.'

Am rai eiliadau, roedd y distawrwydd fatha fêl briodas, yn bygwth glynu i fy ffroenau wrth i mi anadlu. Roedd o'n disgwyl i mi egluro sut y bu i mi rowlio cadair Archie Cunningham i fyny'r ramp ac i'r fan yn oriau mân y bore, cyn i'r corffi ddechra, y *rigor mortis*. Roeddwn i wedi bod yno tua wyth yn gneud ei banad ola o de rhoswydd, sgedan neu ddwy, deud baswn i'n ôl i'w roi o yn ei wely. Gwbod na fyddai dim rhaid; mi fasa wedi marw yn ei gadair ymhell cyn hynny. Dydi *oleandrin* ddim yn wenwyn i chwarae hefo fo. Lwc mwngral na welodd Ronan mohona i, a fynta wedi penderfynu mynd yno'r un noson. Wnes i ddim egluro sut y bu i mi roi diferion o olew llysiau Ioan ym mhanad ola Ro chwaith er mwyn iddo fynd i drwmgwsg braf cyn i mi sleifio allan wedyn i ddympio Archie tu ôl i Oh Shish. Sut y bu i mi grychu 'nhrwyn mewn diflastod rhag ogla'r wîli-bùns yng nghefn y siop, a dreifio'r fan heb olau arni nes cyrraedd y lôn bost. Chafodd o ddim gwbod chwaith faint anoddach oedd hi i handlo Tomi. Faint mwy o gynllunio aeth i mewn i hynny, am fod Tomi'n fengach dyn, ond bod gynno fo – ar wahân i'w bysan o frên – un man gwan.

Roeddwn i wedi newid fy edrychiad yn llwyr ar gyfer hitio ar Tomi Wich yn nhafarn y Victory'r noson honno. A meddwl wrth gerdded heibio'r hen gasgenni a'r angor bach cogio'n hongian uwchben drws y pỳb pa mor addas fyddai enw'r hen sgwner heno tasa 'nghynllun i'n llwyddo. Roedd hyd anghyfarwydd y wig hir coch hwnnw'n cosi 'ngwddw fi, ac roeddwn i'n boenus o ymwybodol y gallwn i fod yn edrych fatha rhywun mewn ffansi-drés, gormod o ddu o gwmpas fy llgada, a'r stỳd-trwyn cogio hwnnw'n fy hambygio fatha ploryn. Magned ar y tu mewn oedd yn ei ddal o yn ei le, yn gneud i mi deimlo ysfa anghynefin i bigo 'nhrwyn. Mi ddaru o groesi fy meddwl i y basa hi'n beryg i'r diemwnt gwydr landio yn ei beint o taswn i'n digwydd tisian.

Roedd o'n ista ar ei ben ei hun mewn cornel tu ôl i'r drws – y clasic-Bili-No-Mêts – a stribyn o hen grys rygbi lliw mwstad o dan ei siaced fel tasa fo newydd chwdu platiad o *korma* i lawr ei frest. Chwith gweld, 'de, Johnny? Fasa fiw iddo fo fod wedi mentro dy siôffro di i nunlla erstalwm wedi gwisgo fel'na. Beth bynnag arall oeddet ti, roedd gin ti dy safonau, mi ro i hynny i ti. Ac wrth edrych arno, a hanner ei bitïo, mi wnes i ddallt yn syth be oedd o'n da'n twtshad ei gap i ti: doedd ar neb arall isio'i gwmni o. Perffaith i ti, doedd? Oen colledig arall i ti allu ei fowldio a'i fanipiwletio at dy iws dy hun. Neidia, Tomi. Iawn, Mr Hart. Pa mor uchel, Mr Hart ...?

Nabododd o mohona i. Doeddwn i ddim yn disgwyl iddo fo neud, cofia, rhwng y wig a'r colur a'r holl flynyddoedd ers i mi'i weld o ddwytha, ond doedd gin i fawr o ffydd yn y disgéis. Hyder, Greta, medda fi wrtha fy hun; sbia be ti wedi llwyddo i'w neud yn barod. Hwn fydd yr ola. Un. Dau. Tri ...

Gadawodd i mi godi dau beint iddo. Yr hen Domi, 'run mor llaw-gaead ag erioed, ac roedd hynny'n fantais fawr. Fi aeth at y bar. Cyfle gwych i luchio siot i lygad pob un er mwyn iddo fo feddwi'n gynt. Cynnig lifft adra iddo a synnu at fy nghyfrwystra fy hun, at ba mor hawdd, wedi'r cyfan, oedd ei gael o i'r fan. Roedd o'n pendwmpian erbyn i mi roi'r menig am fy nwylo ac estyn y potyn bach o bowltis cegid y dŵr, rhoi sgintan ohono fo tu mewn i'w ffroenau i gychwyn y job. Gan na fedrwn i gael Tomi i yfed te o ddail y tro yma, roedd yn rhaid cael rwbath fasa'n gweithio drwy'r croen, a gorau oll tasa fo'n mynd i mewn i friw agored. Gyda lwc, doedd dim rhaid i mi ddefnyddio'r rasal yn fy mhoced i roi cỳt iddo – a deud y gwir, roeddwn i'n hynod falch o gael sbario gneud hynny – o achos roedd ganddo blastar go fawr ar ei law, a phan godais i gongol hwnnw a gweld yr hollt, eiliadau gymrodd hi i rwbio'r eli gwenwynig i'r briw redi-mêd. Ambell waith, Johnny, fel y gwyddost ti, mae amgylchiadau jyst yn digwydd mynd o blaid rhywun, dydyn … ?

Roedd dympio Tomi yn y maes parcio lle buo fo'n arfer poenydio pobol hefo'i docynnau'n syniad ysbrydoledig. Y strôc ychwanegol o jîniys – er 'mod i'n deud fy hun – oedd mynd yno jyst cyn tri'r pnawn hwnnw a chodi tocyn o'r peiriant parcio ar yr awr, er mwyn ei adael ar y corff. Be maen nhw'n galw peth felly, dwa, Johnny? O achos mi ddyliet ti wbod. O, ia, *calling card*. Rwbath bach i gloi'r cyfan yn dwt, 'de? I ddeud mai hwn fyddai'r ola, mai Tomi oedd Rhif Tri. Dim ots nad am dri o'r gloch y cafodd o'i ladd. Gweithred symbolaidd oedd hi.

Tri.

Ystyrlon.

Rhyw fath o deyrnged i ti; gwyrdroëdig, ond addas.

A gadael cliw, wrth gwrs.

Ar gyfer datrys y côld-cês.

Rhoi prawf bach ar sgiliau ditectif Kiely ac O'Shea.

Go brin eu bod nhw'n ddigon hen i gofio'r bri fuo ar dy glwb nos di, y plasty drodd yn *country club*, nodedig am ei ddawnsio a'i gasino, ac am y goeden onnen anferthol honno fu'n gwarchod tywyllwch y cyfan, yn corlannu eneidiau coll fatha Mallt-y-Nos.

Y goeden roddodd ei henw i'r lle.

The Tree.

Reit debyg i'r hen ywen sydd yng ngiât y lôn yn fama, deud y gwir.

Yn gneud yn siŵr na wnei di ddim dingyd y tro hwn.

Felly, na. Wnes i ddim goleuo dim ar Tony, na neb arall. Dim ond wrthat ti dwi wedi cyffesu'r cwbwl, Johnny. Gwbod nad eith o ddim pellach, 'de? A dy fod ti'n un da am gadw cyfrinach erioed, a chditha'n eu casglu nhw, a'u cadw nhw'n ddel, dim ond i sbio arnyn nhw, fatha marblis gwahanol liwia mewn jar. Ond mi wnes i ofalu gneud un peth arall cyn i mi adael, rwbath i mi fy hun y tro hwn: cydio yn y llun hwnnw ohona i fy hun oddi ar y ddesg, ei luchio i'r llawr a'i sathru.

Roedd twrw'r gwydr yn cracio'n feddal dan fy sawdl yn rhoi boddhad rhyfeddol i mi, cofia. Fatha gwrando, o'r diwedd, ar galon galed yn torri.

KEATING

Mae'r llais yn cario drwodd i'r stafell fyw y munud mae Greta'n ateb y drws. Llais dyn sydd wedi arfer gweiddi.

'Ydi o yma? Keating?'

'Pwy?'

'Keating. Ronan.'

'Mae'i enw fo'n abswrd. Fuo yna neb mwy annhebyg na fo, ym mhob ffordd, i Ronan Keating. Ac yn dod o enau Gari Chisholm, o bawb. Mae'r holl beth, am y tro cynta erioed, er gwaetha – neu oherwydd – ymateb Greta, yn gwneud iddo fod isio chwerthin.

Dydi Chis ddim yn aros yn hir. Dim ond i ddweud fod Tony Moretti wedi'i ladd ei hun yn y ddalfa. Rasal ar draws ei arddyrnau. Gwaed yn dod o dan y drws. Medda fo.

'Ma' amball un yn llwyddo, hyd yn oed ar remánd.'

A gall Keating synhwyro bod Chis yn cael trafferth cadw'r euogrwydd o'i lais. Fuo fo erioed yn un da am ddweud celwydd. Mi fasa'n lot gwell swyddog carchar tasa fo'n well actor. A fasa waeth iddo fo wedi cyfadda ddim: 'Gin i gafodd o'r rasal.'

'Mi oeddan nhw wedi'i jarjo fo am lofruddiaeth Elis Drake. Ymysg petha erill.'

Mae'r stafell yn llonydd fel llun, ac mae o'n clywed Greta'n dal ei hanadl yng nghefn ei gwddw.

'Fo oedd yn gyfrifol am yrru Tomi Wich ar ôl Aled O'Shea cyn i hwnnw gael cyfla i drio achub dy gam di,' medda Chis. 'A Moretti roddodd Islwyn Pritchard yn y cach hefyd.'

'Ma' hynny'n un ffor' o'i rhoi hi.'

'Wedi'r cwbwl, fo gamodd i sgidia'r basdad Johnny Hart 'na ... sori, Greta ...'

'Raid i ti ddim,' medda Greta.

'Ond hogia'r ceir ddoth â fo i mewn i ddechra am beidio stopio iddyn nhw,' medda Chis. 'Doedd gynnyn nhw ddim syniad pwy oedd o, ar y pryd. Dim ond isio gair hefo fo. Gola brêcs ddim yn gweithio ar un ochor. Ond chymrodd o ddim sylw o'r cops yn fflachio arno fo. Dim ond troed i lawr, ac mi aeth hi'n tshês. Blŵs-an-tŵs.'

'Yr euog a ffy,' medda Greta.

Mae Chis yn suddo'n is i grafangau'r soffa. Yn edrych i fyw llygad Keating.

'Mi gafon nhw Al Capone yn diwadd am beidio talu'r dreth,' medda fo.

'Mi fasa'n haws gin i drystio Al Capone,' medda Greta.

'Ac mi gesh inna Moretti i 'nhrystio fi,' medda Chis. 'Digon i mi allu cadw llygad arno fo. Riportio i chdi. Wn i'm pam ti'n swnio mor anniolchgar, Keats ...'

'Anniolchgar? Fi? Os dwi'n cofio'n iawn, fi achubodd

dy din di rhag cael y stanli-naiff ar draws dy garotid-arteri.'

Cofia Keating mai o'r diwrnod hwnnw ymlaen y dechreuodd Chis smyglo rhyw eli cricmala hom-mêd iddo'i rwbio ar ei glun, yn union fel mae Greta'n rhwbio'i llaw dros ei garddwrn noeth rŵan.

'Pisd-off dwi, Chis, dyna'r cwbwl,' medda fo wedyn. 'Mi ddaru'r tri yna – Cunningham, Draco a Tomi – ddifetha 'mywyd i: y copar doji, yr hit-man a'r gétawe-dreifar. A'r unig beth ôn i isio'i neud yn yr amsar prin sgin i ar ôl oedd sbio ym myw llgada'r tri ohonyn nhw, a chael deud fy neud. Dim ond i Cunningham ges i ofyn sut oedd o'n cysgu'r nos ar ôl be ddaru o. Ond mi oedd pen y diawl yn ffỳcd. Doedd o ddim hyd yn oed fy nghofio fi. Fedar neb ddallt sut ma' rwbath fel'na'n gneud i chdi deimlo. Mi ddaru o fy amddifadu i o'r boddhad bychan hwnnw. Fel tasa dwyn deunaw mlynedd o 'mywyd i ddim yn ddigon ...'

Dyna pryd mae Gari Chisholm yn codi i fynd. Dweud ei ddweud, a dingyd cyn iddo fo'i fradychu'i hun. Mi ddylai Keating deimlo'n ysgafnach ei feddwl fod y tri a gafodd gymaint o ran yn ei gwymp wedi rhoi'r gorau i anadlu bellach. Fydda inna ddim yn bell ar eu holau nhw rŵan, meddylia. Mae'r boen yn ei gylla'n wynias. Mae o'n chwdu stwff tebyg i waddod pot coffi rhyw ben o bob dydd. Mi fydd o'n ddim yn fuan iawn, a fynta'n dal heb glirio'i enw.

A fydd ffwc-otsh gan neb.

Heblaw Greta.

Mae hi eisoes wedi dweud y cyfan wrtho am Roisin. Roedd clywed hynny'n brifo mwy hyd yn oed na'r aflwydd 'ma sy'n ei larpio o'r tu mewn; meddwl am Greta'n claddu'r tamaid bach hwnnw o'u cariad nhw yn y pridd caled. Fanno mae yntau isio cael gwasgaru'i lwch, medda fo wrthi, er gwaetha'r ffaith fod y stori ddiweddara am goed Foty Lleian wedi rhoi cwmwl dros y lle. Wedi rhoi'i ddymuniadau ynglŷn â'r hyn mae o isio ar ôl iddo farw mewn llythyr i'r twrna-dditectif hwnnw, Aled O'Shea. Fanno dwi isio bod, Gret. Foty Lleian. Am ei bod hi yno. Finna hefyd, oedd ei hateb hithau, a dyna pryd y teimlodd o'i galon yn torri.

Mae hi'n rhoi rhywbeth bob nos yn ei de llysieuol, rhywbeth at boen, rhywbeth i wneud iddo gysgu. Edrycha eto ar y lle noeth ar ei garddwrn wrth iddi basio'r gwpan iddo, y lle gwag lle roedd y freichled fach honno'n arfer bod. Fasa hi byth yn tynnu honno, o ddewis. Ond dydi o ddim am ofyn. Am unwaith, mae arno ofn yr ateb. Ac ella bod modd gorbrisio'r gwir wedi'r cwbwl, meddylia. Ella bod disgwyl cyn hired i'w wirionedd ei hun weld gola dydd wedi'i flino fo'n racs.

Dim ond hyn a hyn y medar bod dynol ei gymryd cyn sylweddoli bod marw'n ffeindiach opsiwn.

'Rho rwbath go iawn ynddo fo rŵan, Gret,' medda fo, wrth iddi godi i roi'r teciall i ferwi.

'Dim heno, Ro?'

Ond gŵyr hithau mai fo pia'r dewis. Fo sydd i

ddweud. Mi ddaru hi addo hynny iddo fo'r noson gynta honno'n ôl yn ei freichiau. Dim ond dyddiau sydd ers hynny. Dyddiau fel munudau.

Ac fel canrifoedd hefyd.

'Rho rwbath go iawn ynddo fo ...'

Daw yn ei hôl toc, a gorfadd ar y gwely wrth ei ochor. Mae llenni'r llofft ar agor am fod y lleuad yn rhy dlws, lleuad bron yn berffaith, lleuad â tholc ynddi, ôl bawd lle cododd rhywun hi a'i chario'n nes at y ffenast. Mae hi wedi defnyddio'r llestri gorau'r tro hwn, cwpanau tsieina sydd bron yn dryloyw.

Tenau fatha fêl.

Un iddo fo, a'r llall iddi hithau.

MONO: Y GAIR OLAF

Yn y Swan 'dan ni'n cael y wêc. Osh, Anji, Rich a fi. O, a Nicola, wrth gwrs. Lle bynnag mae Rich mae hi'r dyddia yma. Ond stori arall 'di honno. Fel arall, mi gadwon ni'r send-off yn fychan a chwaethus. Haws peidio gwadd neb arall gan gymryd arnan mai parti bach gwaith ydi o, er mai yn y garej mae Rich yn gweithio, i fod yn fanwl gywir, ond mae o'n amlach yn yr offis yn cael panad hefo ni nag ydi o yn y fan honno'n ddiweddar. Os nad ydi Nicola'n picio draw ato fo hefo crîm-cêcs neu Jami Dojyrs. Fasa waeth i ni gael ofarôls iddi ddim, a gneud ein ffeilio'n hunain. Beth bynnag, roedd cadw'r wêc yn seléct yn rhoi esgus i Osh beidio gwadd Liam aton ni. O achos mi fasa un peth yn arwain at y llall, basa? Mi fasa raid i hwnnw hudo Gwyn Eds hefo fo, a hynny'n golygu gorfod diodda Elenid Wyn yn uwch ei chloch na neb ac yn ddannedd i gyd (heb sôn am Anji'n cael pwl arall o ansicrwydd i goroni popeth). Sôn am bawb a'i nain, 'de? Eniwe, ddaru hynny ddim digwydd, o achos ein bod ni isio trafod canlyniadau profion fforensig Elwyn Llgodan, doeddan? Ac mi oedd Liam wedi'i gneud hi'n berffaith glir nad oedd o'm isio gwbod. (Wel, mi *oedd* o isio gwbod, garantîd – rhy fusneslyd i beidio – ond mi fasa'n ddigon am ei job o, medda fo, 'de? Nid fod 'run ohonan ni'n mynd i sbragio, ond ma' plismyn yn wahanol, ma' siŵr, dydyn? At ei gilydd. Gormod o egwyddorion – os nad ydi dy enw di'n Archie Cunningham ...)

'Mae 'na gamddefnydd o'r gair "wêc" y dyddia yma,' medda Rich.

Mae o'n dda fel'na; lluchio sylwada randỳm i ganol y wỳrcs. Rich T, y meddyliwr mawr, yn ein deffro ni i gyd o'n myfyrdodau'n hunain. Ac mae hi'n anodd peidio hel dy feddylia dy hun ar ôl bod yn gwasgaru llwch rhywun.

'Be fasat ti'n ei ddeud, 'ta?' medda fi. 'Te cnebrwn?'

'Wela i neb yn yfad te yma,' medda Osh.

A 'dan ni i gyd yn gwylio Nicola'n syllu'n syn i'r peint o Guinness mae Rich newydd ei godi iddi, fel tasa hi'n trio penderfynu ai ei yfad o ddyla hi'i neud, 'ta plymio i'w ganol o â'i phen gynta. Fel dudish i, mi ydan ni mewn mŵd fel'na pnawn 'ma, un ac oll. Wedi'n sobri, 'lly. A dydi Nicola ddim yn deud 'blydi' hannar mor amal rŵan ei bod hi'n closio at Rich. Mae ganddi eirfa llawar mwy dethol erbyn hyn.

'Mi oedd heddiw'n affwysol o drist,' medda hi.

Ffycin hel, Nicola.

'Yn fwy trist am na chafodd Ronan Evans fyw i weld clirio'i enw,' medda Osh.

'A neb ar ôl fel teulu i falio dim,' medda finna.

Mistêc.

'Dwi'n rhywun,' medda Anji.

Doedd hi ddim yn ei nabod o, ond wedyn, ma' siŵr

nad ydi hynny'n tynnu dim oddi wrth y berthynas mae hi'n teimlo y gallai hi fod wedi'i chael hefo fo. Dydi'r doethion ddim yn ei chael hi'n iawn bob amser: mi *fedri* di hiraethu am rwbath na chest ti mohono fo. Roedd hynny'n amlwg ar wynab Anji yng nghoed Foty Lleian gynna. Hi chwalodd y llwch o dan yr onnen; llwch Ronan a Greta'n gymysg. Dyna ddymuniad Greta Davies, yn ôl y llythyr a dderbyniodd Osh drannoeth wedi iddi hi a Ronan yfed eu te angeuol. Roedd hi'n gwbod be fasa dymuniad Ronan y noson honno. A phan ddigwyddai hynny, fasa gynni hitha ddim dewis chwaith. Mi oedd y cwbwl fatha rhyw drasiedi Roegaidd. Pobol yn disgyn yn farw dros gyrff ei gilydd ...

'Mi ôn i'n gwbod mai hi oedd y llofrudd,' medda Osh yn 'y nghlust i bryd hynny. 'Y munud y soniodd Liam am y tship gamblo ym mhocad Elis Drake. Mi fuo hi'n glyfar iawn tan hynny, merch perchennog clwb nos The Tree yn ein harwain at y tri ddaru fframio Ronan. A chael gwared ohonyn nhw'r un ffordd. Tro gwael iddi hi'i bod hi wedi bod mor esgeulus ar gownt un peth bach.'

Siŵr Dduw. Y bowlan tships. Yr ardd honno'n berwi hefo pob matha o blanhigion, a'i harbenigedd ynddyn nhw i gyd. Gwbod be oedd yn gwella, a be oedd yn gwenwyno, 'de? Yr arddwraig hefo'r fan. Handi iawn i gludo cyrff. A heb anghofio'r freichled aur gafodd Osh hyd iddi yn y drain tu ôl i dŷ Elis Drake. Merch Johnny Hart, y brêns tu ôl i'r lladrad gychwynnodd bopeth, a fynnodd ddial arno yn y diwedd am iddo'i hamddifadu o bopeth oedd yn bwysig iddi: ei mam, ei chariad, ei thad biolegol. Sef Ilar Gresham, y jiwlar. Ia, mi oedd hi'n dipyn o syndod darganfod hynny hefyd, ond mi ddo' i at y stori yna yn y man.

'Ella nad blerwch oedd o,' medda fi. 'Ella mai gadael y tship yn fwriadol ddaru hi ar ôl dy weld di'n eu llgadu nhw yn ei thŷ hi. Mi oedd hi'n gwbod nad oedd gan Ronan ond dyddia ar ôl, a doedd hitha ddim yn bwriadu byw ei bywyd hebddo am yr eildro. Yn gwbod basa'r tship yn dy arwain di ati hi, ond dim ond pan oedd hi'n barod, 'de? Doedd gynni hi ddim bwriad cael ei dal, os ti'n gofyn i mi.'

Mi wenodd Osh ei wên wedyn. Rhoi pwniad i mi.

'Ella dylwn i ofyn i ti'n amlach, yn ôl pob golwg, Poirot.'

Y munud hwnnw, mi aeth rhyw ffluwch drwy'r goedan – deryn, neu chwa o awel neu rwbath na wn i ddim be oedd o – ac mi gyffyrddodd yr ias ynddon ni i gyd. Dyna pryd y penderfynodd Rich 'ddeud gair' – rhyw boetsh barddonllyd rhwng anerchiad a gweddi, yn sôn am y fam-ddaear a'r bydysawd ac eneidiau cytûn, a swniai'n anarferol o iawn o dan yr amgylchiadau. Pan orffennodd o'i druth drwy sôn am rwbath yn fflio, mi awgrymodd rhywun y basa hi'n syniad da i fynd i'r Swan. Ella mai fi oedd o.

Cyn i Nicola fentro mynd i'r afael â'i pheint, mae Osh yn codi'i wydr.

'I Elwyn Llgodan,' medda fo, 'ac i Kiely am gael hyd

i'r dystiolaeth i brofi bod Ronan yn deud y gwir o'r dechra.'

''Dach chi'n dal heb ddeud wrthan ni be'n union oedd yn y bocs,' medda Rich.

'Dillad, ran fwya,' medda Anji. 'Y dillad roedd Ilar Gresham a Ronan yn eu gwisgo yn ystod y lladrad.'

'Ond dim ond ar ddillad Gresham oedd gwaed,' medda Osh.

'Ond ma' hynny'n gneud blyd ... yn gneud sens, tydi?' medda Nicola. 'Gresham gafodd ei saethu.'

'Ia, ond os mai Ronan saethodd o, mi fasa 'na sbrencs gwaed wedi taro'n ôl drosto fynta mewn lle mor gyfyng â'r stafell gefn honno,' medda Osh.

'*Blood spatter* mae o'n feddwl,' medda fi. 'Siôrt-rênj.' A gneud i mi fy hun swnio fatha Dafydd Dau Flewyn wrth drio brolio 'ngwybodaeth.

'Sôn am y gwaed,' medda Osh, 'mi oedd y DNA yng ngwaed Gresham yn fatsh i'r blewyn ddoish i hefo fi oddi ar soffa Greta.'

'Ond wyddat ti ddim am focs tystiolaeth Anji bryd hynny,' medda Rich.

'Na wyddwn, ti'n iawn. Ond pan welish i'r blewyn 'ma ar y glustog wrth fy ochor, mi blygish i bapur pumpunt amdano fo a'i roi o'n ôl yn 'y mhocad tra oedd hi'n gneud panad. Cymryd tsians, rhag ofn basa fo'n rwbath defnyddiol.'

Mi fuo bron i mi agor 'y ngheg i ddeud na welish i mono fo'n gneud y ffasiwn beth, nes i mi gofio na faswn i ddim wedi sylwi ar gorwynt yn chwyrlïo drwy'r stafell yn ystod y creisus rôn i'n mynd drwyddo ar y pryd.

'Lwcus nad oedd gynni hi ddim cath,' medda Rich.

Sôn am gachu am ben y sysbéns. Nes i Anji ychwanegu:

'Ond mi oedd yna dystiolaeth lot symlach yn y bocs i brofi bod Ronan yn ddieuog. Y gwn, a'r bwlat laddodd Gresham. Os oedd y blewyn gafodd Osh yn fatsh hefo DNA Gresham, doedd y bwlat yn bendant *ddim* yn fatsh hefo'r gwn a osodwyd yn llaw Ronan i'w fframio am y saethiad.'

Ma' hynny'n ein sobri ni i gyd am yr eildro. Meddwl bod tystiolaeth fasa wedi clirio enw Ronan Evans ar gael ddeunaw mlynedd yn ôl heblaw am Archie Cunningham. Tybed fasa hwnnw wedi gneud ei job yn wahanol tasa Johnny Hart ddim wedi defnyddio'i ddyledion gamblo yn ei erbyn?

'Be ddigwyddith i'r ddynas fach 'na sy'n byw drws nesa i dy fam rŵan?' gofynnodd Nicola, yn dechra arfer hefo'i Guinness erbyn hyn.

'Dim byd,' medda Anji. 'Mi geith hi roi'r bocs yn ei ôl yn yr atig y tro nesa dwi'n mynd i weld Mam. Tynnu nyth cacwn yn ein penna fasa cyfadda bod hwnnw gynnon ni rŵan. Neith Liam mo'i dwtshad o heb i Gwyneth gyfadda'r gwir, a dydi Ronan ddim hefo ni bellach i falio un ffordd na'r llall. Ond 'dan *ni'n* gwbod, dyna sy'n bwysig ...'

'*Dw i'n* gwbod' mae hi'n ei feddwl, ond does neb yn deud dim byd. Nicola sy'n llywio'r sgwrs i gyfeiriad arall eto. Mi fydd raid iddi ddechra yfad peintia'n amlach.

'Dallt bod chdi'n symud i mewn hefo Enlli,' medda hi. 'Dwi'n falch. Mi neith les iddi gael cwmni rŵan bod ei pherthynas hefo Wendy drosodd.'

Ac mi gododd y cwmwl ola oddi ar fy sgwydda. Dim pwysa. Dim byd (arall!) i'w brofi. Jyst bod yn fi fy hun. Mi deimlish i'n uffernol o lwglyd mwya sydyn, ac felly dyna 'nhro inna i newid cyfeiriad y sgwrs. A deud y peth cynta i ddod i fy meddwl i:

'Wn i'm amdanoch chi i gyd, ond *dw i* ffansi bowlan o tships.'

Y CYFROLAU ERAILL YN Y GYFRES

SONIA EDWARDS

braw agos

'Fuo braw fel hyn erioed mor agos aton ni i gyd...'

SONIA EDWARDS

erchwyn

*'Chwip o stori ac iddi fwy o droeon
na lonydd cefn Ynys Môn!'*
Gareth Evans-Jones